Les Enquêtes improbables de Mulford Sploodge

Les Enquêtes improbables de Mulford Sploodge

Première édition

Sylvain Gillet

Les Enquêtes improbables de Mulford Sploodge

(Maximum déconnade)

Ou les aventures d'un détective privé (d'intelligence)

Ramsay

AVERTISSEMENTS

L'auteur, l'éditeur et l'Union Française pour une Littérature de Qualité recommandent à l'éventuel lecteur de découvrir les textes qui suivent dans l'ordre proposé ici.

L'Organisation Internationale de la Santé Psychique préconise de ne pas lire plus de deux enquêtes de Mulford Sploodge par jour.

Merci.

À Sylvain Gillet
parce qu'il l'a bien mérité.

La disparition du Père Noël

Chicago, 24 décembre 1934. Les clients ne se bousculaient pas à la porte de mon bureau. Wendy, la serveuse du *Hot Brazil*, m'avait encore posé un lapin. Ses yeux rouges, ses deux grandes oreilles et son joli poil soyeux auraient pourtant dû m'alerter. Certes, le *Hot Brazil* n'était qu'un de ces bouges immondes de la 35e rue. Mais c'était le dernier bar où l'on m'accordait encore une ardoise. Il était 4 heures du matin quand tout à coup on frappa à ma porte : *Ding dong !* Oui enfin, *toc toc* plutôt... Comme j'avais lu toute l'œuvre de Marguerite Duras, je ne fus pas pris au dépourvu ; je répondis froidement :

— Entrez...

Une superbe blonde fit son apparition. Des jambes à n'en plus finir, une haine des trapézistes et un regard de braise qui me faisait bien comprendre qu'elle avait passé plus de temps à mettre en évidence les incohérences du Kamasutra que les contradictions des philosophes grecs.

— Vous êtes bien Mulford Sploodge, détective privé ?

— Pour toi poupée, j'veux bien être la reine des Belges.

Après avoir rangé une bouteille vide, mon tutu et ma collection complète de *Marie-Claire* avec ses fiches cuisine, je lui demandai son nom :

— Greta. Greta N'Gono.

Effectivement, sa mère était bavaroise et son père togolais. Mais elle tenait surtout de sa mère.

— Oh, Mulford…

Je m'appelle Mulford Henri Catherine Sploodge de la Mancha y Aragon von Bradwurtz… Junior.

— Je vous arrête tout de suite, Greta… Dites-moi… N'auriez-vous pas une certaine haine envers les trapézistes ?

— C'est incroyable. Et parfaitement exact.

— Je m'en doutais…

— Je reprends donc… Oh, Mulford… Il n'y a que vous qui puissiez m'aider. Mon mari, l'homme que j'aime, a disparu depuis trois semaines et depuis… ma vie est un enfer. Surtout que je n'ai plus de corn-flakes à la maison.

— Disparu ? Tiens tiens… Je ne vois là qu'une solution : il faut absolument que vous alliez en acheter. La disparition de corn-flakes est quelque chose d'effroyable.

— Euh… Bien sûr, mais… à vrai dire, je suis surtout venue ici pour mon mari… Vous voyez, Mulford ?

— Je comprends. C'est maintenant plus clair pour moi.

— Il était descendu acheter du boudin.

— Du boudin ? Tiens tiens…

— Mais pas n'importe quel boudin…

— Attendez. Ne me dites pas qu'il s'agissait de…

— Oui… C'était du Crémieux.

— Du Crémieux ? Dont le fameux slogan est : « Du boudin, oh oui j'en veux, mais du Crémieux ! » ?

— C'est cela même.

Le fait que j'aie reçu il y a peu un chèque conséquent de l'entreprise Crémieux, célèbre pour son boudin, n'influençait en rien le contenu de mes répliques, ni le compte rendu que j'en ferai plus tard. Mulford Sploodge est un homme intègre. Aucune somme en dessous de vingt-cinq centimes ne peut le corrompre. J'enchaînai donc avec la conscience d'un esprit propre :

— Il est vrai que le Boudin Crémieux est d'une extrême qualité. Réputé dans le monde entier, il a reçu de nombreux prix, il est…

— … Euh… On va peut-être enchaîner, Mulford…

— Vous avez raison. Avec le Boudin Crémieux, il n'y a pas quarante-sept solutions. S'il est encore en vie, je sais où il se cache.

— Le boudin ?

— Non, votre mari… Donnez-moi sa description.

— Euh… Je ne l'ai pas sur moi.

— Alors dites-moi comment il est.

— Vous le reconnaîtrez facilement. Il a de longs cheveux blancs et une large barbe blanche. Il porte toujours un long manteau rouge à capuche.

— À capuche ? Tiens tiens… Signes particuliers ?

— Il a toujours une hotte dans le dos.

— Il a pris sa voiture ?

— Oui.

— Quelle marque ?

— Traîneau.

— Puissante ?

— Non. Deux rennes.

— Ne m'en dites pas plus ! C'est un représentant de chez Darty !

— Décidément, vous êtes très fort, Mulford.

— Normal. Je fais un peu de sport, je n'écoute jamais de polyphonies corses, et ma mère a cessé de me cracher au visage depuis deux semaines.

— Merci, Mulford, de vous occuper de mon affaire. Vous verrez que… je ne suis pas une ingrate…

La langue que passa sur ses lèvres Greta N'Gono à cet instant en disait long. Par ce simple geste buccal, la petite perverse me faisait comprendre qu'en récompense de mon travail, elle n'hésiterait pas à me faire bénéficier de ses diverses compétences. Et en particulier sa capacité à me cuisiner mes plats favoris, la daube de bœuf entre autres. Enfin… C'est ce que je compris à ce moment-là…

Aussitôt, je saisis mon feutre, mon trench-coat et sortis de mon bureau en sifflotant un air de Pascal Obispo – toujours ce fatal goût pour la daube… Je pris le volant de la 403 décapotable qu'un inspecteur américain d'origine italienne m'avait revendue il y a peu, après qu'il en eut parlé à sa femme. Je m'empressai de rejoindre mon indic préféré, Bill. « Bill le clairvoyant » qu'on l'appelait. Il apparut au coin d'une rue et d'une autre, canne blanche en main. Auprès de certains, le fait qu'il fût aveugle aurait pu le discréditer en tant qu'indic. Mais pas chez moi.

— Salut, Bill… Je suis à la recherche d'un certain Noël, Steve Noël. N'as-tu rien remarqué ?

— Hein ?

J'oubliais qu'il était sourd. Contraint, je lui hurlai à l'oreille :

— NOËL ! ÇA NE TE DIT RIEN ?

— Onyouyon on gneugneu ratiouchgou ar slort krish…

C'était clair… Si certains considéraient l'articulation de Bill comme problématique, ce n'était pas mon cas. Sacré Bill… Il n'avait rien perdu de son entrain. Ce qu'il avait par contre perdu, c'était ses deux yeux, dans une partie de poker. Il en gardait une évidente forme d'humour à la fois corrosive et incertaine. Il venait de me confier que Noël était entré dans le hangar du docteur Yes trois semaines plus tôt et n'en était pas sorti depuis. Il fallait donc que je pousse mes cannes jusque là-bas.

Le docteur Yes était une de ces crapules infâmes de la 123e rue, qui avait débuté sa carrière en refourguant du corned-beef frelaté à une institution religieuse. Il partageait à présent sa vie entre la traite des blanches et la traite des vaches, car il aimait à la fois les femmes et les yaourts. Et tout ce qui est un peu flasque en général.

— Salut, Mulford ! Ça va, Mulford ?

— Mulford ? Tiens tiens...

— J'suis désolé, mais je ne peux pas te laisser passer. Ah non là, je peux pas. Tu sais que je t'aime bien, mais là, je peux pas...

Ça, c'était Jim. Un petit crocheteur de la 347e rue qui avait traîné dans toutes les affaires louches de la 643e avenue après s'être grillé dans la 854e. Bien qu'il eût vendu son père à un cirque à l'âge de douze ans, c'était un brave gars. Il travaillait à présent pour le docteur Yes comme homme de main, et surtout homme de pied, vu qu'il était manchot. Devant les réticences de Jim à me faire entrer dans le hangar, je sortis un rectangle de papier destiné au commerce entre les hommes.

— Est-ce qu'un petit billet ne pourrait pas te faire oublier tes consignes, Jim ?

Le regard du nervi se fit implacable. À n'en pas douter, sa détermination était à son summum. Le ton fut rapide et glacé :

— Ah non, Mulford ! Cette fois, j'peux pas ! J'ai des ordres. Et tu sais, on a beau se connaître depuis un bail, s'il le faut, j'hésiterai pas à te truffer comme un foie gras. Tu pourras me donner ce que tu veux, j'te laisserai jamais passer !

— Tiens, voilà un Michoko...

— Ok, passe...

Il est des tentations auxquelles on ne résiste pas. Je glissai la friandise chocolatée dans la poche du portier et pénétrai dans le hangar où des milliers de lecteurs attentifs et passionnés semblaient observer le moindre de mes mouvements. Suspense, quand tu nous tiens...

Bientôt, je découvris une forme étrange d'environ trois mètres de haut. Genre de masse gélatineuse entre machine à vapeur et kouglof géant. La forme se retourna et sortit de l'ombre. Je reconnus aussitôt le docteur Yes, un mètre cinquante-deux, soixante et un kilos. Décidément, fallait que j'aille chez l'ophtalmo…

— Salut, Mulford.

Le doc avait un accent asiatique à découper en sashimis.

— Vous êtes venu pour un jeu télévisé peut-être ?

— En fait, oui. Mais là n'est pas la question. Ni même la réponse.

— Certes.

— Certes ? Tiens tiens…

D'interminables secondes s'égrainèrent. L'implacable sablier du destin prenait un malin plaisir à corrompre nos regards déterminés. En aguerri du théâtre japonais, le doc restait stoïque parmi ses stocks. Oui… Yes était un spécialiste du Nô. Une minute de silence se faufila avant que…

— Sachez, docteur, qu'en hiver… les autruches volent bas.

Nouvelle minute de silence. Apparition de broussailles errantes et cri de corbeau au lointain. Yes rétorqua :

— Le dimanche, j'aime bien me tailler les ongles de pied.

— Moi, je tricote.

— C'est ainsi. Le sage s'assoit souvent sur une chaise.

— Pourquoi suis-je autant poilu ?

— Personnellement, je préfère les fromages à pâte molle.

— Ne trouvez-vous pas que ce que l'on dit est complètement stupide ?

Nouveau silence insoutenable. Le docteur Yes alluma une cigarette et en tira ce qu'il put, c'est-à-dire une bouffée.

— Ouais…

— Qu'avez-vous fait de Steve Noël, docteur Yes ?

Le doc enchaîna par un petit rire dont, selon mon grand-père qui ne voulait pas paraître raciste, seuls les Asiatiques, les Tongs, les Niaks ont le secret. Le genre énervant.

— Vous êtes bien crédule, Mulford. Steve Noël est mon associé. C'est lui qui va refourguer tout mon stock de la collection *Harlequin* au grand complet.

— Même le numéro douze-mille-vingt-trois, *Un cœur pour aimer* ?

— Oui. Même celui-là !

— Vous êtes vraiment cruel et sans pitié !

— Quinze ans à travailler dans les assurances-vie, ça n'arrange pas un homme. Voilà trois semaines que nous préparons joyeusement ces bouquins en guise de cadeaux. Et nous allons nous en débarrasser ce soir même. Nous sommes le 24 décembre, Mulford !

— Le 24 décembre, Steve Noël… Bon sang mais c'est bien sûr : le Père Noël ! Pourquoi n'y ai-je pas pensé plus tôt ?

— Peut-être parce que vous êtes con à bouffer du foin…

C'est vrai que là, fallait reconnaître que…

— Mais alors… Tout le monde va avoir le même cadeau !

— C'est exact.

Souple comme une danseuse étoile, j'effectuai un double saut périlleux avec salto avant, avant justement de rétorquer :

— Mais c'est horrible ! Comment avez-vous fait pour soudoyer le Père Noël ?

— Il avait beaucoup perdu au jeu quand il est venu me voir. Il picolait grave et avait même commencé à voter *Renaissance,* c'est vous dire…

— *Renaissance* ? Tiens tiens…

J'avais dans l'idée que le docteur Yes m'avait préparé quelque chose de pas très catholique et probablement même de dangereux. J'interrogeai Jim à ce sujet…

— Le docteur Yes t'a préparé quelque chose de pas très catholique et probablement même de dangereux, Mulford.

— Je m'en doutais…

Le docteur Yes réfléchit un instant avant de se rappeler de ce qu'il devait claquer pour se faire obéir. Des doigts, c'est ça ! Il claqua des doigts.

— Mes hommes vont te transformer en brochettes cinq épices, Mulford !

— Fichtre !

J'étais cerné. Il ne me restait plus qu'une solution. Je sortis une photo et la présentai à Yes.

— Je vous préviens, doc. Rendez-vous, ou je sodomise ce panda !

— NON ! Ce n'est pas possible. Vous ne le pouvez pas !

— Détrompez-vous, Yes. We can.

— Oh non, pas ça ! C'est trop cruel ! Je me rends…

Il est des moments où le faible doit s'incliner devant la force de l'argument. Le doc s'agenouilla devant moi en signe de contrition. Je poursuivis mon interrogatoire en signe de… de rien du tout en fait :

— Et votre complice, le Père Noël, où est-il ?

— Vous le trouverez ce soir dans n'importe quelle cheminée.

— Cheminée ? Tiens tiens… Mais comment fait-il pour être dans toutes les cheminées en même temps ?

— Il a un truc à lui : il utilise Calgon. Et comme vous le savez, les lave-linge durent plus longtemps avec Calgon.

L'affaire était réglée. Il ne me restait plus qu'à la confier au lieutenant Billy Liput, un tout petit inspecteur qui s'était engagé dans la police après avoir constaté au bout de vingt ans de mariage que sa femme était en fait un poisson rouge.

Je retournai à mon bureau. La pulpeuse Greta N'Gono m'y attendait.

— Je ne vous oublierai jamais, Christian...

— Euh... Moi, c'est Mulford.

— Et ce sera pareil pour mon mari...

— Steve Noël...

— Qui ça ?

— Laissez tomber...

— Oh, Mulford... Comment pourrais-je vous remercier d'avoir dénoué cette affaire ? Vous me rendez folle ! Vous savez que je peux vous montrer des tas de choses...

— Non, c'est pas vrai ! Ces photos sont truquées ! Et la chèvre, c'était une fausse ! Et elle était consentante...

— Mais que dites-vous ?

— Hein ? Euh... Non, rien.

Elle me fit passer une nuit où il n'y eut pas que les mains de moites. Elle me fit tout... La *Charge de la brigade légère,* l'*Express de Sumatra,* la *Pochette surprise,* la *Tarte flambée,* la *Tamponneuse gourmande* et même... le café.

— Et l'*Orchidée spéciale avec salto avant,* Mulford ?

— Plus possible, j'ai une scoliose.

— Mais tout à l'heure, pour le salto avant...

— Tout à l'heure, je racontais n'importe quoi. Et je crains que ce soit comme ça durant tout le bouquin.

Que d'aventures ! Mais également une impression étrange, comme une sensation d'inavoué, une presque amertume issue d'un mystère resté encore sombre dans mon esprit. Oui... Après tous ces évènements incroyables... j'ai quand même du mal à me faire à l'idée... qu'on est déjà vendredi...

Le concombre pas masqué

37 septembre 1932. Les clients ne se bousculaient pas à la porte de mon bureau. Je testais un nouveau whisky expérimental à base de térébenthine et d'anchois quand un client s'assit en face de moi et m'apostropha :

— Bonjour, monsieur… Monsieur ?

— Sploodge.

— C'est bizarre, vous portez le même nom que le détective que l'on m'a conseillé.

— C'est moi. Vous êtes dans le bureau du grand Sploodge.

Habitué à certains physiques franchement déplorables dans ma famille, je restai de pierre, et plus précisément de marbre. Je tenais cependant à le mettre à l'aise :

— Euh… Je ne sais pas si vous l'avez remarqué… En tous cas ne le prenez pas mal… Mais… vous faites trente centimètres, vous êtes vert et longiligne : il semblerait bien que vous soyez un concombre.

— Plus précisément « cucumis ridiculum ». Ça vous déplaît ? Vous êtes raciste ?

— Pas du tout. Du moment que vous payez…

— De toute façon, ça n'a pas l'air de vous étonner.

— Tant que Mathieu Amalric arrivera à tourner dans des films, rien ne m'étonnera. Seulement…

— Seulement ?

— Vous auriez plutôt dû vous adresser à un de mes collègues : le détective Hercule Poirot.

— Il se noie actuellement dans une affaire plutôt trouble, à Souppes-sur-Loing, une enquête qui pourrait le mener jusqu'à Lannion en Bretagne, parait-il.

— De Souppes à Lannion, donc…

— C'est cela… Vous avez un nom ?

— J'en connais plusieurs : Dupont, Martin, Crémieux…

— Je voulais parler du vôtre. Votre nom de famille.

— Oui. J'en ai un. Le même que mes parents. C'est assez courant, paraît-il…

— Et c'est quoi ?

— Pourfairelavaisselle, Vladimir. Vladimir Pourfairelavaisselle.

— Étonnant, comme nom… pour un concombre.

— Mes parents croient en l'autorégulation des marchés financiers.

— Des bonnes têtes de concombres donc…

— Et puis… ils sont très à cheval…

— … Ils sont cavaliers ?

— Avec certaines personnes, parfois. Mais en fait, ils sont surtout à cheval sur les principes.

— Équilibre précaire… Que puis-je pour vous, Vladimir ?

— Un homme me suit partout depuis maintenant deux semaines. J'aimerais savoir ce qu'il me veut. D'ailleurs, tenez, il est juste ici, dans votre bureau.

Avec le flegme qui me caractérise tant, je tournai légèrement la tête. Effectivement, je découvris un homme plutôt louche qui tentait maladroitement de se cacher derrière un briquet oublié là, c'est-à-dire sur ma table basse.

— Ah oui, en effet. Bon, écoutez, Vladimir… Je mène mon enquête, et vous aurez une réponse juste après l'ellipse qui va tout de suite commencer, dans un florilège d'humour et une chatoyance à la fois narrative et stylistique…

Je parcourus la ville, en long, en large, par-derrière et par surprise. La ville était grande ; la ville était impitoyable. Bien sûr, tout cela se fit de façon nocturne. Non seulement parce que le SDF (Syndicat des Détectives Français) obligeait tous ses adhérents à n'enquêter que durant la nuit afin de préserver une iconographie de bon aloi, mais également parce qu'il est bien connu que… c'est beau, une ville, la nuit.

C'était la première fois que j'enquêtais sur le milieu interlope des concombres. J'avais épluché le dossier à fond et craignais à présent de tomber sur un pépin. Il fallait que j'interroge les grosses légumes de la ville qui avaient l'habitude de se retrouver au *Marmiton*, un club de nuit louche où plus tard, certains de mes potes iront. Une véritable boîte à gangs où l'on n'aurait jamais osé mettre les doigts. Je cuisinai plus particulièrement Dragan Mirepoix, un mac originaire de Macédoine, que j'arrosais régulièrement, histoire de déglacer l'atmosphère. Mais cet empaffé résistait :

— Non, Mulford ! Si je vous dis tout, je suis cuit.

— Pourtant, autrefois, tu m'as cru.

— C'était il y a longtemps. Je n'étais qu'une jeune pousse.

Tout d'un coup, je fus pris d'une certaine nonchalance linguistique. Mes phrases devinrent ennuyeuses et ma flamboyance d'antan commença à se tarir :

— Saperlipopette ! Ne tournons pas autour du pot, Dragan. Je suis énervé. C'est cocasse. Mon œil accusateur doit te faire craindre mon courroux. Mince, alors !

— Dites-moi, Mulford… N'avez-vous pas parlé il y a peu de « chatoyance stylistique » ? Vous vous croyez où, là ? Encore deux degrés de moins et on fera du Bussi. Faut vous ressaisir, mon vieux…

Il avait raison. Aussitôt, j'avalai trois whiskys afin de retrouver des répliques à peu près présentables :

— Je comprends que tu ne puisses me dire quoi que ce soit ici. Mais si tu veux, on change d'établissement. On n'a qu'à aller aux *Bains Douches*.

— Ok, je te suis. Mais plutôt au *Bain Marie*.

L'humour enfin retrouvé, je le suivis, en le menaçant de mon économe.

Trois jours plus tard, l'enquête dite du *Concombre pas masqué* était résolue. J'avais invité mon client Vladimir à me rejoindre dans mon bureau et lui contai ce que j'avais appris :

— L'homme qui vous suit partout s'appelle le docteur Yes.

— Le docteur Yes ? Mais que me veut-il ?

— Vous n'avez pas lu l'enquête précédente ? Cet individu est un passionné de yaourt.

— Et alors ?

— Vous êtes un concombre, Vladimir. Ne voyez-vous pas le rapport avec le yaourt ?

— Appelez-moi Vlad.

— Son entreprise se nomme Tzatziki ! Il veut vous bouffer, Vlad !

— Diantre ! Dès qu'on a un peu de succès, on attire la jalousie…

— Arrêtez votre vinaigrette et fuyez plutôt ! Courez !

— D'accord, mais où cours-je ? De plus, vous semblez oublier que je n'ai pas de jambe !

— Décidément, vous êtes con comme une cucurbite, assez ! Sachez que ce n'est pas l'outil qui fait l'ouvrier. De même que ce n'est pas une hirondelle qui fait le printemps.

— Ne parlez pas de rondelles avec moi, Mulford ! Ça me déprime…

— Vous n'aurez qu'à vous planquer chez moi quelques jours. N'ayez crainte, vous ne serez pas seul. Depuis que je vous connais, j'ai fait copain/copain avec un chou-fleur.

— Vous me sauvez la vie, Mulford !

— Y a pas de quoi. Mais dites donc… Quelle salade…

La brune à vomir

4,37 avril 1978. Les clients ne se bousculaient pas à la porte de mon bureau. Et j'en avais marre de traquer les maris volages. Je venais de surprendre une conversation téléphonique de ma secrétaire Yolande avec une de ses amies :

— C'est un gros con ! Un trouduc, un dinosaure. Le pire des ringards. Il dit avoir quarante-trois ans, alors qu'il en a cinquante-cinq et qu'il en fait soixante. Il a un œil qui tombe et il perd ses cheveux. Quant à l'odeur, je te raconte pas... Son humour est aussi dépassé que sa vision du monde. C'est un inculte total. Il me parle régulièrement des *Misérables* d'Émile Zola et croit que Séoul est en Afrique. Rends-toi compte : il télécharge des défilés militaires pour les regarder le week-end ! En plus, c'est le gars le plus corrompu que j'aie jamais vu. Il est macho, sexiste et pour ce qui est de ses opinions politiques, il me donne envie de gerber...

Je ne voyais vraiment pas de qui Yolande pouvait bien parler. Une connaissance à elle visiblement. Venant d'encaisser l'aide gouvernementale pour l'embauche d'une senior et après avoir constaté que cette vieille secrétaire osait me demander le paiement de ses heures supplémentaires, je décidai bien sûr de la virer. Le lendemain, je pourrais aisément engager une jeune employée, plus avenante, moins chère, peu revendicatrice, sachant ce qu'il convient de faire pour calmer le stress patronal en fin de journée, et pour laquelle je pourrais bénéficier d'une nouvelle aide gouvernementale due cette fois à l'embauche d'une jeune personne. D'ailleurs, je profite de ces pages pour remercier le gouvernement de son soutien. C'est lui qui m'a fait comprendre que l'élite, dont je fais évidemment partie, doit s'entourer de personnes pensant les mêmes choses qu'elle. J'en profite aussi pour remercier le Ministère de la Culture, le Centre National du Livre, tous les dirigeants de groupes de presse, toutes les Directions Régionales des Affaires Culturelles, mon si charmant éditeur, Monsieur le Député, Monsieur le Maire, ainsi que Monsieur le Préfet et sa si charmante épouse.

Voilà.

C'était minuit, l'heure du crime, et surtout l'heure de mon douzième brandy. Une brune d'une laideur à vomir fit son apparition dans mon office. Je décidai de me présenter à elle :

— Bonjour, madame. Sploodge...

— Euh... non. Moi, c'est madame Pavard.

— Je vois... Me permettez-vous de vomir ?

— Je vous en prie, j'ai l'habitude.

Aussitôt, je balançais un jet gastrique digne du *Sens de la Vie* (plutôt de ce côté-là...), en pleine corbeille à papier.

— C'est pour quoi ?

— Je suis venue voir le détective, trouduc.

— C'est moi, le détective. Et je vous l'ai dit, mon nom n'est pas Trouduc mais...

— Fermez-la. C'est à propos de mon mari. Je le crois volage.

— Mais c'est pas possible ! Vous n'avez pas lu le début de cette histoire ? Je disais que j'en avais marre de traquer les maris volages et que...

— ... Vous aurez dix mille dollars.

— Les époux adultères ont toujours constitué mon sujet d'étude favori. Description…

— Il s'habille généralement en bleu, avec une cape et un slip rouges et… un gros « S » sur la poitrine.

— « S » pour « Saperlipopette » ?

— Euh… Je ne crois pas.

— Quelle est l'immatriculation de sa voiture ?

— Il n'a pas de voiture. Il vole dans le ciel.

Je fus soudain pris d'un certain doute. Le genre qui te fait te demander si on ne serait pas en train de…

— Vous ne seriez pas en train de vous foutre de ma…

— de ?

— de ma…

— Eh ben non.

— Vous êtes sûre ?

— Maintenant que vous le dites…

— Avez-vous remarqué cette évolution ?

— Quelle évolution ? Répondez-moi, Mulford !

— Cette évolution en triangle des dernières répliques.

— Avec angle droit en bas, à gauche ? Je m'en contrefiche ! D'ailleurs, êtes-vous certain, Mulford, que cette piètre remarque picturale va faire rebondir l'intrigue ?

— Cela permet de faire du dialogue pour pas cher.

— Vous êtes idiot ou quoi, Mulford ?

— La réponse me paraît évidente.

— Alors, on enchaîne ?

— Come on, Baby…

C'est alors que je filai à la britannique, et plus précisément, à l'anglaise.

Deux semaines passèrent. Après quoi je me réveillai et me dis qu'il serait peut-être temps de se bouger un peu. Une langue pâteuse et un goût immodéré pour les calembours de piètre qualité me firent prendre une direction : San Francisco. Puis je changeai d'avis. Ce serait plutôt avec Francisco qu'il me faudrait opérer.

Comme on l'aura compris, ledit Francisco brillait souvent par son absence. Cependant, ce jour-là, j'avais de la chance : il m'avait rejoint dans ma voiture. Nous étions en partance vers l'inconnu, sur une route de désespoir. Francisco faisait partie d'une famille sur laquelle on ne pouvait que très peu compter. Ses frères étaient les rois du mot d'excuse, connus pour poser non seulement des lapins, mais aussi toutes sortes de rongeurs sauvages. Si Francisco avait daigné se pointer à mon rendez-vous, ce n'était pas le cas de ses frangins. Il faudrait donc que j'enquête sans Diego, Antonio, Sebastián et même sans Tafé. Ce qui en fait ne poserait aucun problème, vu que ces gus n'avaient pas la moindre compétence et qu'ils ignoraient tout du dossier. Francisco fut pris d'une soudaine curiosité :

— Dis donc, Mulford... Comment as-tu su qu'il fallait partir vers l'inconnu sur une route de désespoir ?

— Je connais mes classiques.

— Tu es décidément très fort.

— Deux œufs durs écrasés tous les matins avec un peu de moutarde, pas de chanson française, et jamais d'eau plate. C'est tout.

— Tu n'aimes pas la chanson française ?

— Surtout l'eau plate. Ça me rappelle mon ex-femme.

Constatant assez rapidement que Francisco ne m'apporterait pas plus d'informations que ses fréros, je décidai de freiner violemment et de le sortir de ma voiture. Le jeune homme s'interrogea sur le bien-fondé de ma démarche :

— Mais alors, Mulford... Pourquoi m'avoir fait venir si c'était pour me virer comme un malpropre au bout d'une minute ?

— Faiblesse de ma part. Mon contrat m'oblige à un minimum de mauvais jeux de mots dans chacune de mes aventures. Cette dernière digression n'aura été que le vil moyen d'y parvenir.

— Je comprends et ne puis m'empêcher d'être impressionné.

— À la revoyure, mon p'tit gars. Et mes amitiés à ton cousin Pellegrino.

Je poursuivis ma route. Il faisait nuit ; j'étais fatigué. J'avais peur de m'égarer sur un chemin inconnu où j'aurais pu assister à l'atterrissage d'une soucoupe volante. Cette enquête commençait à me briser les rouleaux. Il fallait que je rentre chez moi, que je retrouve Stan, mon animal de compagnie : un cafard de trente centimètres et douze kilos. C'est lui qui m'avait découvert dans un refuge de la SPA quinze ans auparavant. Sans doute avait-il eu pitié. Je n'avais pas à me plaindre. Stan était gentil avec moi. Il me caressait régulièrement et me laissait finir ses carcasses de poulet. Cependant, il me fallait penser à ma cliente. Certes, c'était une mocheté, mais elle méritait des réponses à ses questions. Je suis ainsi : ouvert d'esprit et magnanime.

Dans un bon jour, il est évident que j'aurais pu penser à de multiples pistes, toutes plus aventureuses les unes que les autres. J'aurais pu entrevoir d'incroyables personnages, tous dotés d'une personnalité des plus originales. J'aurais pu plonger dans le stupre et le questionnement sans fond. J'aurais pu *courir les rues, battre la campagne, fendre les flots*. J'aurais pu être un mec super. J'aurais pu risquer ma peau à chaque instant, me remettre en question, m'interroger sur le pourquoi de l'existence. J'aurais pu m'engager, tenter quelque chose, pour réussir humblement, en découvrant et résolvant tout, dans l'ombre, sans me vanter.

Mais finalement, non. Je décidai plutôt de consulter le site *Solution de l'énigme* où, en quelques clics, la résolution de mon enquête me fut révélée. Après tout, c'est vrai que des fois, merde…

Le lendemain, vers quinze heures du matin, ma brune cliente refit son apparition dans mon bureau. Je fis silence sur mon recours au site et lui demandai un petit surplus par rapport au devis initial. Eh oui : l'abonnement à *Solution de l'énigme* n'est pas gratuit…

— Tout ce que vous me racontez là est véritablement incroyable, Mulford…

— N'est-ce pas… ?

— Ces courses-poursuites, ces échanges de coups de feu, vos blessures, cette abnégation, cette remise en question…

— Juste les risques du métier, poupée… Ce n'est rien. La routine, pour moi. J'ai l'habitude de concocter des enquêtes à la fine échalote pour mes clientes.

— Comment ça ?

— Des enquêtes aux petits oignons si vous préférez…

— Et alors ? Vous êtes parvenu à une conclusion ?

— Parfaitement.

— Laquelle ?

— Que je devrais manger un peu moins gras.

— Non, je veux dire… par rapport à ce qui me concerne, ce pour quoi je suis venue, la disparition de mon époux…

— Ah, oui, je vois. Votre époux donc… Eh bien, j'ai une bonne et une mauvaise nouvelle. La mauvaise, c'est que j'ai fait ce que vous n'avez pas daigné faire tout à l'heure : je me suis souvenu du début de l'épisode.

— C'est-à-dire ?

— Votre mari s'habille en bleu, avec une cape et un slip rouges. Et un gros « S » sur la poitrine. Manifestement, vous êtes mariée avec Superman.

— Le salaud ! En vingt-sept ans de mariage, il ne m'a rien dit.

— Alors en plus d'être moche, vous êtes bête à vous brouter les dessous de bras…

— Je sais. Et pour en rajouter une couche, je ne sais pas cuisiner. Y a pas de justice.

— Vous ne m'avez rien dit à ce propos, mais je suppose que vous vous prénommez Loïs…

— Ah pas du tout. Moi, c'est Samira.

— Pas grave. Je sais rester digne en toutes circonstances.

— Comment avez-vous fait pour retrouver mon mari ?

— On m'a filé des tuyaux.

— Des renseignements ?

— Non, des tuyaux. En plastique, en PVC, en alu… Je ne sais plus quoi en foutre.

— Et où avez-vous retrouvé mon époux ?

— À Ferrières-en-Gâtinais. Sur sa trace, j'ai retrouvé pas mal de lampions probablement tombés de ses poches. Or, chacun sait que Ferrières-en-Gâtinais est la capitale mondiale du lampion.

— Quelle est la bonne nouvelle ?

— Vous pourrez retrouver votre époux ce soir après sa tournée.

— Sa tournée ?

— Oui. D'après ce que j'ai compris, il a la manie de sauver plein de trucs en permanence. Des femmes, des enfants, des trains, et surtout les apparences.

— Où pourrais-je le retrouver ?

— Dans un club privé…

— … *Le Vilain Petit Canard* ? Ce club sado-maso que vous fréquentez régulièrement ?

— Euh… non. Pas celui-là. Il s'agit d'un club finlandais sataniste. Le *Hell Sin Ki.*

— Vous êtes trop fort, Sploodge… Comment faites-vous pour découvrir tout ça ?

— C'est mon métier de découvrir.

— Une dernière chose, Mulford…

— … Non ! Je ne suis pas le père de votre enfant. Inutile de me mettre ça sur le dos…

— Mais qu'est-ce vous racontez ?

— Euh… rien. Un vieux réflexe. Et maintenant criez !

— Pourquoi ?

— Il est toujours bon d'avoir un truc spectaculaire pour une fin d'enquête.

Et la brune de gueuler comme un veau.

Ce qu'ignorait Mulford Sploodge à cet instant précis, était une présence. Quelque chose ou quelqu'un dont il ne pouvait se douter se tenait là, dans l'ombre, à à peine vingt mètres. Une fenêtre en face de la sienne, de l'autre côté de la rue. Cela observait. Cela se souvenait. Cela était déterminé.

La conseillère matrimoniale

23 février 1980. Les portes ne se bousculaient pas aux bureaux de mes clients. Curieusement, à chaque début d'enquête, une musique se faisait entendre entre mes murs. Du genre à répandre de l'ambiance polar un peu partout. Pas très éloignée de ce qu'avait pondu Miles Davis pour le film *Ascenseur pour l'échafaud*. À part moi, personne ne l'entendait. Ce qui me faisait poser moult questions, sans me faire poser la moindre réponse. Je venais de recevoir une lettre de rupture de ma troisième femme, ce qui m'attristait beaucoup. Après avoir jeté un coup d'œil au cachet de la poste, je constatai que cette missive avait été expédiée douze ans plus tôt. Ce qui expliquait enfin le manque de nouvelles d'Antoinette depuis un bail. À n'en pas douter, il conviendrait à l'avenir d'ouvrir le courrier plus régulièrement. Tout à coup, je m'interrogeai :

— Mais au fait… C'est bien « Antoinette », qu'elle s'appelait ?

Je lus la lettre de mon ex. Ses propos étaient déchirants : « C'est pas toi, c'est moi… Je préfère qu'on reste amis… Peut-être. Je t'aime, enfin non, plus vraiment. Je t'embrasse… mais finalement non, je ne t'embrasse pas… Car en fait, tu me fais vomir. Tu es trop consternant. Grave, chelou à mort. Mes amies se moquent de moi. Adieu, j'espère. Enfin, je ne sais pas… Tatiana. PS : Je t'ai laissé une assiette de ragoût au frigo. »

Certains faits s'éclaircissaient. Ma dernière épouse s'appelait non pas Antoinette mais Tatiana ; et je comprenais enfin l'odeur de putréfaction répandue dans mon appartement depuis tant d'années : l'assiette de ragoût oubliée il y a douze piges devait y être pour quelque chose.

Décidément, j'avais un problème avec la gent féminine. J'avais beau être romantique, courtois et user de tact, quelque chose clochait en moi. Je décrochai le téléphone afin d'interpeller ma pétasse de secrétaire :

— Ma p'tite, vous seriez bien aimable de vous bouger un peu ! Pourquoi ? Pour me trouver une femme. Je souhaite me racheter auprès de la gent en question. Quoi ? Un conseiller matrimonial ? Si vous l'dites… Merci, Sophie. Je ne suis pas près d'oublier ce merveilleux conseil. Quoi ? Qu'est-ce que vous dites, Françoise ? Un conseiller matrimonial ? Mais c'est n'importe quoi ! Vous vous fichez de moi ou quoi ? Vous êtes virée, Sandra !

Je raccrochai avec le sentiment du devoir accompli et la parfaite conscience des contraintes sociales d'une charge patronale.

— Mais au fait… C'est Sandra ou Antoinette ?

Dans mon esprit, un noir fut fondu.

Une heure plus tard, une conseillère matrimoniale débarqua dans mon bureau. Décidément, comme secrétaire, ce Jean-François était d'une efficacité biblique.

La matrimoniale conseillère s'installa en face de moi. J'avais déjà dû voir femme plus antipathique, mais pas souvent. Le regard qu'elle me lança me fit comprendre qu'elle en avait autant à mon égard.

— Bonjour, madame.

— Bonjour, monsieur Sploodge. Je suppose que si vous m'avez fait venir, c'est que vous avez des problèmes…

— ... Mais ... pas du tout ! Les fuites urinaires, ça arrive à tout le monde, et ...

— Quoi ? Mais de quoi me parlez-vous ?

— Hein ? Euh ... rien. Si j'ai fait venir une spécialiste telle que vous, c'est que je voudrais savoir ce qu'il convient de faire pour séduire les femmes.

— En général, il faut être beau et avoir plein de pognon.

— C'était donc ça ...

— Quel genre de femme recherchez-vous, monsieur Sploodge ?

— Distinguée, élégante et aimant les poils.

— Une taxidermiste peut-être ... Vous avez déjà essayé les hommes ?

— Si c'est le cas, je ne m'en souviens plus. Je suis très distrait.

— Des préférences concernant l'âge ?

— Plus jeune que ma mère, plus vieille que ma fille. C'est une question de principe.

— Quel genre d'activité aimez-vous pratiquer en couple ?

— Tout ce qui se rapporte au sport, ainsi que la lecture.

— Quel genre de lecture ?

— Tout ce qui se rapporte au sport.

— Et pour le sexe ?

— J'en ai un.

— Je voulais parler de la pratique, non de l'organe.

— Mais l'organe en question est très pratique. Et puisque vous voulez apparemment en connaître la taille ...

— ... Je ne le veux pas !

— ... je puis vous affirmer que j'ai un très gros sexe. Ah ça, on peut pas dire que j'ai les pieds bronzés : ils ont toujours été à l'ombre !

— Élégant ...

— Je vous ai préparé une liste des positions sexuelles que mon corps endolori d'enquêteur casse-cou m'autorise encore.

La conseillère examina ma liste avec professionnalisme et gourmandise, la coquine.

— Je vois, monsieur Sploodge, que vous mentionnez la *Bourriche de douze* ? C'est une position interdite dans de nombreux états et condamnée par Amnesty International.

— Je l'ai mise à tout hasard. Car en fait, je ne puis plus la pratiquer.

— Ah bon ? Comment ça ?

— Je n'ai plus de zèbre.

— Je comprends...

Après un interrogatoire qualifié de durable, cette conseillère à cent dollars de l'heure hors taxes, était prête à me livrer un verdict.

— Alors, dites-moi... Qu'est-ce qui me correspondrait le mieux, niveau femmes ? Nathalie Portman ? Halle Berry ? Lou de Laâge ? Roselyne Bachelot ?

— Prenant le risque de paraître vulgaire, permettez-moi d'être honnête.

— Je vous écoute.

— Pour vous, ce serait plutôt Éric Zemmour.

— QUOI !? Mais vous déraisonnez. Je ne mérite pas ça !

— Votre maman ne vous a pas dit qu'il ne faut jamais se moquer du physique ?

— Il est des cas pour lesquels on autorise des exceptions. Pourquoi lui ? Aurais-je subi une ablation du cerveau ?

— Vous êtes un homosexuel refoulé à tendances zoophiles.

— Autrement dit, madame, avec votre moustache et votre bec de lièvre, vous seriez mon style ?

— Ce n'est pas ce que je veux dire.

— Ah bon ? Mais alors, que vouliez-vous dire ?

— Euh… « Cacahuète », peut-être.

En expert incontesté du suspens, je décidai d'imposer un temps avant de répondre :

— Pas mieux.

Au loin, la trompette de Miles Davis s'interrompit enfin.

Séance tenante

Tex Avery, juin 2023. Les clients ne se bousculaient pas à la porte de mon bureau. Par contre, ils se bousculaient à celle de mon psy d'origine obligatoirement autrichienne, Otto Graph, un type habitué à signer tout et n'importe quoi.

— Ainsi, vous avez toujours voulu exercer ce métier, Otto ? Psy, c'est bien cela ?

— Oui. C'était ça ou charcutier. J'espérais travailler un jour pour le Boudin Crémieux, mais... vous savez ce que c'est...

— Alors, dites-moi, Otto... ça roule ?

— Ah non, vous n'allez pas recommencer, Sploodge ! À chaque fois que vous venez ici...

— ... J'ai l'impression que vous êtes crevé... Ça n'a pas l'air de carburer...

— Bon, vous avez fini ?

— Vous avez raison, Otto, stop. Pour la suite, comme souvent, on verra plus tard.

— Très bien. Alors dites-moi, Mulford, depuis notre dernière séance après laquelle le rideau sur l'écran est tombé... Avez-vous enfin réglé votre problème d'Œdipe ?

— Œdipe... le sportif ?

— Non. Un complexe.

— Un complexe sportif ?

— C'est plus complexe que ça. Souhaitez-vous toujours tuer votre père ?

— Je l'ai fait ! L'autre jour, je lui ai raconté une blague de Toto, je l'ai tué ! Il était mort de rire.

— Par contre, pour ce qui est de coucher avec votre mère, je vous le déconseille, Mulford. Moi-même, je l'ai fait, c'est pas terrible. Et puis… C'est surtout quelque chose que vous refoulez.

— Je refoule ? Vous en êtes sûr, docteur ?

— Ah oui, croyez-moi. Quand vous transpirez, vous refoulez énormément.

Pourquoi m'étais-je rendu chez mon psy ? Je ne le savais pas vraiment. Marre de tout probablement. Il fallait que je fasse le point. Bien que proche de la retraite, mon psy était un disciple de Carl Jung. La foule de ses clients pressait, il fallait donc faire vite. Il me demanda de tout sortir, de tout étaler, sans retenue. Ce qui m'étonna vu qu'il n'était pas urologue. Mais je me trompais. Ce qu'il me demandait de lui présenter, c'était mon moi intérieur, un truc bizarre qu'il appelait « mon âme ». Et il souhaitait que je le fasse ici :

— Là ? Quand ?

— Mais tout de suite. J'ai des clients qui se bousculent à la porte de mon bureau.

— Vous avez de la chance, ce n'est pas souvent mon cas.

— Arrêtez de vous plaindre, Mulford ! Il y a pire dans le monde, croyez-moi… J'ai connu une femme très laide, née en situation de handicap chez les Talibans. Autant vous dire qu'elle avait cessé depuis longtemps de jouer au Loto.

— Si on n'a plus le droit de se plaindre…

— Ne perdons pas de temps, Sploodge. C'est qu'on a des brioches sur l'étagère.

— Comment ça ?

— On a du pain sur la planche, si vous préférez. Je vous écoute, Mulford, lâchez-vous…

— Je n'y tiens pas.

— Si vous n'y tenez pas, c'est que vous avez déjà lâché. Dans ce cas, je vais vous dire au revoir, Sploodge.

— C'est déjà fini ?

— Oui. Ça fera deux cents euros.

— Et pour cette vision des choses que, d'après vous, je veux imposer à autrui ?

— C'est la femelle du cochon. Vous souffrez visiblement d'une psychose charcutière. Votre sponsor, le Boudin Crémieux, doit certainement y être pour quelque chose.

— Mais c'est impossible. À cause de mon régime, je ne mange pratiquement plus de porc !

— Mais c'est normal, voyons. C'est beaucoup trop gros, un port ! Avec les quais, les grues de déchargement, les dockers…

— Non, doc. Je voulais dire que je ne mange plus de cochon.

— … qui s'en dédit ! Ou des pieds d'ailleurs…

La conversation commençait surtout à sentir le pâté. C'était à se demander qui était le patient. Un tel verbiage à propos de cochons n'avait aucun sens. Mais qu'importe, me disais-je : qui vivra *verrat*.

— De toute façon, professeur Graph… Je me demande bien ce que nous faisons tous ici. La possibilité de rencontrer l'âme sœur sur cette planète n'est que pure illusion et promesse de désespoir. La solitude, je vous dis ! Voilà ce qui nous attend tous !

— Je vois que vous êtes optimiste, Mulford…

— Il est inutile de se bercer de faux espoirs.

— Allons, vous ne devriez pas…

— Je vous arrête tout de suite, professeur ! Les passions sont inutiles ! À quoi bon avoir des passions quand on observe le monde qui nous entoure. Tout n'est que duperies, convoitises, haines et hypocrisies !

— Vous exagérez, Mulford. Vous devriez plutôt profiter de la beauté de la vie…

— Vous appelez ça « beauté » ? Mais, naïf que vous êtes, observez donc ! Les gens sont laids, le décor de ce bureau est du plus mauvais goût, et on n'a même pas un coup à boire !

— Dites-moi, très cher… Vous est-il déjà arrivé de sourire ?

— Oui. Cela m'est déjà arrivé. En 85. Un mardi. Pour qui me prenez-vous ?

— Pour quelqu'un qui avait prévu de faire rire, mais qui, là…

— Mais… J'aime énormément la joie et la gaîté… Ah j'oubliais… L'humour également. Je suis même considéré par certains comme un fervent partisan de la fantaisie.

— Ah mais oui… C'est évident. On s'en rend compte tout de suite.

Désireux de clouer promptement le bec de ce prétentieux psychiatre, je décidai de prouver mes derniers dires par le récit d'une des blagues les plus drôles de ce système solaire. Une histoire qui m'avait autrefois permis d'entrer dans la catégorie des « gens qui comptent » :

— Alors voilà… Je vais immédiatement vous narrer une blague de Toto. Et ce afin, comme on le dit parfois dans certains milieux inconscients, de « rire un bon coup ».

— Narrez, Mulford, narrez…

— Voilà donc… Puisqu'il est temps de se narrer… C'est donc le dénommé Toto qui va dans un grand magasin de Bruxelles, Belgique. Il demande à la vendeuse : « Bonjour madame la vendeuse, pourrais-je avoir une robe de chambre ? » Et la vendeuse de lui répondre : « Pas de problème, monsieur Toto », car, comme vous l'aurez compris, elle connaît son nom… « Quelles sont les dimensions de la chambre ? »

Aussitôt, la stupéfaction engendra le silence. L'évidente puissance comique de ladite blague, alliée à une narration quasi parfaite, fit que, durant plusieurs minutes, le thérapeute ne sut que dire. Satisfait du résultat, je pus alors apprécier la totale sidération affichée sur le visage de mon psy. Sidération que je savais déjà ne pouvoir être retranscrite par la suite que par une page blanche, à minima…

Voilà. Qu'importe la gabegie forestière que certains verront dans cette utilisation d'une quasi-feuille entière « pour rien ». Il est des moments où l'angoisse de l'empreinte carbone doit se taire face à l'exigence artistique du poète.

— Désopilant, n'est-ce pas, professeur ?

— Effectivement, je me tiens les côtes. Je n'en ai pas l'air comme ça, mais croyez-moi, Sploodge, à l'intérieur, ça bout. Je prends sur moi…

— Je vous avais prévenu. Mais bien que cette blague soit d'une qualité évidente, elle n'est que goutte d'eau dans un océan de morosité.

— Oui, bon… Comme je vous le disais, ça fait trois cents euros. À la prochaine fois, monsieur Sploodge…

— À quoi bon parler de « prochaine fois ? » Ce monde court à sa perte. Alors pourquoi tenter en vain de se distraire alors que, de toute façon, nous allons tous crever ! Et probablement plus tôt qu'on ne le pense !

— Une petite question, Mulford… Que faisiez-vous avant de venir ici ?

— J'écoutais le dernier album de Vincent Delerm.

— Je vois.

— Je vous dois combien, docteur ?

— Quatre cent… cinquante euros.

— Ça les vaut. Vous n'auriez pas un petit quelque chose à boire ?

— Bien sûr. Dans ce cas, ça fera six cents euros. Un whisky ?

— Un « whisky » ? Ah, Graph, punaise… Décidément, vous me scotchez !

— Ah ben vous voyez, ça va déjà mieux. Un petit effort au final…

— Pas de problème, Otto. Je suis comme vous : je démarre sur les chapeaux de roues…

— Oui. Adieu, Mulford.

Le docteur Graph n'était pas le seul à fuir les lamentables jeux de mots de Mulford. Nombreux étaient même ceux qui en faisaient des cauchemars. Celui qui, en face du bureau du détective, l'avait observé tant de fois était de ceux-ci. Il avait poursuivi sa traque, toujours dans l'ombre. Lui ne se tairait pas. Il avait décidé d'arrêter de fuir. La lourdeur de Sploodge lui avait trop coûté. Bien trop.

Placer un micro dans un bureau de psychiatre n'est pas chose compliquée.

Pas le jour de Mulford

12 12 2012. Les clients ne se bousculaient pas à la porte de mon bureau. Depuis un temps certain, c'est-à-dire plusieurs mois, j'avais décidé de devenir un grand écrivain. Le genre que l'on voit dans les émissions littéraires déambuler seul au bord d'un canal ou dans des parcs arborés, plein d'une réflexion profonde sur la nature des choses qui nous entourent. Une âme pure quoique déchirée. Cela me convenait. En effet, j'avais souvent été déchiré, complètement ; et les flics ou détectives privés reconvertis en auteurs de polars étaient légion. Dans les magazines, les romanciers semblaient adorer regarder à travers une vitre, au loin. Regarder quoi ? On ne savait pas. Plein de trucs sans doute. Ayant assimilé la démarche, depuis des semaines, je passais donc mon temps à regarder à travers une vitre ou à me promener seul au bord d'un canal. J'étais beau. Et pourtant... rien ne venait. Pas une ligne. Ma production littéraire stagnait dans son starting-block, sans le moindre coup de feu pour la faire décoller. Puis ce fut la révélation. Un ami salvateur me sortit du piège en m'expliquant ce que l'on aurait dû m'expliquer depuis longtemps. En fait, pour être un écrivain, il fallait écrire. Et même beaucoup. Probablement plusieurs pages. Souvent en plus. Et moi, on ne m'avait rien dit ! Je décidai donc d'interrompre ma carrière de romancier, car j'avais compris que... écrire, c'est chiant, et ça prend du temps. Bref...

Ayant conclu une nouvelle enquête, je venais de quitter Gif-sur-Yvette avec la satisfaction de constater qu'Yvette se portait comme un charme. J'avais donné rendez-vous à la champenoise Cindy au bien-nommé *Rendez-vous Champenois,* un bar que les détectives et musiciens louches aimaient fréquenter.

— J'espère que vous appréciez mon invitation, Cindy. J'ai des bons de réduction valables dans cet établissement. Alors...

— Des bons de... Très classe, Mulford...

Cindy était une inspectrice des impôts d'une beauté ahurissante. Il était évident qu'elle me désirait. Ses nombreuses visites à mon bureau, pour soi-disant « examiner mes comptes », ne trompaient personne. En réalité, la petite ne pouvait se passer de moi. Une minute loin de ma personne lui était une souffrance. Alors un contrôle fiscal comme prétexte... pourquoi pas ? La gosse en devenait attendrissante. Elle venait de déballer tout un tas de feuilles et dossiers sur la table qui nous séparait. Ce qu'elle appelait des « preuves expliquant mes malversations » me faisaient sourire. Elle réajusta une boucle d'oreille, démonstration patente de son désir.

— En tout cas, avec ce que j'ai pu réunir ici, vous devriez cumuler plus de deux-cent-trente ans d'emprisonnement pour fraudes diverses. Vous comprenez, détective Sploodge ?

— Je vous en prie, appelez-moi Mulford.

— Vous comprenez, détective Mulford ?

Ce que je comprenais, c'est qu'elle était folle de moi. La demoiselle avait commandé un pastis, et ça, ça voulait dire bien des choses...

— Oui, ma mignonne... Vous n'osez pas le dire, mais visiblement vous avez deviné ce que je cherche...

— L'adresse d'un bon chirurgien esthétique ?

— Euh...

— D'après ce que j'ai compris, Mulford, vous grugez France Travail en touchant des indemnités sous différents noms, en tant que plombier, détective privé, acupuncteur et intermittent du spectacle multifonction. Vous touchez une dizaine d'allocations logement, trois RSA et des allocations familiales pour douze enfants que vous n'avez jamais eus.

— Je pourrais commencer avec vous, la môme...

— En fait, vous êtes comparable à un influenceur du Web : vous gagnez des millions avec un QI proche de douze !

Il était clair que je la subjuguais. Dingue de moi, qu'elle était. À tel point que j'en étais écœuré. Rien d'étonnant à cela. Depuis des années, je dégageais tellement de sex-appeal que certaines variétés de mollusques avaient décidé d'inventer le langage pour exprimer leur désir de faire l'amour avec moi. L'inspectrice ne pouvait résister. Elle avait mis du vernis noir sur ses ongles et ne mangeait aucune de ces cacahuètes pourtant gratuites. Elle le faisait exprès, la petite vicieuse ! Si ça, c'était pas une preuve qu'elle m'allumait...

— Et tout cela n'est rien en comparaison des aides que vous touchez indûment pour votre entreprise. Des millions accordés en échange d'embauches que vous n'avez jamais faites.

— La plupart de mes amis entrepreneurs font la même chose. En outre, j'ai quand même pris un stagiaire il y a trois ans.

— Et je ne parle pas des pots-de-vins que vous avez reçus. Vous êtes un vendu, Mulford !

— Je ne suis pas un vendu, je suis un acheté !

Retenant avec difficulté son rire après cette dernière touche d'humour, Cindy battit des paupières. Ben voyons... On ne va quand même pas me dire que c'était dû au hasard...

Un clin d'œil des deux yeux en simultané… Folle de moi, j'vous dis…

— Et votre comptabilité, c'est n'importe quoi ! Vous passez tout en frais d'entreprise. D'après ce que vous déclarez, vous faites deux millions de kilomètres en voiture par mois et vous mangez onze fois par jour.

— Oui, là, j'ai peut-être un peu exagéré…

— Et cette facture pour une chèvre gonflable ? Cette autre pour une trentaine de boîtes grand format de couches Confiance ? Ces abonnements à quarante-trois sites de catch féminin…

— Non non, ça, c'est vrai. C'était… pour mes recherches.

— Et ces nombreux voyages à Amsterdam ? Avouez… C'était pour l'herbe ?

— Pas du tout, mon p'tit. Je trouve au contraire ce pays bien laxiste. S'il n'y avait que moi, je leur balancerais la bombe sur la gueule, ça ferait pas long feu.

L'employée fiscale me fixa du regard. La fermeté de mes opinions politiques venait d'ajouter une touche supplémentaire d'admiration dans ses yeux. L'émotion était trop forte : elle eut un haut-le-cœur. Encore un quart d'heure d'échanges passionnés et elle serait à moi, pleines de larmes reconnaissantes. Malheureusement, mon ex-femme passa par là.

— Tiens… Qu'est-ce que tu fous ici, p'tite bite ?

— Euh… C'est à moi que vous parlez ?

— Fais pas semblant de pas me reconnaître, connard. Apparemment, le gardien du zoo a laissé la porte ouverte…

— Vous avez été mariée à cet individu, madame ?

— À cet abruti ? Seulement deux heures. C'était pour les papiers, j'suis pas d'ici. Et je suis surtout pas folle à ce point. Il est connu dans toute la ville pour le caractère microscopique de son sexe. Y a même eu une pétition à ce sujet pour dénoncer le scandale. Quant au reste…

Je constate que tu n'as toujours pas songé à la chirurgie esthétique, Mulford.

— C'est ce que je lui préconisais il y a à peine une minute...

— Tu devrais pourtant, ça devient urgent, mon gros. Une petite révision des cinq mille... Enfin, des cinquante mille plutôt... Je parle de tes nombreux mentons, de ton nez en patate, de ton regard de veau, de...

— Vous n'avez jamais trouvé la moindre qualité à votre ex-mari ?

— Ah ça non ! Je le trouve fourbe, lâche, menteur... dans un premier temps. Parce que si je réfléchis...

— Non, Roberte, fais comme d'habitude, ne réfléchis pas...

— ... il est aussi pervers, zoophile et socialiste !

Ma dernière objection ne sembla point atteindre sa cible. Cindy profita de l'intervention de mon ex pour émettre une remarque, comme si une gonzesse y était autorisée...

— Nous sommes du même avis, madame. Je trouve le détective Sploodge absolument pitoyable. Enfin pitoyable mais...

— Mais quoi ?

— ... mais aussi profondément débile ! C'est pas compliqué, on a utilisé sa photo dans un dictionnaire pour illustrer le terme « néandertalien ».

— C'est ça. Mon ex-mari est radin comme c'est pas permis, totalement inculte et ne change de sous-vêtements qu'une fois par an. Et je ne vous raconte pas ce qu'il fait quand il est seul dans son bureau... Enfin, vous voyez ce que je veux dire...

Ce que je voyais surtout, c'est que cette garce d'ex était en train de me griller auprès de la charmante Cindy. Il était temps de rectifier le portrait que l'on tentait de faire de moi :

— Tu exagères, Roberte ! Tout le monde te dira au contraire que je suis d'une générosité exemplaire. J'ai tout de même donné un rein à mon frère…

— Tu ne lui as pas donné, tu lui as vendu. Et surtout, c'était pas ton rein ! Résultat, y a eu rejet. Et maintenant, ton frangin est dans un fauteuil pour le restant de ses jours.

— Et alors ? Il a toujours voulu travailler dans un bureau…

Heureusement pour moi, mon ex avait un rendez-vous. Elle dut filer, à mon plus grand plaisir. Pas démonté pour autant après l'intervention de Roberte, je repris ma conversation avec l'inspectrice des impôts, afin de lui enchanter l'imaginaire, une fois de plus :

— Vous aimez la littérature, Cindy ? Savez-vous que je suis moi-même romancier, auteur, inventeur de l'irréel… Il m'arrive régulièrement de marcher seul le long d'un canal. Souvent, je passe des heures à regarder à travers une vitre…

— Ah oui ? Et vous regardez quoi ?

— Ben…

La charmante replongea dans son mien dossier.

— Et ces ventes d'armes… Vous pouvez les expliquer, Sploodge ?

— J'étais jeune. J'ai eu une enfance difficile ; mes parents buvaient ; mes grands-parents se droguaient ; j'avais un cor au pied ; et…

Mon hésitation fut interrompue par la sonnerie d'un téléphone, le mien. Je décrochai, il s'agissait d'Otto Graph, mon psychiatre :

— Bonsoir, Mulford. Je tenais à vous parler de votre problème.

Peu investi dans les techniques modernes, depuis deux semaines, je ne parvenais plus à éteindre l'option *haut-parleur* de mon appareil, ni à en baisser le niveau sonore. Ce qui fit qu'à cet instant précis, la moitié du bar put entendre les dires de mon psy au bout du fil :

— Ne vous inquiétez pas, Mulford. Cette histoire avec votre cousine n'a rien d'extraordinaire. Vous êtes né dans le Loir-et-Cher, et là-bas, c'est très courant. Quant au fait que vous aimez vous faire talquer comme un bébé, c'est…

D'un geste précipité, je jetai mon téléphone dans ce que je pris pour un aquarium, mais qui était en fait une publicité murale pour des cours de plongée. La voix d'Otto disparut. Malheureusement, je n'étais pas au bout de mes peines. C'est Eusèbe qui prit le relais de mes détracteurs, volontaires ou pas. Le patron du *Rendez-vous Champenois* m'interpela de derrière son comptoir :

— Au fait, Mulford, regarde ça… C'est passé à midi sur CNN. Un reportage à l'hôpital sur ce qu'ils appellent les « urgences spéciales », souvent sexuelles. C'est toi, dans le lit. Tu es dans le coma, mais on te reconnaît bien…

D'un geste de télécommande, Eusèbe alluma l'écran large visible de tous les coins du bar. Micro en main, un journaliste interrogeait une urgentiste visiblement scandalisée par les interventions que des pervertis lui imposaient durant ses heures de travail :

— Ce n'est plus possible ! Que des tarés usent de certaines pratiques honteuses dans leur vie privée passe encore, ça les regarde. Mais que les conséquences de tels actes perturbent les services de l'hôpital, non ! Prenez cet individu endormi… Il a passé la nuit en compagnie d'un âne qu'il a cru présomptueusement être son ami. Eh bien j'ai dû le recoudre ! L'individu, pas l'âne bien sûr. Une opération de deux heures ! Si vous croyez que je n'ai que ça à faire…

Décidément, c'était pas mon jour. Le silence se fit. Tous les regards se tournèrent vers moi, avant que certaines protestations apparaissent dans la bouche populace :

— C'est une honte ! hurla un client.

— Il n'est pas digne de l'espèce humaine ! poursuivit un autre.

— Je veux des frites ! enchaîna un troisième qui visiblement n'avait rien suivi.

— Qu'on le pende ! conclut un quatrième.

Curieusement, Cindy semblait être en accord avec ces dernières invectives. Ce qui ne m'empêcha pas de lui proposer une invitation à la fois charnelle et délicate :

— Bon ben c'est pas tout poupée, mais… On va conclure chez vous ou chez moi ?

— Pardon ? Vous plaisantez, Mulford…

— Ben quoi ? Même si j'ai des bons de réduction, j'ai claqué pas mal de pognon, alors…

Sans que je ne sache vraiment pourquoi, Cindy me jeta son pastis à la figure. Peut-être était-ce là le début d'une histoire d'amour…

La grève

Je ne sais plus très bien quel jour on était, mais en tous cas, les clients ne se bousculaient pas à la porte de mon bureau. J'étais en train de... Ou en tous cas, je me disais que... Enfin, je ne sais plus trop ce que je pensais... Ni même si je pensais quelque chose. C'est alors que comme d'habitude, enfin je crois, quelqu'un, mais je ne sais plus qui, fit son apparition...

Je ne reconnus pas l'homme qui s'assit en face de moi. Et d'ailleurs... Était-ce bien un homme ?

— Bonjour, monsieur... Monsieur comment déjà ?

— Sploodge. Mulford Sploodge, enfin semble-t-il. Si ça n'a pas changé depuis la dernière fois.

Comme il en avait la fâcheuse habitude, le temps passa. J'interrogeai à mon tour :

— Et vous ? Comment vous appelez-vous ?

— Pas la moindre idée.

Une heure s'écoula. Comme à l'ordinaire, je respirais. D'une façon correcte et totalement banale. Puis, après avoir regardé ma montre :

— Euh... Vous êtes certainement venu pour quelque chose ?

— Il y a des chances, monsieur Sploodge. Mais quoi ? J'en sais rien. Enfin, vous savez ce que c'est...

— C'est sûr...

— Surtout que...

— Évidemment.
— À force, ça devait arriver, Mulford…
— Tu m'étonnes…
— Ça leur pendait au nez.
— Et comment !
— D'autant plus qu'avec leurs conneries…
— Eh ben on n'est pas dans la merde !
— Un peu, mon neveu.
— Ben oui.
— Après tout, vous savez, faut bien…
— Mais oui, cher monsieur, mais oui…
— Ah ça, on peut dire qu'ils l'ont cherché, les salauds !
— La faute à qui ? J'vous l'demande…
— Bien sûr.
— Mais enfin bon.

Après une telle succession de propos endiablés, il nous fallait reprendre notre souffle. Une pause s'imposa donc, avant que mon interlocuteur ne reprît la parole :

— Alors comme ça… ?
— Pensez-vous…
— Parce que moi, je croyais que…
— Mais pas du tout. En tout cas, pas plus que d'habitude.
— C'est incroyable.
— N'est-ce pas ?
— C'est sûr que ça nous rajeunit pas, Mulford…
— Alors bien sûr, vous me direz que…
— Oui…
— Mais enfin bon. Je crois que c'est clair.
— Dans ces conditions, il est surtout clair qu'une seule conclusion s'impose.
— Et quelle est-elle ?
— Il faut tenter quelque chose, Mulford. Nous ne pouvons pas rester les bras ballants comme ça, à déblatérer des fadaises.

— Il est vrai que nous sommes loin des envolées lyriques auxquelles l'auteur de ces splendides enquêtes nous avait habitués.

— Je pensais que c'était vous qui écriviez vos aventures, monsieur Sploodge.

— Je suis bien trop fainéant.

— Parce que si vous voulez, c'est à la fois… et en même temps…

— Et c'est ça qui est beau !

— C'est ce que je dis tout le temps !

— Je vais tout de même enquêter. Après tout, c'est mon métier. En tout cas, c'est la tâche que l'on m'attribue dans ces petites histoires. Je me penche sur les bas-fonds et les différents bouges que je connais et au bout de trois semaines, je devrais avoir résolu votre affaire.

Aussitôt, je me penchai sur les bas-fonds et les différents bouges que je connaissais, et au bout de trois semaines, j'avais résolu l'affaire. Je rejoignis l'homme dans mon bureau qu'il n'avait pas quitté depuis. Il était fébrile :

— Alors, détective Sploodge ?

— Manifestement, tous vos problèmes, ainsi que les miens pour l'instant, sont dus à une grève inopinée de l'auteur de cette série d'enquêtes. Voilà pourquoi, depuis le début de celle qui nous concerne, nous ne racontons que des inepties sans aucun intérêt.

— Un auteur au talent incroyable.

— Très incroyable.

— Un des plus grands. L'égal des Hugo, Shakespeare, Gilles Legardinier…

— Vraiment ?

— Non. C'était de l'humour, Mulford.

— Avec cette feignasse d'auteur en grève, nous avons dû improviser.

— Ô rage, ô désespoir, ôôôôôôô…

— … Ah non, mon vieux… J'apprécie votre effort pour nous sortir de la mouise mais là, on est carrément dans le hors sujet. Pour rester dans le polar, je préconiserais plutôt ceci…

En effet, je venais d'avoir une idée. Je sortis un revolver d'un tiroir et menaçai aussitôt l'homme en face de moi.

— Mais… Mais, que faites-vous, Mulford !?

— Je relance l'intérêt de cette enquête.

— Bien joué.

— Je sais. Je vais vous buter. Et je vais faire dans le sanglant. À la *Jo le crocheteur* ou façon Hank Chinaski, le *Boucher de Springfield-sur-Aube*. Je sais que cette tentative pour relancer l'action pourra paraître un peu désespérée, mais après tout, vous êtes peut-être le seul responsable de ce qui nous arrive. Il est logique qu'avec une tronche pareille, vous n'inspiriez personne.

— S'il vous plaît, Sploodge, ne me tirez pas dessus !

— Pourquoi ? Vous êtes pianiste ?

— C'est vous qui l'avez écrite, celle-là ?

— Oui… Sans me vanter, j'ai pondu deux trois petits trucs, quand j'étais jeune… Enfin, c'est sans prétention… Vous avez aimé ?

— À bien y réfléchir, Sploodge, la grève de l'auteur ne peut être due qu'à une seule et unique chose : la pingrerie de son éditeur ! C'est évident.

— Vous croyez ? Alors, dans ce cas, ce n'est pas vous que je vais buter. Ce sera cet empaffé d'éditeur. Pas de quartier !

Je saisis mon flingue et m'apprêtai à rejoindre illico le boulevard Pereire à Paris quand mon compagnon d'infortune m'interrompit :

— Avant de vous jeter dans une telle vendetta, ne croyez-vous pas qu'il serait bon de songer aux lecteurs ?

— Qui sont des millions.

— C'est évident.

— Vous pensez à quoi ?

— Je ne sais pas moi, je n'ai pas l'imagination de l'oteur grèviste. Un tipe fort midable qui ait à la litératture se que la... Merd ! Je, crois qu'un préavis deux graive des correcteurs vient de nous » parvenir;

— Si vous voulez mon avis, l'auteur en question a dû cesser le travail dès le début de l'enquête.

— Vous croyez ?

— Bien sûr. Rien que le titre... *La grève*... C'est pas très bandant tout ça.

— Très mauvais titre, en effet. Je préconiserais plutôt... Voyons voir... *L'affaire du papier toilette.*

— Pourquoi donc ?

— Cela nous permettra d'affirmer que cette enquête a été bien torchée.

Aussitôt après, ma boîte mail explosa. Certains enfants jetèrent des pierres à ma fenêtre, les chiens du quartier hurlèrent à la mort, l'alarme de ma voiture se déclencha. Le courrier des lecteurs des *Enquêtes improbables de Mulford Sploodge* reçut des milliers de lettres d'injures pouvant à peu près toutes se résumer ainsi : « Tout cela pour en arriver là !? Une lamentable blague potache et scatologique ? Ce n'est pas digne de vous ! »

Bien évidemment, par la suite, l'auteur dut changer de nom, s'exiler à l'étranger, refaire son visage (qu'il avait pourtant de très beau). On perdit sa trace.

Certains prétendirent l'avoir croisé. Pirate dans les mers du sud, moine bouddhiste, comptable unijambiste... nul ne sut vraiment. Un alcoolique notoire jura l'avoir reconnu aux environs de Chalette-sur-Loing, dans le Loiret. Mais ça, c'est une autre histoire...

La millième résolution d'enquête

23 juillet 2037. Les clients ne s'importunaient pas à la porte de mon office. Mais aujourd'hui, je m'en fichais, car c'était jour de fête. En effet, je célébrais ma millième résolution d'enquête en compagnie de mes deux stagiaires. Mille résolutions, toutes plus brillantes les unes que les autres… Y avait de quoi s'émouvoir.

— Je suis toute émue.

— Y a de quoi, ma petite.

— Je suis si fière de travailler pour vous…

— Tu m'étonnes…

— Je ne…

— … Non ! Ne dites rien… Une histoire d'amour est impossible entre nous. Par contre, pour le sexe…

J'avais engagé Juliette Smith comme stagiaire deux mois auparavant. En patron avisé, respectueux du droit social et convaincu de l'efficacité du fameux *ruissellement* cher au Président Macron, je venais de lui octroyer une prime exceptionnelle de trois dollars et une pomme, en plus de son salaire trimestriel de quinze dollars. J'avais fait de même avec l'autre stagiaire, Roméo Wesson. Enfin, pas tout à fait… C'était un garçon. Sans vouloir paraître misogyne, je ne pouvais décemment pas le rétribuer au même niveau que la gonzesse. C'est vrai, quoi… Pour lui, la prime fut donc fixée à trois dollars et DEUX pommes. Je leur versai un second verre de limonade quand je terminai moi-même ma deuxième bouteille de Dom Pérignon.

— Allez, les gamins ! C'est pour moi. Ce soir, c'est la fête !

Curieusement, Juliette et Roméo ne s'entendaient guère. On peut même dire qu'il y avait comme une odeur de poudre entre Smith et Wesson. Mais ce soir-là, ils avaient laissé leur rancune au vestiaire. Juliette proposa un toast :

— Pour la millième !

— Youpi, c'est trop du ballon !

Il est vrai que Roméo ne brillait pas par ses répliques. On peut même affirmer que celles-ci le classaient immédiatement dans la catégorie des crétins finis auprès de la plupart des gens. Et comme je faisais partie de la plupart des gens...

— Tu pourrais pas un peu la fermer, Roméo ?

— Bien sûr, patron. C'est trop bien de se taire.

— Vous êtes vraiment fort, Mulford ! Quand vous avez éradiqué toute la pègre de Fukushima à vous tout seul en une seule journée... Quel exploit...

— Oui. Un véritable raz de marée.

— Je croyais que c'était dû à un tremblement de terre au large...

— C'est ce que le gouvernement japonais a raconté à la presse. Pour ne pas effrayer la foule...

— Vous êtes tellement fort, patron, que je crois que je vais m'évanouir...

— Ce n'est rien. Je suis juste le meilleur privé de LA...

— « LA » pour « Los Angeles » ?

— Oui, Roméo. Mais pas celui que tu crois. Los Angeles-en-Gâtinais-sur-Loing, pour être plus précis. C'est du côté de Montargis.

— Montargis, la « Venise du Gâtinais », banlieue bourgeoise de Chalette-sur-Loing, la plus belle commune du Loiret ?

— C'est cela même. Ici, je suis connu comme le loup blanc. Et surtout comme le chien blanc, vu que j'ai le flair d'Idéfix et le cerveau de Lassie. C'est que j'ai quand même été consultant pour la sécurité de NY.

— « NY » comme « New York » ?

— Non. « NY » pour « Nouveau Yaourt » : le syndicat français des produits lactés moyennement fermentés, présidé par le docteur Yes.

— Je ne sais pas si je devrais vous le dire, patron, mais... J'adore quand vous racontez vos enquêtes. Elles sont tellement passionnantes. Et ce style que vous utilisez... si... merveilleux, inventif, drôle...

— Tenez, Juliette, voici une deuxième pomme en prime pour vous.

— Et moi ?

— Toi, Roméo ? Laisse tomber. Tu es trop neuneu, tu me rappelles mon fils.

— Mais... je suis votre fils. Rappelez-vous de ce test de paternité...

— Ça expliquerait en effet bien des choses...

— D'ailleurs, je crois bien que c'est comme ça que j'ai obtenu le stage...

— Mais peut-être pourriez-vous nous la raconter, cette millième résolution d'enquête, boss...

La petite n'avait pas tort. Je ne me fis donc pas prier. Je contai à mes deux stagiaires cette millième victoire sur le crime. Je pris plaisir à préciser certains faits et agissements auxquels j'avais été contraint, comme par exemple le nombre de morts laissés derrière moi, les crânes fracassés, les pots-de-vin versés, les chantages, les corps dissous dans l'acide, des détails quoi.

Mon récit parvenu à son terme, je fus surpris de constater la pâleur affichée sur le visage de mes deux stagiaires. Roméo s'était même évanoui depuis déjà un quart d'heure. C'est à ce moment-là que le téléphone sonna puis que je décrochai, et non l'inverse.

— Mulford Sploodge, investigations et galéjades, j'écoute. Ah, c'est vous, monsieur le Président ?

C'était effectivement le Président de la République. Il m'avait embauché deux semaines plus tôt afin d'enquêter sur la disparition de son petit oiseau. Son épouse commençait à trouver le temps long.

— Mais comment ça, monsieur le Président... Piou-Piou, le petit canari que j'ai retrouvé n'est pas votre oiseau ? Vous en êtes sûr ?

Il en était sûr. Son volatile à lui ne s'appelait pas Piou-Piou mais Marie-Bertrand. Et l'oiseau marron de quatre-vingt-cinq kilos que j'avais ramené à l'Élysée n'était, paraît-il, pas un canari. Il faut dire que mes connaissances en termes de volaille se limitent aux quelques poules que je fréquente dans les arrières basses-cours malfamées. En fait, je n'aimais pas vraiment les oiseaux, à part le martinet, comme pourront le confirmer pas mal de mes ex. Oh, oui, bien sûr... Durant cette enquête, on m'avait pas mal canardé et volé dans les plumes. Certains rapaces m'avaient laissé le bec dans l'eau. On m'avait pris pour un pigeon, complètement plumé, un dindon farci jusqu'au trognon.

— Comment ça, monsieur le Président ? Les jeux de mots nazes, c'est plus à la mode ? Eh ben on aurait pu me prévenir ! Comment ? Vous soupçonnez quelqu'un ? Le Président de l'Assemblée Nationale ?

C'était logique. L'homme au perchoir aimait les envolées lyriques, aussi bien que le piaillement incessant des députés.

— Très bien, monsieur le Président, j'en prends de la graine. Je ré-ouvre le dossier immédiatement.

Il était évident que la petite Juliette était impressionnée. Elle se pencha vers moi, me faisant découvrir un balconnet sous lequel le pauvre Roméo n'aurait jamais la moindre chance de bramer de la chansonnette.

— Alors, patron ? C'était bien le Président ? Est-il aussi stoïque qu'on le dit ?

— Oui, Juliette. Il est très stoïque.

— Je m'en doutais...

— Ce que vient de m'apprendre le Président est terrible. Sachez donc que j'ai trois mauvaises nouvelles à vous annoncer.

— Laquelle, papa ?

— Premièrement, le canari que j'ai ramené au Président n'était pas un canari. D'ailleurs, ce n'était même pas un oiseau et il n'appartenait pas au Président. Il s'agissait en fait d'un comptable unijambiste aimant se vêtir en jaune car fan du Football Club de Nantes.

— Il s'appelait Piou-Piou au moins...

— Non, Juliette. Je sais que c'est dur à apprendre, mais il faudra te faire une raison.

— Si je comprends bien, cela ramène malheureusement votre score à 999 enquêtes résolues.

Aussitôt terrorisé, Roméo fit un signe de croix.

— 999 ! Le chiffre du Diable ?

— Non, Roméo, il faut inverser.

— Le Diable du chiffre ?

— Non, je veux dire que le chiffre du Diable, c'est à l'envers.

— Le chiffre du Diable ?

— Si tu veux. 666 en fait.

— Eh ben fallait le dire, bordel ! Deuxièmement ?

— Deuxièmement, j'ai perdu aux courses en misant sur l'Avenir dans la quatrième.

— C'est pourtant positif, ça, de miser sur l'avenir.

— Pas quand il s'agit d'un vieux canasson arthritique.

— Mais pourquoi parler de la quatrième quand vous n'avez pas encore évoqué la troisième, boss ?

— La troisième, c'est qu'apparemment, je ne suis pas ton père, Roméo. Mais ça, je m'y ferai.

— Mais alors, qui est mon père ?

— Le professeur de gym.

— Un professeur de mon cousin Jim ? Bigre…

En apprenant la nouvelle, mon ex-fils s'évanouit de nouveau. Inspiré par le Président, je restai stoïque. Je me tournai vers la petite Juliette.

— Allez, repasse-moi ton gobelet, on doit pouvoir encore récupérer quelques bulles.

Après quoi je lui demandai de me laisser.

— Vous êtes fatigué, patron ?

— Oui. Je suis très pieu.

— Vous allez à l'église ?

— Non, mais je dors beaucoup.

Ados 80

12 juin 1985. Les copains ne glandaient pas trop à la porte de mon bahut. Je me remettais super lentement de la boum organisée par Sabrina pour ses 13 ans quand un inspecteur, un vrai de la police, s'incrusta dans ma chambre. Ouais, t'as bien entendu : « dans MA chambre ». La tehon totale. Et le plus délire, c'est que mes parents, eh ben z'ont rien dit ! Faut dire que c'est trop des nazes, mes parents. En plus, l'inspecteur, il avait un nom chelou, j'te dis pas :

— Gadget. Robert Gadget.

Trop mort de rire. En plus, le gars, il avait autant d'acné que ma voisine Beverly. À son âge... Enfin bon. J'étais bien obligé de lui répondre. Par rapport à mon reup...

— Mais quoi... C'est pas juste ! Puisque je vous dis que je suis parti de la boum à 22h00 !

— Est-ce que quelqu'un peut corroborer ces faits ?

— « Corro » quoi ?

— Confirmer, si tu préfères.

— Large, que je confirme...

Ben tu m'étonnes, je m'en rappelle grave. Sans déconner, la piste de danse, je lui ai cramé sa mère. J'te jure, les gonzesses, je les ai trop impressionnées. Surtout sur le dernier Madness. En plus, je me suis fait inviter par Jennifer pour le quart d'heure américain. Enfin, surtout le quart d'heure allemand, vu que ça a commencé par *Still Loving You* des Scorpions.

D'ailleurs, j'ai pas trop compris pourquoi grand-papy m'a mis une baffe quand je lui ai raconté que j'avais emballé sur un slow allemand. Qu'est-ce qui z'ont fait les Allemands, hein ? J'suis trop dégoûté. Mais quand même pas autant que quand je parle à ce vieux qui pue la pisse.

Heureusement pour moi que le quart d'heure allemand n'a duré qu'un quart d'heure. Jennifer puait tellement de la gueule que j'ai failli lui repeindre son chemisier.

— Elle portait un chemisier à une boum ?

— Ouais, m'sieur. Moi aussi, ça m'a trop étonné. Mais je me suis rencardé. C'est sa mère, à Jennifer, qui l'a obligée à porter un chemisier. Trop chelou. Je crois que c'était pour que le Kevin ne l'approche pas trop.

— Pourtant, j'ai cru comprendre que le malotru aurait essayé de lui faire un bisou sur la bouche.

— Ah non, elle sentait trop de ce côté-là.

— Souhaitait-il donc lui biser la main ?

— Vous savez, monsieur Gadget, moi et Kevin… On a maté toutes les VHS du père de Kevin.

— Je vois…

— En plus, y a le catalogue de La Redoute à la maison.

— Je comprends. Les pages *sous-vêtements* ? Je connais… Et… les combats de gladiateurs, tu aimes aussi ? Tu apprécies quand un chien vient se frotter contre ta jambe ?

— Quoi ? Mais qu'est-ce que…

— Hein ? Non, rien…

Il était grave paumé, dans son costard à la Giscard. Il regardait ses chaussures de beau-frère.

Puis d'un coup, il s'est réveillé. Il a vidé sa troisième fiole de sky et terminé le paquet de Gitanes brunes qu'il avait entamée en entrant.

— T'en veux une, petit ?

— Tu m'étonnes… Trop bien !

En fait, j'avais du mal à le voir, tellement y avait de fumée dans ma chambre. C'était trop cool. On se serait cru dans *Fog*, le film de Maritie et Gilbert Carpenter. La vie de la race à ta mère, une clope gratos, c'était trop bien, je commençais à…

— Et donc, qu'as-tu fait ensuite ?

— Ben… Comme Casandra m'a même pas calculé quand je l'ai approchée… j'ai voulu noyer mon désespoir. Mais y avait plus de jus d'orange, et la limonade avait perdu ses bulles. En plus, un sale bâtard avait bouffé toute l'assiette d'ours en guimauve.

— Une idée du coupable ?

— David. C'est Papy la pisse qui m'a dit de me méfier des David. Je suis prêt à parier toutes mes cassettes de Queen que c'est lui.

— Pourtant… J'ai une autre version. Marie-Charlotte m'a dit que Sophie lui avait dit que Julien savait que c'était toi.

— Vous n'allez pas croire cette menteuse quand même…

— Toujours est-il que lorsque la lumière s'est éteinte pour le dernier slow, quelqu'un a pincé les fesses de Solange, et jusqu'à maintenant, rien ni personne ne peut t'innocenter.

— Si… quelqu'un le peut.

— C'est-à-dire ?

— Isabelle. C'est moi qui a éteint la lumière pour la rejoindre. Alors c'est obligé que je pouvais pas être avec Solange pour lui pincer les fesses.

— Et pour quel motif as-tu éteint la lumière ?

— Oh l'autre… Ben pour pas qu'on me voie embrasser Isabelle.

— Elle est juive ?

— Hein ?

— Non, rien. Continue…

— Non. C'est qu'Isabelle… c'est quand même pas la plus canon.

— C'était sans doute mieux que rien.

— Vous croyez ?

— Oui. C'est ainsi qu'il te faudra raisonner quand tu seras grand.

— Ah bon ? Eh ben fuck… Mais en fait, inspecteur, c'était surtout parce qu'elle porte un appareil dentaire, la Isabelle…

— Oh la honte !

— Ouais, je sais, c'est pas du jeu…

— Un peu comme *Jaws* dans les *James Bond*…

— Ouais… Et… sinon… il a bientôt fini de m'interroger, Rick Hunter ?

— Juste une dernière question…

— Grouille, mec.

— Pourquoi tes parents t'ont-ils prénommé Mulford ? C'est peu courant.

— C'est pas plus teubé que Kévin, Jennifer ou Casandra.

— Détrompe-toi. C'est bien plus naze.

— Peut-être, mais moi, mon père, il a deux voitures !

Alors là, j'vais te dire… Il avait plus qu'à la fermer.

— Faut dire aussi que mon nom de famille, c'est Sploodge.

— Pas courant non plus.

— À Maubeuge, y en a plein.

— Tu es certain de ne pas me mentir ?

— Oui bon ben en vrai, mon nom, c'est Duglantier. Mais comme plus tard je compte devenir détective privé…

— Tu as raison, mon grand. Cela ne nécessite aucun diplôme.

Il commençait vraiment à me saouler grave, ce flic. Heureusement, c'était l'heure qu'il rentre au commissariat.

— Eh bien, bonne soirée, Mulford.

— Pareil.

— Un dernier conseil tout de même...

— Quoi ?

— N'oublie pas de voter François Mitterrand quand tu seras majeur. Le Parti Socialiste, c'est l'avenir.

L'affaire du barbu louche

L'Oncle T. C'est ainsi qu'il se fait appeler à présent. Sa haine envers Mulford Sploodge s'était accumulée au cours des années, en couches épaisses. L'enregistrement clandestin chez le psychiatre avait constitué pour lui une source d'information des plus intéressantes. Juste ce qui lui manquait pour pouvoir lancer son plan. Non pas une vengeance, pensait-il. Juste les conséquences d'une effroyable histoire. De celles qu'on ne raconte pas, même dans les romans les plus noirs. De celles dont le vil détective ne se vanterait point plus tard dans un recueil de ses aventures, dont il reprenait présentement la narration…

25 décembre 2023. Personne ne se bousculait nulle part. Je venais de claquer la porte de ma Ford Falcon 73 *Interceptor,* avec laquelle j'interceptais surtout les demoiselles esseulées qui aimaient jouer avec le bouton rouge de mon levier de vitesse. Depuis déjà plusieurs années, mes références soi-disant sexistes et la consommation de mon véhicule proche des quarante litres aux cent me faisaient passer pour un gros con auprès de certaines petites écervelées. Je ne comprenais pas pourquoi. Le monde changeait : les gens roulaient à l'électrique, on ne pouvait plus péter à table, et les homosexuels étaient autorisés à la télévision. Tout foutait le camp. Surtout ma dernière épouse, depuis six mois. Décidément, l'homme de goût était de plus en plus incompris.

Une heure auparavant, j'avais reçu un coup. Mais je n'avais pas trop morflé, car ce n'était qu'un coup de fil.

— Allô ? Détective Mulford Sploodge ?

— Lui-même.

— Vous tombez à pic.

— Je tombe surtout des nues. Que voulez-vous ?

— Pourriez-vous vous introduire dans une prison ?

— D'habitude, je fais ça plutôt chez moi, mais pourquoi pas ? Généralement, j'utilise différents objets tels que...

— ... Ce n'est pas tout à fait ça... Vous n'aurez besoin que d'une lettre de ma part. Ce serait pour rendre visite à un de mes clients emprisonnés.

— Quelle prison ?

— La prison de Perpète, d'ici une heure.

Perpète était une petite commune assez éloignée. Curieusement, qu'importe d'où on partait, Perpète semblait s'éloigner au fur et à mesure que l'on s'approchait d'elle.

— Comment comptez-vous y aller, Mulford ?

— En mauvaise compagnie.

— En voiture, ce serait plus rapide.

— C'est pas à côté, Perpète. Comptez plutôt trois heures.

— Ne roulez-vous pas en *Interceptor* ?

— Exact...

— Alors on est d'accord pour se mettre d'accord. Je vous retrouve là-bas.

Et en effet, je le retrouvai là-bas. L'individu m'attendait sur le parking de la prison. De loin, il ressemblait à l'acteur Will Smith, et de près plutôt à Mimie Mathy. Il se présenta à moi sans le moindre sourire :

— Bonjour, monsieur Sploodge. Je me présente à vous : Karl Guacamole.

— Vous êtes avocat ?

— Comment avez-vous deviné ?

— Grace à une intelligence supérieure. Je suppose que vous êtes mexicain...

— Pas du tout. Je suis né à Strasbourg.

— Vous souhaitez me faire rencontrer un de vos clients donc...

— Exact.

— Alors, vamos, muchacho !

— Je viens de vous dire que je suis alsacien. Vous êtes bête ou quoi ?

— Ben... J'ai grandi dans la partie ouest du Loiret, alors...

J'invitai Guacamole à me suivre dans la prison. Visiblement, ce jeune avocat n'avait que peu d'expérience. Il était vert dans la profession et devrait se méfier de ses clients, s'il ne voulait se retrouver un jour complètement marron. Après avoir consulté le dossier de son client, je le félicitai sur le professionnalisme du document :

— Votre dossier est des plus complets. Chapeau bas. Ou plutôt, devrais-je dire... sombrero bas !

— Je suis alsacien, bordel de merde ! Qu'est-ce que vous ne comprenez pas, là-dedans ?

— Ne vous énervez pas, mon vieux... Prenez une tequila et calmez-vous...

— Alsacien ! Mon prénom, c'est Karl, et mon nom complet c'est Guacamole Weiss Schneider !

— C'est ça, Pancho Villa, va plutôt bouffer de la paella...

— La paella, c'est espagnol, abruti !

— Alors, va bouffer des tacos...

— Vous savez quoi, Sploodge ?

— ...?

— Allez vous faire foutre !

— Aïe caramba !

Deux minutes après que le mexicain m'eut abandonné, je me retrouvai devant son client, dans une petite pièce confessionnelle. Et un quart d'heure plus tard, mon jugement était établi. Autant dire que le bonhomme ne me plaisait guère. Misogyne, vantard, affabulateur : autant de caractères que l'on m'attribue habituellement, qui auraient pu classer l'homme en question (l'autre type, pas moi) au niveau de la sous-merde. Il ne pouvait guère prétendre à la bonne impression. Sale, pouilleux, cet individu louche tentait vainement de m'expliquer son identité...

— Mais enfin... Puisque je vous dis que je m'appelle Jésus, et que je suis le fils de Dieu.

— Qu'est-ce que vous racontez ? Vous êtes bien trop jeune pour être le fils de Jimi Hendrix...

— Mais, merde, regardez-moi ! Je suis barbu et je me balade toujours en slip de bain !

— Justement. Qui me dit que vous n'êtes pas le chanteur Antoine ou un ZZ Top à la plage ?

— Mais enfin, voyez vous-même mon acte de naissance !

Le dénommé Christ me tendit un papier que je tentai de déchiffrer. Oui, « déchiffrer » seulement, car le papyrus était plutôt en piteux état.

— Eh bien dites-moi, c'est pas tout récent... Vous êtes né en... zéro ? Faudra me donner votre secret pour rester aussi jeune...

— Oh, c'est pas grand-chose. Juste un peu de sport de temps en temps... Pilates, jogging...

— Natation ?

— Non, y a pas moyen. Dès que j'arrive sur la flotte, je marche dessus, impossible de rentrer dedans. J'suis là comme un con... C'est casse-burnes, je vous raconte pas...

— Ah ben dites-moi… Je crois bien connaître madame votre mère… Je l'ai vue dans un de ses films : *Marie à tout prix*. Très marrante…

— Je la saluerai de votre part.

En apôtre de l'investigation, je continuais à décrypter le document :

— Eh ben dites donc… Pour vos parrains, on s'est pas foutu de vous. Pas moins de quatre au total. C'est courant ça ?

— Gaspard, Melchior, Balthazar et Jean-Pierre.

— Jean-Pierre ?

— Oui. On a eu tendance à l'oublier dans la famille, car on en avait un peu honte, à vrai dire…

— Comment ça ?

— La picole…

— Je comprends… Mais par contre… Vous vous êtes foutu de moi ! Vous vous disiez tout à l'heure le fils de Dieu, alors que… qu'est-ce que je vois ici ? Il est précisé sur ce document que vous seriez en fait le fils d'un certain Jojo, charpentier !

— Non, lui, c'est plutôt mon tuteur. Il m'a pris en stage.

— Il est vrai que… maintenant que je vous regarde… je dois dire que votre visage ne m'est pas inconnu… Vous n'étiez pas dans des sortes de grandes bâtisses en pierres, avec fenêtres colorées, pas top niveau ambiance mais bien fraîches en été ?

— Les succursales de Papa.

— Une affaire qui roule ?

— Tu m'étonnes…

— Et c'était quoi, au fait, cette position à la con ?

— Les bras en croix ? Oh, rien… À l'époque, je faisais du plongeon. Les championnats régionaux.

— Et vous vous étiez pris une écharde, me semble-t-il…

— C'est ça ! Et c'est justement cette écharde que je suis venu vous demander de retrouver : ma croix.

— C'est déjà une belle écharde… Mais êtes-vous certain de vouloir vous faire retrouer ?

— Ça ne se voit pas ici en prison car ils m'ont tout enlevé, mais je suis adepte du piercing.

— Et cette croix… Ça ne vous gratte pas un peu ?

— Aucune importance. J'aime souffrir.

Aussitôt, cette dernière réplique évoqua en moi certains souvenirs des plus marquants.

— Tudieu ! Il fallait commencer par ça, Christ. Là, vous m'intéressez…

Bientôt, des dizaines d'images revinrent à ma mémoire avec tendresse : de tendres martinets, de joyeuses paires de menottes, d'abondantes fessées, beaucoup de cuir, des cagoules, des films de François Ozon… Que de bonheur dans la cravache ! Que de poésie dans l'humiliation ! Autant d'évocations qui m'autorisaient à proposer une invite au jeune barbu :

— Eh bien, justement… J'ai une petite soirée à thème prévue pour dans quelques jours. Ça vous intéresse ?

— Puisque vous me le proposez, Sploodge, contrairement à d'habitude… je ne vais pas me faire prier.

365 jours plus tard, je retrouvai le client de Guacamole. Il ne frappa pas à la porte de mon bureau mais parvint tout de même à me faire comprendre sa présence. Comment ? Je ne sais pas. Ce type disposait visiblement de moyens qui m'étaient refusés.

J'avais saisi ce qui était important dans ce dossier. À savoir le côté SM du barbu et de ses disciples. Car oui, aussi étonnant que cela puisse paraître, ledit individu avait des disciples, par définition encore plus masochistes que lui, ce qui n'était pas une petite performance. J'étais parvenu à satisfaire mon client Jésus. Comment ? De façon assez simple. En lui refilant l'adresse d'une maison de qualité que je réservais pour moi et mes plus proches fidèles, un établissement où l'on savait encore satisfaire le client comme il l'entendait, c'est-à-dire, en le punissant, oui, en le punissant, encore et encore, comme il le méritait, avec violence et enthousiasme...

— Vraiment, merci, Mulford ! L'adresse que vous m'avez confiée est une merveille. Je la conseille à tous mes amis...

— Et qui sont-ils ?

— Mais... Vous le savez, voyons...

— Vous manquez de courage pour les citer ?

— Ça doit être ça... Mais vraiment, cette maison d'hôtes à Assigny... Splendide ! Chez les von Malletsberg, on sait s'occuper du client.

— Vous avez remarqué ? Dans ce domaine, un nom à consonance germanique, ça compte.

— En effet, monsieur Sploodge. Je ne sais pas pourquoi...

— Malheureusement, pour le reste, je n'ai que des mauvaises nouvelles.

Jésus Christ sembla soudainement intéressé. Apparemment, les mauvaises nouvelles, il kiffait.

— Mauvaises ? Allez-y. Après tout, ça va peut-être me plaire...

— J'ai retrouvé votre croix. La Croix. Malheureusement, elle ne souhaite plus vous voir. Depuis qu'elle bosse dans la haute couture sous le prénom de Christian, elle se la pète. Et surtout, les deux policiers qui sont là vont devoir vous reconduire à la frontière.

— Comment ça ?

— Votre acte de naissance a plus de deux mille ans ! Il est périmé. Et surtout, il indique Bethléem. Ça ne m'a pas l'air d'être en France, ça... Alors...

Bien évidemment, les forces de l'ordre que j'avais prévenues étaient là pour intervenir à bon escient, c'est-à-dire pour faire évacuer ce sombre personnage si peu enclin à comprendre notre point de vue occidental.

Une heure après, en sortant de l'aéroport, je retrouvai l'avocat Guacamole. Je décidai de l'impressionner par ma puissance d'esprit :

— J'ai mené mon enquête. Apparemment, votre Christ, ainsi que sa famille, ce n'est que de l'illusion pour attardés.

— « Apparemment » ?

— Oui. Je ne comprends pas pourquoi tout le monde ne s'en est pas rendu compte plus tôt.

Et c'est ainsi qu'un peu plus tard, notre héros c'est-à-dire moi, conclut cette affaire étrange, dans un véritable florilège culturel :

— Ah, le Mexique… Ses prostituées, ses cartels de la drogue, sa corruption… C'est beau pour un si jeune pays. Vous pouvez dire merci aux espingouins… Sans eux, y aurait que dalle chez vous.

— L'Amérique du Sud est peuplée depuis des milliers d'années, tête de nœud !

— … « depuis des milliers d'années »… N'importe quoi…

— Dites-moi, Sploodge… pour ce qui est des études… vous vous êtes arrêté où ?

— Allez, au revoir, Maître et…

— Et ?

— Et viva Zapata !

— Mais merde, je suis alsacien !

Aussitôt, la vindicte de ce Mexicain honteux de ses origines tomba sur ma pauvre personne, par le biais de nombreux coups, aussi violents qu'arbitraires.

Justice, es-tu aveugle ? À coups sûrs…

Le jeune zicos

2009 janvier 27. Devant mon officine, c'était le désert. Je venais d'éteindre ma radio sur le discours d'un de ces nombreux prédicateurs à la noix qui commençait justement à me les casser. J'en avais marre des mystiques. Je constatai :

— Qu'est-ce qu'y a comme mystiques, ici...

En toute logique, je sortis une bombe anti-mystiques. Décidément, l'action n'arrêtait pas de rebondir, c'en était dingue. Je me servis une tasse de mon thé préféré : le pur malt douze ans d'âge. C'est alors qu'un jeune révolté originaire du seizième arrondissement fit son apparition, accompagné de ses problèmes existentiels. Il se dit d'origine slave. Mais vu l'odeur, je me dis que c'était surtout du s'lave pas tous les jours...

— Dites donc, jeune homme... L'hygiène corporelle, ça vous dit quelque chose ?

— Vaguement. J'en ai entendu parler.

— Comment vous appelez-vous ?

— Kevin.

Décidément, les *Feux de l'Amour* avaient fait bien des ravages. J'avais déjà vu des reportages sur les grands fauves, une première réflexion s'imposait donc : manifestement, ce jeune freluquet n'était pas un mâle dominant. Il pouvait d'ores et déjà s'angoisser quant à sa descendance future. Au grand jeu de poker de Darwin, il n'avait reçu que des cartes minables.

— Que puis-je faire pour vous, jeune homme ?

— Eh bien voilà... Je suis le leader d'un groupe de rock...

— C'est vous, le leader ? J'ai hâte de voir les autres...

— C'est que... pour l'instant... je suis tout seul. Mais... Enfin bon, j'attaque ma tournée mondiale par Tourcoing, La Selle-sur-le-Bied et...

— Je vous arrête tout de suite. Quel est votre style ?

— Plutôt les brunes. Ou... les bruns. Ou un animal. Pas forcément mammifère.

— Non, je voulais parler de votre style musical. « Rock », c'est un peu vague.

— Justement. C'est ça, mon problème. Avant, je jouais au sein des Zombies Of Black Satan.

— Les ZOBS ? C'est couillu, comme nom.

— Et comment ! À chaque concert, on s'arrachait la peau !

— Oui, je me rappelle... C'est vous qui aviez composé le fameux titre *I don't know why I fuck you, but I fuck you* ?

— Exact.

Je me souvenais des paroles... À l'époque, elles m'avaient ému aux larmes. Elles me rappelaient mon gentil chien Bouboule que j'aimais tellement durant mon adolescence... Enfin, bref.

— C'était d'ailleurs notre unique chanson, monsieur Sploodge. En ce temps-là, on faisait du techno-trash-industriel. Mais après, on a fait plutôt du ragga-metal-tango-funk.

— Jamais de speed-rumba-soul-new-beat-system ?

— Impossible, on n'avait pas de clarinette.

— C'est ballot. Et maintenant ?

— Ben maintenant, avec mon nouveau groupe, les Sweet Pinky Ass of Fucking Death in Hell, j'ai plutôt l'intention de faire du house-gothique-jazz-celtic-pintade-fonk-acid-remix.

— Mouais… C'est pas un peu ringard ?

— Si, justement. J'ai toujours essayé de suivre la mode, mais là, je suis paumé. Voilà pourquoi je suis venu vous voir : pour que vous retrouviez pour moi ce qui est *in*.

Décidément, ce jeune parvenu était loin d'être arrivé. Complètement largué. Un peu comme dans un rapport ministériel, il semblait avoir perdu toute humanité. Je décidai de lui proposer un truc radical :

— Bon. J'ai un truc à vous proposer, mais je vous préviens, c'est radical.

— Allez-y, je sais encaisser. J'ai vu des reportages sur les grands fauves.

— National Geographic Channel ?

— C'est cela même.

Le jeune homme venait de faire mouche. En effet, je suis moi-même un fan de cette merveilleuse chaîne de télévision. Voir les singes s'accoupler, regarder les éléphants se reproduire, observer le rut du panda, s'émouvoir devant un sexe de baleine, apprendre de la copulation d'une meute de hyènes, admirer des chattes… Oui, on peut le dire, j'aime la nature.

— Euh… Monsieur Sploodge ? C'était quoi, le truc que vous vouliez me proposer ?

— Hein ? Ah oui… Eh bien… Ce serait de… faire la musique qui vous plaît ! Qui vous plaît vraiment.

— C'est ça, votre idée ? Non, mais vous êtes dingue ! Vous voulez ma mort ?

— Je n'y avais pas pensé, mais puisque vous le proposez…

— C'est impossible, j'ai horreur de la musique ! J'peux pas la voir en peinture !

— Et la peinture ?

— J'peux pas la voir en musique.

— Dans ce cas, je ne comprends pas…

— Ou alors, éventuellement, de la musette, un peu d'accordéon…

— Avec une nappe à carreaux, un saucisson et un coup de rouge, j'ai rien contre.

— Mais, monsieur Sploodge… Je ne passerai jamais à la télé, avec ça !

— Ah ben, voilà… Je comprends mieux. Si c'est vedette que vous voulez faire, vous n'êtes pas obligé de vous astreindre à la chanson. Vous pouvez faire comédien, jeune romancière, animateur, sportif mais c'est plus dur, comique, spécialiste…

— Spécialiste ? Spécialiste en quoi ?

— Aucune importance, personne ne vérifie et vous pourrez passer d'une chaîne à une autre en fonction des jours de la semaine.

— Du moment que je passe à la télé, je m'en fous. Pourquoi pas styliste ? C'est pas mal non plus. Faudra que je demande son avis à Papa. C'est une vedette du…

— … Votre vieux est une célébrité ? Dans ce cas, arrêtez de vous prendre le chou. Faites n'importe quoi : un bouquin, une chanson, des crêpes Suzette, vous passerez forcément à la télé.

— Et DJ ? C'est super branchouille, d'être DJ !

— Ah, non, jeune homme… Je ne vous le conseille pas. Ils ont un code d'honneur qui rend toute nouvelle intronisation particulièrement difficile.

— Comment ça, un code ?

— Ben oui, mon p'tit. N'avez-vous jamais entendu parler du fameux DJ Code ?

Longtemps, je me suis couché comme tout le monde

Dix-septième lune de l'année du fer à friser. Les lecteurs ne se bousculaient guère à la porte de ma chambre… Je venais de dénoncer à la police le criminel que je soupçonnais dans ma dernière affaire. La culpabilité de ce dernier était évidente, tant l'alibi qu'il avait fourni était bidon. Le lascar prétendait en effet qu'au moment du meurtre, il regardait un film dans un cinéma, à l'est d'Éden, avec un certain James Dean. Or, la personne qui l'accompagnait s'appelait en réalité Igor et non James, et connaissant bien ce quartier, je savais qu'il n'y avait aucun cinéma à l'est d'Éden. On ne berne pas aussi facilement Mulford Sploodge…

C'est alors qu'un pâle client fit son apparition.

— Bonjour, monsieur. Prenez-le mal si vous voulez, mais permettez-moi de vous dire qu'avec cette tronche palote, la raie au milieu et la petite moustache à l'anglaise, je sens déjà les problèmes. Nom ?

— Proust.

— Prénom ?

— Marcel.

— Vous êtes de la famille d'Alain ?

— Euh…

— Que puis-je pour vous ?

— Eh bien en fait, voilà... C'est pour une disparition. Je suis à la recherche du temps perdu.

— Pas très original. Vous n'êtes pas le seul à perdre votre temps. Je pourrais citer certains lecteurs fidèles...

— Je sais ce que c'est, j'en ai moi-même. Certes, moins que vous...

— À la recherche du temps perdu donc... Je vois... Vous avez pensé à regarder du côté de chez Swann ?

— C'est un amour, mais je ne pense pas que ce soit utile.

— C'est à moi de décider si une piste est fiable ou pas, bordel de merde !

— Mais dites donc, du calme, Sploodge... Je vous rappelle que nous sommes entre gentlemen. Fins serviteurs de la langue française, précieux rêveurs de la chose littéraire...

— ... La chose littéraire, je l'emmerde !

— Ah oui ? Bon... C'est somptueux...

Cet olibrius commençait à me les briser, très fin. C'est vrai quoi... Il se prenait pour qui, cet empaffé, avec sa « littérature »... Hein ? Non parce que...

— Maintenant que vous m'en parlez, Mulford...

— Mais je ne vous parle de rien du tout.

— ... une idée me vient...

— Laquelle ?

— Je pense que vous devriez plutôt chercher à l'ombre...

— En prison ?

— Non, Mulford... à l'ombre des jeunes filles en fleurs plutôt.

— Non mais ça va pas !? De nos jours, ça risque d'être franchement mal vu. Et d'ailleurs, cette Madeleine que vous fréquentiez à une époque... Elle avait quel âge ?

Aucun problème de ce côté-là. La Madeleine en question sucrait les fraises depuis un bail en compagnie de son amie

Charlotte. Durant des années, je parcourus le monde à la recherche d'un moindre indice. Mais où s'était donc évanoui ce temps perdu ? Nul ne le savait. Nombreux avaient été les égarés sur les chemins de cette quête ; innombrables avaient été les inconscients à s'engager sur les solitaires routes de l'écriture. C'était à se demander si tout cela était bien sérieux.

Finalement, je retrouvai ce client à la fine moustache, sans qu'il me l'eut demandé. Il faut avouer que depuis son succès littéraire et ses nombreux passages chez ses amis de *La Grande Librairie*, il se la pétait grave. D'ailleurs, son ton avait légèrement changé...

— Alors, ma couille ? T'as des nouvelles de mon affaire ? Tu vas causer, oui ou merde ? Non mais, tu sais qui je suis, bordel ?

— Eh bien, voilà, monsieur Proust... J'ai une bonne et une mauvaise nouvelle. La bonne, c'est que le temps a finalement été retrouvé. Mais, malheureusement et pour tout le monde, il nous sera compté.

— Ok... Quelle est l'autre mauvaise nouvelle ?

— Albertine a disparu.

— Quoi ? La garce !

— Quant à votre Swann, eh bien... il est mort.

— Fuck ! Je m'en doutais. Y avait des signes... Un champ entier...

— Par contre, je vous ai dégoté un contact pour une nouvelle émission de télé réalité : *À la recherche du nouveau romancier star.* Seulement faudra changer de look et probablement de thèmes. Vous écrivez sur quoi ?

— Ben... les amours non dits, la perception mélancolique du temps qui passe... Des conneries quoi...

— C'est pas vrai...

— Vous vous rendez compte, Mulford ? Y a encore des abrutis branchés là-dessus... Ça me troue le f...

— ... Si vous voulez gagner, monsieur Proust, je ne vous cache pas que vous devrez plutôt plancher sur de nouveaux sujets.

— Wesh, ma caille. Sur quoi tu veux que j'écrive ?

— Eh bien... Suivant les recommandations du diffuseur et les analyses des réseaux sociaux... il conviendrait plutôt d'écrire sur la drogue, des conseils beauté, le sexe désabusé, l'ennui de la vie quand on est riche, l'incompréhension du monde face à vos problèmes de non-binaire...

— Ou un mix de tout ça ?

— Ce serait l'idéal.

— Je commence quand ?

— Demain. Vous serez dans un château. Jogging et cours de danse le matin. Leçon d'égocentrisme et relooking avec influenceuses branchées l'après-midi.

— Ah oui ? Et vous êtes sûr que ces influenceuses influencent ?

— Ben oui. Regardez les chiffres.

— Les chiffres ? Et que faites-vous de la qualité, Mulford ?

— La quali quoi ? C'est pas vrai... J'ai l'impression que vous êtes en train de redevenir le Proust d'avant. Faîtes gaffe...

— Ne vous fâchez pas. J'avais juste une dernière question... En fait... dans cette nouvelle vie... j'écris quand ?

Décidément, le pisseur de copie n'avait rien compris. Encore un peu et il reviendrait aux néfastes élans de son passé : vouloir faire de la phrase sans aucun plan média. Une carrière vouée à l'impasse, un suicide annoncé. Je me devais de lui expliquer comment il en retournait à présent :

— Dans cette télé-réalité, vous n'écrirez pas. Un vrai auteur de qualité travaillant actuellement pour une série d'histoires courtes concernant un détective privé un peu loufoque a été embauché pour l'occasion.

— Diantre ! Vous voulez parlez de…

— … Oui ! C'est lui.

— Magnifique, Mulford ! Cependant…

— Quoi donc ?

— J'ai entendu pis que pendre à propos de cet auteur…

— C'est-à-dire ?

— Autosatisfait, dérision pour faire croire qu'il ne l'est pas, corruption pour de très faibles sommes…

— Ce n'est pas impossible.

— Certains prétendent même qu'il emploierait des nègr…

— … NON ! Taisez-vous, n'utilisez pas ce mot, c'est interdit. D'ailleurs, il n'existe pas. Il n'a JAMAIS existé ! Parlez plutôt de… d'employés rédactionnels.

— Si cela s'avérerait, ça risquerait de jeter un énorme froid sur le si égalitaire monde littéraire.

— Un froid ? Dans ce cas, un conseil : chauffe Marcel !

Colors

24 Tagada tsoin tsoin 2013. Les clients ne se bousculaient pas à la porte de mon bureau. Et ils se pressaient encore moins là où je me trouvais. À vrai dire, je ne savais pas vraiment où j'étais. Je ne le savais même pas du tout. Il faisait noir, très noir. À tel point que j'avais déjà envie d'utiliser le type de phrases que l'on trouve partout dans les polars français, du genre : « Autour de moi, l'obscurité recouvrait l'espace de son voile inquiétant. » Le drame et l'intrigue régnaient donc en maîtres. Doté d'un gyroscope interne que j'avais fait réviser il y a peu, j'étais parvenu à déduire ma position : horizontale, allongée pour être plus précis. Peu nyctalope et encore moins nique ta mère, je décidai de tâter les alentours afin de renseigner mon impétueuse curiosité. Les alentours en furent satisfaits ; je compris rapidement. Parois à gauche, parois à droite, devant, derrière, toutes situées à moins de dix centimètres. La conclusion fut simple à conclure : j'étais enfermé dans une boîte. Aussitôt, je m'interrogeai : que cela était-ce ? Un paquet cadeau pour jeune nymphomane ? Une méprise qui m'aurait fait passer pour une paire de chaussures ? Ou bien… Non ! Si… Un cercueil ?

Diantre ! C'était donc ça, la mort ? Eh ben zut ! Aucune lumière, aucune ambiance, pas le moindre apéritif à disposition… L'avenir s'avérait peu enviable. Un peu comme un week-end avec des témoins de Jéhovah qui se prolongerait à l'infini. Le genre de situation qui donne envie de déconner un max en réaction, de s'éclater grave, sans aucune limite, no future, par exemple en allant au Flunch pour reprendre quatre fois des frites à volonté, un truc de guedin.

— Hé ho ? Y a quelqu'un ? Vous m'entendez ?

Frêle était mon espoir. Pourtant, je ne dus pas attendre longtemps pour obtenir une réponse. Une voix fluette émergea au lointain :

— Inutile de hurler. Je suis là. Juste à côté de vous.

Aussitôt, je décidai de prendre rendez-vous chez mon oto-rhino.

— Bonjour. Je me présente, mais vous devez certainement m'avoir reconnu : je suis Mulford Sploodge.

— Qui ça ?

— Mulf… Laissez tomber… Où sommes-nous ?

— Dans des cercueils. Un caveau familial.

— Nous sommes donc décédés ?

— Pas du tout. Seulement victimes d'une entreprise funéraire peu scrupuleuse.

— Mais nous sommes de la même famille, au moins ?

— Pas davantage. En plus de ses soucis organisationnels, l'entreprise souffre d'un problème d'alcoolisme parmi son personnel.

— Et nous sommes là depuis longtemps ?

— Vous, deux jours. Moi, deux ans.

— Deux ans ! Vous n'auriez pas comme un léger creux, une petite soif ?

— À peine. Je suis écologiste. De plus, je suis partisan de l'indexation des salaires sur l'inflation.

— Je ne vois pas le rapport.

— Ça viendra plus tard.

C'était inévitable. Une foule de questions ne tarda pas à envahir mon esprit chafouin… Quelle heure est-il ?

Sommes-nous seuls dans l'Univers ? Pourquoi mon beau-frère n'est-il toujours pas venu m'aider à réparer ma bagnole ? Et surtout cette dernière : comment ai-je pu me retrouver ici ? Les possibles explications étaient aussi multiples que variées. J'envisageai même que...

Mais finalement, non.

Avec l'imprévisibilité du tout-à-coup, des souvenirs me revinrent. Des flashs, des bribes d'images certes fugitives, pourtant efficaces à me faire comprendre les évènements précédents. Tout se rappela à ma mémoire, en un éclair... Une soirée brumeuse, un whisky, l'égarement sur des routes inconnues, un pastis, un pari stupide concernant un âne ; moult explosions et courses-poursuites dans les rues de Chalette-sur-Loing ; un rhum, un voyage au Pérou, de la violence débridée entièrement gratuite, beaucoup de vin ; une partie de poker avec un comptable unijambiste, une loutre et plusieurs strip-teaseuses octogénaires ; de la bière, un ticket de loterie perdant, certains champignons étranges ; l'assassinat par mes soins de mon beau-frère à coups de clé-à-molette ; de la vodka, une réflexion sur le sentiment de culpabilité, une bonne quinzaine de bédos, et... Jessica Alba. Le tout en moins de deux heures, la veille. Manifestement, j'avais exagéré ; j'avais même octagéré, décagéré. Il était manifestement temps de rentrer à mon bureau prendre une douche. J'interrogeai mon proche voisin prisonnier :

— Dites-moi, euh...

— Je m'appelle...

— ... On s'en fout. Vous qui êtes là depuis deux ans, vous n'auriez pas une idée pour sortir d'ici ?

— Pas la moindre. Pourtant, j'ai tout essayé : l'autopersuasion, le coup de fil à un ami, le creusement d'un tunnel...

— Et sinon, vous avez pensé à soulever le couvercle ?

— Hein ? Le couvercle de quoi ?

— Ben du cercueil.
— Euh...

Une heure plus tard, j'étais dans ma douche, sous mon bureau ; ou plus exactement dans mon bureau, sous ma douche. Après m'être séché, je décidai de rédiger un nouvel épisode de mes mémoires réunis au sein du somptueux recueil intitulé *Les Enquêtes improbables de Mulford Sploodge.* Mais... considérant que les récents évènements n'avaient en fait pas le moindre intérêt, je me résolus à les oublier et à entamer plutôt le récit d'une autre aventure advenue récemment...

Aussi étonnant que cela puisse paraître, ce jour-là, les clients ne se bousculaient pas à la porte de mon bureau. J'étais en train de me curer le nez, les oreilles, les doigts-de-pieds et plein d'autres choses quand un petit client au teint gris fit son apparition...

— Bonjour, monsieur. Monsieur ?
— Colors. Jimmy Colors.
— Vous êtes tennisman ?
— Non. Peintre en bâtiment. Pourquoi cette question ?
— Une vieille référence qui risque de faire comprendre à mes lecteurs que je ne suis plus tout jeune.
— Si vous le dites.
— Ben oui, je le dis.
— Vous êtes bien Mulford Sploodge ?
— Non, je suis Keira Knightley. Mais pour vous, je me laisse pousser la barbe, j'picole et j'ai pris cinquante kilos.
— C'est quoi, vos tarifs ?
— Trois cents et des brouettes.
— Pouvez-vous me rappeler le cours actuel de la brouette ?

— Pas mal de pépettes.

— Et la pépette, c'est combien ?

— Environ deux cents.

— C'est pas donné. Enfin, peu importe... Si je suis venu vous voir, c'est que j'ai besoin de vous pour retrouver quelque chose qui m'est très cher.

— Quoi donc ?

— Mes couleurs.

— Vos couleurs ? Mais... espèce de jeune altermondialiste de mes deux, sachez qu'il n'y a que trois couleurs : le bleu, le blanc et le rouge ! Alors hors de ma vue ! Si vous croyez que je vais travailler pour une racaille gauchiste pluricultu...

— ... Je vous paierai ce que vous voudrez.

— J'adore Omar Sy et j'ai des disques de Beyoncé. Je vous écoute...

— Comme je vous le disais...

— Vous me le disiez ?

— En effet. J'ai perdu mes couleurs. D'ailleurs, vous n'avez qu'à constater...

Je constatai donc. Et compris enfin le teint grisâtre de mon nouveau client. À vrai dire, aussi bien lui que ses vêtements n'étaient qu'un dégradé de noir et blanc. Un personnage de l'ORTF perdu dans une aventure des plus chamarrées.

— Aussi, monsieur Sploodge, ces couleurs, eh bien, je souhaiterais que vous les retrouvassiez.

— Que je les retrouvasse ? Hum...

La concordance des temps posait question, mais l'effort était louable. Je décidai donc de me pencher, principalement sur la question. Il faut dire que depuis un certain temps, le gris de mon client commençait à se répandre dans mon bureau et sur moi-même. C'en était fait. Adieu l'ORTF, c'était maintenant dans un film des années quarante que nous étions. Une époque où on ne rechignait pas à utiliser un détective privé désabusé comme personnage principal. Idée géniale s'il en était, qui mériterait d'être reprise plus tard...

— Mais dites-moi, Colors... cette perte de couleur... ça vous gêne vraiment ?

— Tu m'étonnes... j'suis vert.

— Très bien. Je m'envoie un dernier petit jaune et je me mets illico sur votre affaire...

J'avalai donc une rasade de pastis et invitai mon client à prendre la porte, avant de prendre congé.

Bien sûr, j'aurais pu regretter ce contrat pour Colors. En effet, cette enquête ne sentait pas la rose. Mais mon compte en banque était dans le rouge. Heureusement, à peine ce nouveau client sorti, Isild, ma nouvelle secrétaire, fit son apparition avec un dossier sous le bras qu'elle déposa sur mon bureau. Le dossier, pas le bras.

— C'est bon, patron. Ne vous inquiétez pas. Je viens de résoudre l'affaire de monsieur Colors. Tout est là...

Ce qui fit que deux minutes plus tard, le terne client était de retour.

— Dites donc, vous êtes rapide, Mulford...

— Je sais, Colors. C'est ce qu'elles me disent toutes.

— Comment avez-vous fait ?

— Eh bien en fait, c'est moi qui ai...

— ... Taisez-vous, Isild ! Vous êtes virée.

Je virai donc cette effrontée de secrétaire à coups de pompe dans le train. S'il y avait un truc qui m'avait toujours débecté, c'était bien cette vilenie chez certains à s'accaparer le travail des autres...

— En fait, monsieur Colors, sans me vanter, si j'ai réussi, moi et personne d'autre, à résoudre votre affaire, c'est que je suis très fort. Grâce à mon expérience, j'ai une large palette. J'ai relu tout Graham Greene. J'ai même revu *Le troisième homme,* mais comme j'étais *red,* j'en ai vu six. Après quoi, j'ai réécouté *Yellow Submarine,* Pink Floyd, Black Sabbath, Green Day, les White Stripes, les Red Hot Chili…

— … Oui, j'ai compris. Décidément, vous êtres très rapide. Une question, Mulford… C'est quoi, votre opérateur téléphonique ?

— Orange.

— Je m'en doutais.

— Cher client, j'ai une bonne et une mauvaise nouvelle pour vous.

— Commencez par la bonne.

— La bonne s'appelle Angèle. Elle repasse votre linge et fait la cuisine. Elle est votre employée depuis quinze ans.

— Voilà ce qui arrive quand on est distrait… Et la mauvaise ?

— Vous l'avez déjà.

— Il est vrai que je l'ai mauvaise. Mais là n'est pas la question.

— La mauvaise, c'est que… c'est un peu chaud à dire… c'est que vous êtes marron. Vous vous êtes fait repassés, ça fait pas un pli.

— Comment ça ?

— Sur toutes les coutures. Les deux seules explications que j'ai pu trouver sont tellement extravagantes, que j'ai moi-même eu du mal à les extravaguer.

— Vous me torturez, Sploodge. Ne foncez pas bêtement, soyez plus clair…

— Apparemment, vos couleurs vous ont été volées.

— Vraiment ? Fuck ! Mais par qui ?

— Par Kinson, John Kinson. Un poète néo-zélandais qui ne tremble jamais quand il s'agit de prendre une décision, mais dont l'onanisme débridé est facilité par les vibrations intempestives de sa main droite.

— Un poète, dites-vous ?

— Oui. Il vous aurait dérobé vos couleurs afin de les disposer harmonieusement entre deux nuages.

— Un arc-en-ciel… Mais c'est très beau… très poétique, en effet…

— Peut-être. Vous savez, moi, la poésie…

— Mais, Mulford… vous avez évoqué une autre explication possible…

— Effectivement. L'autre cause de votre perte colorimétrique serait votre personnalité. D'après ce que j'ai compris, vous êtes quelqu'un de tellement gris, triste et terne que même vos couleurs ne vous auraient plus supporté, et qu'ainsi elles auraient décidé de se casser, de vous abandonner si vous préférez.

— Moi ? Terne ? Mais c'est impossible ! Je suis un type hypra fun ! J'ai des tas d'amis, je fais du sport, je déconstruis même les recettes de ma grand-mère, j'ai des potes dans la pub, je suis libéral de gauche, je suis toujours les dernières tendances, je proteste sans jamais trop choquer la majorité, j'aime mes enfants, j'ai des opinions sur presque tout, super originales dans la limite du raisonnable, je roule à l'électrique…

Un temps. Du fond de mon bureau commença à poindre un bruit de vent. Celui du désert. La fameuse petite musique qui, mieux que le silence, sait magnifier la réplique dans ce qu'elle a d'absence, ce qu'elle souhaite signifier, ce qu'elle entraîne à sa suite ; à savoir le doute, l'incompréhension, le questionnement face à la crétinerie, la sidération des espaces creux, le vide. Après quelques minutes d'abattement, je me forçai à répondre :

— C'est bien ce que je disais : si vous avez perdu vos couleurs, c'est que vous êtes cyan comme la mort. On vous a passé à l'eau de Javel, vous êtes délavé.

— Ouais… Vous avez raison, Sploodge. Faudrait que je change de programme…

— Mais rassurez-vous, ce n'est pas très grave. Ce qui est important, c'est d'avoir des couleurs là où il faut, c'est-à-dire dans son cœur.

— C'est beau, ce que vous dites, Mulford. Vous finissez toujours comme ça ?

— Absolument pas. On fait dans l'efficace ici. Aussi, pour rester dans le coloré, vous demanderais-je si vous n'avez pas des problèmes de santé ces derniers temps…

— Eh bien, si, curieusement. Depuis quelques jours, il se trouve que je souffre à la fois d'hémorroïdes et de diarrhée.

— Dans ce cas, j'espère que vous aimez la bolognaise…

Tout à coup, le vent du désert s'immisça de nouveau entre nous. Après trois déglutitions, Colors parvint à me répondre :

— Euh… c'était moins poétique, ça…

Une seconde après, trois mille lecteurs des *Enquêtes improbables de Mulford Sploodge* envahirent mon bureau. Outrés par la scandaleuse grossièreté de ma dernière plaisanterie, ils décidèrent de me frapper violemment et de mettre le feu à mes locaux.

Et c'est ainsi que, sans savoir pourquoi, deux mois plus tard, je me retrouvai une fois de plus dans le noir, enfermé dans un cercueil.

Eh oui, c'est incroyable. Ô, désespoir… La vie ne seraitelle qu'un éternel recommencement ?

Miroir de l'inconnu

3,14159 mai 2007. Les personnes qui me payaient habituellement n'étaient guère nombreuses sur mon pas-de-porte. Malheureusement, la veille, une enquête concernant un groupe d'une quinzaine de jeunes suédoises nymphomanes m'avait été retirée. J'avais pourtant proposé de bosser gratos, ou même de payer pour être sur cette affaire... Dommage.

Il faisait chaud et ma liquette collait comme un slip, à moins que ce ne fût l'inverse. J'étais en train de chasser quelques mouches indésirables avec une diplomatie toute américaine, c'est-à-dire au lance-flammes, quand un individu assez indéfinissable et totalement inconnu fit son apparition.

— Bonsoir, détective Sploodge.

— Il est midi.

— Si vous voulez. Je ne me formalise jamais.

— Moi, si. Je dirais même que j'adore ça. Je vous écoute...

— Très bien, mais, je vous préviens... Ce que je vais vous demander risque de vous étonner.

— Que vous me demandiez d'aller cueillir des jonquilles dans le cul d'un éléphant ne m'étonnerait pas. Alors continuez. Ou plutôt, commencez. Qui êtes-vous ?

— C'est justement le problème, Sploodge. Je voudrais que vous enquêtiez sur mon identité. Je ne sais plus qui je suis. Et pourtant j'ai cherché.

— Où ça ?

— Un peu partout. Surtout dans mes souvenirs.

— Vous êtes un peu perdu et vous voulez vous retrouver, c'est ça ?

— Non. C'est mes papiers que j'ai perdus. Et je crois que je suis victime d'am… d'am…

— D'amnésie.

— Si vous le dites…

— Oui, je le dis.

— J'ai subodoré…

— … Il est vrai que vous subodorez beaucoup. Faudrait ouvrir les fenêtres.

— … qu'en creusant un peu mon âme, on pourrait trouver un détail qui me révélerait tout. Un peu comme un biscuit de Flaubert…

— Une madeleine de Proust, plutôt…

— Vous savez, moi, la cuisine… Je vous l'ai dit, j'ai oublié pas mal de choses.

L'enquête risquait d'être longue. Cependant, ceci n'était pas la première recherche d'identité pour laquelle on me paierait. Rien ne m'empêchait de commencer à étudier les indices…

— Voyons voir… Vous êtes effroyablement laid, plutôt vulgaire, probablement d'une radinerie sans nom, et votre hygiène corporelle est sujette à caution.

— Combien, la caution ?

— Pas cher. Autant d'indices qui font penser que vous pourriez être ma belle-mère.

Aussitôt, je plongeai dans l'investigation afin d'investiguer le plus rapidement possible. Contrairement à mes sous-vêtements, je ne négligeai rien, c'est-à-dire aucune piste. J'interrogeai Clarence McBeef dit *l'Éventreur au nœud pap'*, je questionnai François-Georges de la Parmentière dit *l'Équarrisseur de Montmartre*, j'intriguai auprès du *Boucher de Palavas-les-Flots*, de *l'Étrangleur de Besançon*, du *Démembreur des quartiers Est* et... plus incroyable encore... de la *Fleuriste du coin de la rue*. Mais rien n'y fit. Je restai bredouille. Jusqu'au moment où un flic chauve aimant les sucettes vint à mon secours. Des pellicules plein les épaules, le lieutenant Kodak reconnu instantanément l'homme sur la photo que je lui présentai.

— Inutile de développer, lieutenant. Dites-moi qui est cet individu.

Oui oh, bien sûr, j'avais conscience que mon humour argentique à références lointaines ne serait bientôt plus compris par personne. Mais qu'importe, me disais-je, il en faut pour tout le monde ; Mulford Sploodge fait ce qu'il veut.

— Oh non ! Ne me forcez pas à un tel aveu, Sploodge... C'est trop dur... Quelle horreur ! Ce type est...

Après un fondu au noir, je rentrai chez moi pour une fondue savoyarde entre copains. Le lendemain, mon mystérieux client était de nouveau devant moi, dans mon bureau. Ce que j'avais à lui dire n'était pas facile à présenter. Autant annoncer à une mère juive que son fils allait épouser le curé d'une secte catholique zoophile.

— Alors, monsieur Sploodge... Savez-vous enfin qui je suis ? Je suis juif ou pas ?

— Je n'en sais rien. Sur ce dernier point, les avis divergent.

— Et c'est beaucoup, dix ver...

— Quoi ?

— Non, rien... J'étais sur le point de fauter...

— Comme j'allais vous le dire avant que vous ne m'interrompiez avec une remarque plus que douteuse, je crois connaître votre identité. Seulement, je vous préviens, ça risque de vous faire un choc.

— Allez-y, Sploodge, je me suis préparé.

— Comment ?

— J'ai regardé des documentaires sur les grandes énigmes de l'histoire.

— Eh bien voilà... En fait, grâce à une enquête d'une qualité rare, j'ai pu restreindre le champ des possibles à deux hypothèses.

— Je vous écoute, Mulford. Quelles sont ces trois possibilités ?

Dans le vestibule, ma secrétaire s'interrogeait ; mon palpitant palpitait ; mes certitudes vacillaient. Quant à mon client, il tremblait, surtout en France.

— Voici donc... La première éventualité serait que... et j'en suis désolé... enfin, bref. Il semblerait que vous soyez... Jocelyn Pouchard.

Un temps. Blanc. Pause. Un silence de plusieurs minutes. De quoi se poser des questions quant au rythme déclinant de cette histoire aux prémices pourtant endiablées.

— Qui ça ?

— Jocelyn Pouchard. Charcutier-volailler à Villetaneuse. Autrement dit, le français moyen.

— Comment ? Le français moyen, ce serait moi ?

— Je sais que c'est dur, mais...

— Mais enfin... Je ne suis pas... une vedette ? Je ne sais pas moi... un acteur, un chanteur ?

— Non, charcutier-volailler.

— Un cousin des boudins Crémieux, au moins...

— Malheureusement, non. Même pas. Mais attention, vous ne manquez pas d'ambition, Jocelyn. Dans deux mois vous passerez de charcutier-volailler à charcutier-volailler-tripier ; excusez du peu !

— Vous êtes sûr ? Je n'ai même pas écrit un petit bouquin ? Même un guide ?

— Non. Mais par contre, j'ai une bonne nouvelle. Vu votre profession, je vais vous commander une dinde. Et une belle pièce, je reçois du monde.

— N'êtes-vous pas déjà marié ?

— Quoi !? Mais qu'est-ce qu'on a déjà dit, ici même, entre ces pages ? Ce type de remarque sexiste n'est plus tolérable !

— Je comprends. Une dinde, il faut se la farcir...

— Stop ! Vous vous enfoncez. Vous devriez avoir honte, Jocelyn.

— Et sinon... Vous avez évoqué une autre hypothèse pour ce qui est de mon identité...

— Oui, mais là... Vous risquez vraiment de ne pas pouvoir vous en remettre. Je préfère me taire.

— Comment ? Mais non, voyons. Allez-y, Mulford. Je suis courageux : je mange régulièrement à la *Soupe Aveyronnaise*, un restaurant chinois de mon quartier.

— Très bien, vous l'aurez voulu... Voilà... Il semblerait que vous soyez... Le Maire.

— Le maire ? Mais... de quelle ville ?

— Non, je veux dire Bruno Le Maire, un Ministre des Finances.

— QUOI !? Une tête de nœud pareil ?

— Je vous avais prévenu : c'est dur...

— Merde ! Manquait plus que ça ! Je m'étais préparé à vendeur de drogue, Donald Trump, journaliste sur CNEWS ou, je ne sais pas moi... une Youtubeuse, mais là... C'est dur ! Que me conseillez-vous ?

— À votre place, je n'hésiterais pas une seconde : le suicide.

— Impossible. Je n'ai jamais eu de veine, alors je ne peux pas me les couper. Mais... vous n'auriez pas, au moins, une bonne nouvelle, même petite...

— Heureusement, si. Quand j'ai appris votre identité, j'ai décidé de faire court pour vous épargner, à vous et mes lecteurs, des souffrances inutiles.

— Oui… Vous avez raison. Ça paraît plus sage.

— Il me semble.

— Cette aventure de Mulford Sploodge est donc parvenue à son terme ?

— C'est cela.

One again

— Eh ben alors… T'es pas bien là ? Hein ? Mais oui… Tu es gentille. Tu me fais risette ? Oh… c'est bien. Oui, t'es une gentille fille… sage. Tu ne t'ennuies pas toute seule ? Hein ? Allez, fais risette à papa… Saute ! Mais oui, tu es contente… Ben oui. C'est bien ça. Tu es heureuse de me voir… Oui, ma petite crotte, c'est bien… Mais papa va devoir y aller. Alors, au revoir, ma petite chérie…

Et je tirai la chasse.

Je devenais de plus en plus barjo. Sans trop savoir pourquoi, depuis maintenant un mois, je parlais à mes étrons au fond de la cuvette. Décidément, il était temps d'arrêter la picole. Certains parlent à leur chien, d'autres à leur bagnole, à leur miroir. Paraîtrait-il que d'autres encore auraient des conversations entières avec leur épouse : jusqu'où peut mener la solitude, c'est dingue. Eh bien, moi, je parlais à mes excréments. Ouais… Pas glorieux. D'autant plus que pour une conversation directe en vis-à-vis, j'étais contraint de me lever et de me retourner, sans bien sûr me torcher, aucun voile n'étant admissible entre moi et mon nouvel ami. Et malheureusement, nos discussions étant souvent des plus passionnantes, il m'arrivait régulièrement de remonter mon pantalon en oubliant le nécessaire acte de nettoyage, et ce, pour la journée entière ; ce qui ne se faisait pas sans engendrer certains grattages et une distanciation olfactive de la part de mes congénères. Il était vraiment temps d'arrêter les gros tarpés.

Mon séjour en hôpital psychiatrique ne m'avait visiblement pas apporté grand-chose, à part peut-être quelques violents coups sur la tête, une prise de conscience de la relativité universelle et une attirance immodérée pour les émissions de Stéphane Bern. C'était bien sûr mon psy qui m'avait interné, le docteur Otto Graph. Le fait que, depuis un certain temps, je courais nu dans ses couloirs en jetant du poisson avarié à la tête de ses clients y était peut-être pour quelque chose. Cependant, je lui en voulais. Car, en professionnel, il aurait dû essayer de comprendre cet acte de révolte, tenter d'analyser le pourquoi d'une telle outrance. Il paraissait en fait évident que j'étais scandalisé par la précarité sanitaire de mes amis poissons. Il fallait les mettre dans la glace, bordel de merde ! Voilà pourquoi, durant mes deux mois d'internement en HP, je me pris pour un congélateur. Branché sur le 220, je restai fermé et silencieux, d'une froideur totale. Le professeur Graph signa mon autorisation de sortie une fois que je me mis à dégivrer. Il était alors vraiment temps que j'arrête la coke.

À vrai dire, une seule chose était évidente : l'unique façon que j'avais de m'en sortir et de sauver même une infime partie de ma santé mentale était de replonger dans le travail. Il me fallait une enquête. Ce qui à priori, et même ailleurs, n'était pas évident car, comme chacun sait, les clients ne se bousculaient pas à la porte de mon bureau, et ce, même si nous étions à présent le 21 octobre 1968.

Une superbe rouquine aux yeux bleus pénétra dans mes locaux. Visiblement, elle ne venait pas de sortir du couvent. Aussitôt, en hommage au loup de Tex Avery, je sifflai, hurlai, cognai mon bureau avec ma chaise et me frappai la tête avec un maillet. Bien qu'elle fût tout de rouge vêtue, son regard me faisait bien comprendre qu'elle n'avait nul besoin d'être chaperonnée.

— Bonbour, bobieur Bloodge. Be buis rabie de baire...

La pauvre était apparemment enrhumée. Fortement désireux de placer mon missile de croisière dans son stand de tir, je lui présentai une boîte de mouchoirs, en gentleman. Déjà conquise, elle en prit un et se moucha. Malheureusement, la piètre qualité dudit mouchoir fit que je reçus environ sept-cent-cinquante grammes de morve en plein visage. L'invitation était évidente : la rouquine me désirait. J'étais subjugué.

— Vous disiez ?

— Je suis ravie de faire votre connaissance, monsieur Sploodge.

La voix correspondait au physique : suave à en mourir, chaude à s'en brûler les doigts, mystérieuse à s'en émouvoir. Habituellement, je préférais les blondes, que j'aimais consommer sans filtre. Mais pour cette rouquine-là, j'étais prêt à toutes les compromissions.

— Le coup de la blonde sans filtre, c'est pas nouveau nouveau, Sploodge. Surtout dans l'iconographie des détectives désabusés...

— Comment l'avez-vous découvert ? C'était censé rester off...

— J'ai des relations.

— On ne se serait pas déjà vu ailleurs ?

— Ce n'est pas impossible, j'ai souvent été ailleurs.

— Comment avez-vous entendu parler de moi ?

— L'article paru la semaine dernière. Vos deux jours de prison...

— C'est un scandale ! Bien sûr, j'ai tiré à plusieurs reprises sur ce type en blanc qui embrassait les enfants. Un de ces pervers du Ku Klux Klan à n'en pas douter...

— C'était le Pape qui rendait visite à notre ville, Mulford…

— Qu'importe. Personnellement, je ne suis pas dupe. Que puis-je pour vous, chère demoiselle ?

— Madame, je vous prie. C'est bien parce que je suis mariée que je suis venue ici.

— Je constate effectivement que vous portez une magnifique alliance…

— C'est pas une alliance, c'est mon anneau gastrique. Je le garde en souvenir.

— Bien… Vous êtes mariée donc… avec des enfants, un chien ?

— Non, avec un homme voyons, adulte…

— Et vous soupçonnez votre mari de vous tromper ? Il serait bien stupide…

— C'est malheureusement plus qu'un soupçon, c'est une certitude. Ce n'est plus l'homme que j'ai épousé…

— Ah bon ? Mais alors c'est qui ?

— Non, je veux dire qu'il a changé… Mon époux est parti avec une certaine Germaine il y a trois semaines. Et je ne comprends rien… Sans vouloir paraître discourtoise, elle est fan de Kev Adams, terriblement laide et son hygiène buccale laisse sérieusement à désirer.

— Je ne voudrais pas dire, mais vous êtes un peu discourtoise quand même, là…

— Par contre, je ne sais pas où sont actuellement les deux amants. Je souhaite donc que vous les retrouviez. Mais je dois vous prévenir, détective Sploodge, que… je n'ai pas le moindre argent.

— Mes tarifs sont mes tarifs !

— Alors un petit crédit… ?

— La dernière fois que j'ai fait crédit, c'était sous Daladier, en trente-neuf !

Consciente de son potentiel, la belle inconnue décroisa les jambes, déployant ainsi un panorama plein de promesses. L'instinct basique de la dame me rendit complètement stone. Le panorama en question était constitué d'une foultitude de tableaux allant de la plage ensoleillée à la boîte de nuit branchée, en passant par une certaine idée du repos et de l'Origine du monde. Il était vraiment temps d'arrêter les méthamphétamines. Vaincu, l'homme du monde que j'étais proposa une autre possibilité de transaction :

— Par contre... il me faut avouer qu'une libido malheureusement incontrôlée m'autorise quelques petits arrangements.

— « Incontrôlée » ? Dans ce cas, tenez, Mulford.. Voici une photo de ma belle-mère. Vous pourrez lui faire tout ce que vous voudrez...

— Bon sang ! Elle est particulièrement laide !

— Ah oui, non... Ça, c'était Chouchou, mon bouledogue.

Elle me tendit une nouvelle photo.

— Laissez tomber, poupée. Je me contenterai d'un bisou sur la joue de votre part et d'un sonnet de Francis Lalanne. Je suis romantique et j'ai su rester simple.

— Vous pensez que vous y arriverez, Mulford ?

— Les doigts dans le nez.

— Et sans les doigts dans le nez ?

— Aussi.

L'enquête ne s'avérait pas complexe. Et d'ailleurs, elle ne le fut point. Bizarrement, c'est mon ami Graph, mon psychiatre, qui me permit de la résoudre. En effet, mon pote Otto me fit découvrir le pot-aux-roses au *Poteau Bleu*, un restaurant où le pot-au-feu était de qualité. Je retrouvai le mari disparu. Seulement... Certains évènements s'assemblèrent de telle façon que j'assimilai rapidement la désillusion qu'il me faudrait imposer à ma cliente. Je rejoignis cette dernière dans un pressing, après m'être dit qu'il n'était pas forcément indispensable de placer du jeu de mots dans toutes les phrases.

— Ah vous voilà enfin, Mulford... Pourquoi un pressing ?

— Pourquoi pas ?

— Avez-vous retrouvé William, mon époux ?

— Affirmatif. Vous auriez dû me prévenir pour son look... Barbu, un chapeau ridicule, des dreadlocks...

— C'est un rabbin.

— Si vous le dites...

— Comment va-t-il ?

— Pas terrible. Son costume tombe en ruine. Et pourtant il n'est pas dans le besoin.

— C'est un radin.

— Si vous le dites...

— Alors ? Où se trouve-t-il ?

— Je ne vous le dirai pas.

— Comment ça ? Pourquoi ?

— Parce que je comprends parfaitement pourquoi il vous a quittée. Au début, je ne saisissais pas. Je pensais même que William, votre mari, avait trouvé une nouvelle poire.

— Qui ça ?

— Ma pomme.

— Faudrait savoir ! C'était une poire ou une pomme ?

— Peu importe. Comme je vous l'ai dit, je l'ai parfaitement compris.

— Mais enfin, Sploodge, vous déraisonnez ! Cette solidarité masculine est totalement hors de propos. Vous avez vu comme moi sa nouvelle compagne...

— Ah c'est sûr, elle est laide. Plus moche qu'elle, faut chercher au zoo, ou concevoir une image de synthèse. Mais, elle, au moins, elle sait cuisiner...

En un éclair, ma cliente me balança un regard de défiance. Je la laissai mijoter un instant avant de poursuivre :

— Figurez-vous que votre mari m'a fait goûter un échantillon de votre cuisine.

— Comment ça ?

— Vos plats sont tellement ridicules qu'il en a gardé un exemplaire de chaque, pour les musées… Et un en particulier… Oui, c'est ça… Vous commencez à voir ce dont je vais vous parler… Un soi-disant gâteau… que vous lui avez cuisiné il y a des années de cela et qu'il gardait comme preuve de harcèlement en cas de divorce, la chose en question pouvant effectivement être considérée comme un acte d'agression, ou au moins une provocation.

— La recette de ma grand-mère Micheline ?

— Cette Micheline, vous auriez mieux fait de la buter ! Après un premier fou rire concernant ledit gâteau, je me suis interrogé sur ma perception visuelle. N'était-il pas temps d'arrêter les morilles hallucinogènes ? Seulement… je ne rêvais pas ! Par la suite, je me suis donc posé de nouvelles questions quant à la nature de l'objet et votre état mental. Cette chose ne POUVAIT PAS être un gâteau ! Même pas un concept. Éventuellement un prototype. Mais manifestement, l'essai était raté. Ou alors peut-être aviez-vous un message artistique à délivrer, un cri de révolte… Je puis même vous dire qu'à la vue de cette immondice, des images de science-fiction me sont revenues : *Rencontres du troisième type*, *Alien*, *Le Blob*…

— Mais c'est odieux ce que vous dites, Sploodge ! J'ai mis trois heures à le faire !

— Une semaine n'aurait pas suffi à le rendre appétissant.

— Mais vous ne l'avez même pas goûté…

— Hélas… si. Mais rassurez-vous, je me suis lavé les dents après.

— Mais vous êtes dégueulasse !

— Ce n'est pas moi qui suis dégueulasse, c'est... cette chose... un gâteau au chocolat qui fait penser à du compost. Le premier qui ait un goût de paella. J'ai bien tenté de le donner à un clochard, mais il m'a insulté...

— Vous exagérez, Sploodge... Il est vraiment temps que vous arrêtiez de lire des revues sur la chasse.

— Je n'exagère rien du tout. Ce gâteau était vivant !

Ma cliente s'effondra ici même, c'est-à-dire au bord des larmes. Apparemment, j'avais touché sa très sensible corde culinaire. Des années d'illusion s'écroulaient d'un coup. Le doute montait en elle, comme une chantilly masochiste mal fouettée.

— D'ailleurs, à ce propos, pour le fouet, je pourrais vous montrer certains petits trucs...

— Mais, Mulford... Je ne comprends pas. Mon mari m'a toujours dit qu'il raffolait de mon ragoût de mouton.

— Détrompez-vous, il le refilait au chien.

— Et mon cake aux noix ?

— Il s'en est servi pour caler l'armoire de Tatie Mireille.

— Et ma vinaigrette ?

— Une des meilleures blagues des dix dernières années, selon lui.

— Mais ce n'est pas possible ! Je suis tout de même issue d'une famille de charcutiers. Je me fais appeler Jennifer Cartride, mais mon véritable nom est Sylvette Crémieux. « Crémieux », ça vous dit quelque chose ?

— Bien sûr. Chez vous, on fait surtout dans le boudin.

— Certes, plus jeune, j'ai préféré suivre des cours de mannequinat plutôt que d'opter pour la tradition familiale.

— Comme quoi, on devrait toujours écouter ses parents.

— Mais tout de même ! Vous ne comptez vraiment pas me dire où se trouve mon mari ?

— Certainement pas ! Ce brave homme m'a fait comprendre que la beauté ne suffit pas toujours. D'ailleurs, je dois le rejoindre dans une heure : sa nouvelle compagne Germaine nous a préparé une blanquette. Depuis qu'il la connaît, il bouffe comme une vache.

— Il mange de l'herbe ?

— Je veux dire qu'il se nourrit abondement.

— Orange ! Oh zeste et poires ! Oh vieille, est-ce une mie ? Neige donc…

C'était classique. Face à l'abîme qui s'annonce, souvent l'être humain préfère fuir, se perdre dans une surenchère qu'il espère artistique, alors qu'elle n'est bien souvent que verbiage. Triste destin.

Après qu'elle fut partie, à l'instar de cette beauté désillusionnée quant à ses qualités culinaires, je plongeai à mon tour dans un début d'emphase. Je me mis à faire de la phrase. J'avais envie d'écrire des trucs. Quoi donc ? Je ne le savais pas vraiment. Du théâtre, de la poésie, des nouvelles, du roman, des trucs quoi. Je retournai donc logiquement en HP. Il était en effet vraiment temps de m'interner : je commençais à me prendre pour un auteur. Fallait décidément que j'arrête de sniffer de la colle.

« Bien sûr. Fais le malin, Mulford… » Voilà ce que pensait l'Oncle T. Engrenage parfaitement huilé, son plan se déroulait comme prévu. Il savait donc que le détective n'aurait plus longtemps à attendre. Patience…

À vrai dire, il ne faudrait pas grand-chose pour perdre l'enquêteur privé. Pour le faire tomber dans la folie, à tout jamais. La même folie que Sploodge avait imposée à l'Oncle T, sans peut-être le savoir – cela n'avait pas d'importance.

Oui. Un rien suffirait. Juste ce que l'ombre amère tenait à présent dans sa main : le médaillon. Un petit bijou d'à peine dix centimètres de diamètre, avec en son centre… un trèfle à quatre feuilles.

Déboires, lassitude et paranoïa

Où étais-je ? Je n'en savais rien. J'observai les alentours. Une machine-à-laver pourrie, des pneus usés, un roman de Gillet, diverses ordures : visiblement, j'étais dans une décharge. La puanteur était partout, semblait émaner d'une source principale, à savoir moi-même. Je commençais à faisander. Il faut dire qu'il ne restait plus grand-chose du magnifique corps qui était encore récemment le mien : un œil accroché tant bien que mal à un bout de cerveau, une mâchoire inférieure, la trachée artère, une moitié de poumon, un unique ventricule, un rein, un testicule et ma jambe gauche. Décidément, j'avais morflé. On avait probablement dû me dérouiller la veille de façon soutenue. Qui ça ? Je l'ignorais. Pourquoi l'avait-on fait ? Je n'en savais pas davantage. Depuis des années, j'avais accumulé moult ennemis, et les raisons de me foutre une raclée étaient nombreuses et variées. Ce qui était certain, c'était que présentement, je ne savais rien. Trou de mémoire ou oubli volontaire destiné à protéger une susceptibilité fragilisée ? Peu importe, j'étais dans un sale état. Il y avait de quoi se poser une évidente question : avec ce qui restait de mon corps, comment se faisait-il que je fusse encore vivant ? Une hygiène de vie impeccable et une intégrité professionnelle exemplaire devaient à coup sûr constituer la réponse à cette énigme.

Quoi qu'il en fût, il me fallait rentrer. J'étais à la bourre pour accueillir le premier client de la journée, et il me semblait bien avoir mis une limande au four la nuit passée. Or chacun sait que la limande ne supporte pas les trop longues cuissons. Je commençai donc à ramper en direction de la ville.

Deux jours après, j'arrivai enfin devant mon immeuble. Comme il se doit, personne ne m'avait aidé. Les badauds m'avaient ignoré en se demandant même parfois si la chose qu'ils venaient de croiser était bien un être humain. Peu importe. J'avais l'habitude de ce type de regard, principalement chez mes parents. La journée s'annonçait mal : je n'avais plus de clopes, l'ascenseur était en panne et la limande était cramée. Heureusement, une bonne douche là-dessus, et tout irait mieux. Ah, au fait, j'oubliais... Nous étions le tant, et les clients ne se bousculaient pas à la porte de mon bureau.

Ma dernière cliente avait été une hôtesse de caisse mariée à une personne racisée de petite taille, en situation de handicap et à mobilité réduite, dont l'inadéquation des colonnes débit et crédit du compte en banque était patente. Ne comprenant pas ce que les chaînes d'information en continu lui disaient, elle souhaitait afficher sa différence auprès de son DRH. Peu méritante du droit de vote, elle n'appréhendait pas de façon correcte la nécessaire flexibilité professionnelle et l'allongement de la durée des cotisations sociales demandés par le gouvernement, ni le lobbying du secteur privé annonçant un ruissellement social et financier à terme. Peu informée, elle semblait craindre une précarisation l'amenant à fréquenter certains SDF issus de la diversité, dont plusieurs pourraient s'avérer déficients auditifs. Une nouvelle pédagogie était donc nécessaire pour elle. Refusant sans raison valable la vidéoprotection au travail, elle craignait un rapprochement des services permettant une mutualisation des ressources qui ferait d'elle, à terme, une demandeuse d'emploi. N'ayant pas pris soin d'adhérer à une mutuelle privée, cette personne habituée aux produits d'entrée de gamme, qui d'ailleurs avait intégré le marché du travail très tôt, craignait de souffrir d'une éventuelle longue maladie, voire, parvenue en catégorie senior, de partir désocialisée. Par contre, curieusement, elle était adepte de la culture woke. Mais après tout, zut !

Et surtout merde ! Car ainsi avait été rédigé le rapport de ma dernière enquête par ma nouvelle secrétaire récemment sortie de formation. Ne comprenant rien à cette novlangue aussi mielleuse que faussement moderne, je décidai de traduire…

Ma dernière cliente donc, à savoir le pigeon que je venais d'arnaquer, était une caissière cohabitant tant bien que mal avec un nain noir handicapé. Bien sûr, elle était fauchée comme les blés. Refusant d'accepter la propagande ambiante, elle ne souhaitait qu'une chose : buter l'autre fumier. Plutôt conne, elle n'avalait ni l'entubage collectif imposé par le patronat, ni la corruption volontairement instaurée pour un retour à une mendicité dont le résultat serait peu probable. Décidément stupide, elle avait les foies de finir avec une bande de clochards arabes à moitié sourds. Il fallait la rééduquer, et vite ! Fatiguée du flicage, elle avait peur de se faire virer et de finir chômeuse. Sans médecin traitant et ne pouvant se payer un « hors convention », cette miséreuse sans formation balisait grave de choper le cancer ou, une fois vieille, de crever toute seule. Par contre, curieusement, elle adorait cuisiner dans de grandes gamelles chinoises.

Je tentais d'oublier les incidents de la matinée quand un nouveau client fit son apparition. Peu sûr de lui, il se retournait en permanence, contrôlant régulièrement le dessous de ses chaussures. Avec la politesse qui m'a toujours caractérisé, je lui déclarai :

— Bonjour.

— Quoi ? Qu'est-ce que vous dites, Sploodge ?

— Bonjour.

— Pourquoi ?

— Euh… Eh bien disons que ça se fait…

— Vous en êtes sûr ? Pouvez-vous l'affirmer ?

— À peu près…

— « À peu près », ce n'est pas assez ! Et d'ailleurs, êtes-vous certain qu'il fasse jour ?

Dubitatif, j'entrouvris les stores afin de faire pénétrer la lumière du soleil.

— Voyez vous-même.

— Ouais, c'est ça…

— Vous êtes monsieur… ?

— Ah, parce qu'en plus, vous affirmez que je suis un homme !

— Eh bien c'est-à-dire que… Vous avez une barbe. Et un appareil reproducteur masculin. Car je ne sais pas si vous l'avez remarqué, mais… vous êtes entièrement nu.

— Et pour cause ! Vous me prenez pour qui ? Je ne suis pas dupe des produits et différents agents biochimiques que les industriels introduisent dans les vêtements fabriqués à la chaîne.

— Pourquoi feraient-ils cela ?

— Pour nous tuer, pardi !

— Et quel serait leur intérêt ? Ils y perdraient leur clientèle.

— Ne cherchez pas à m'embrouiller, Sploodge ou qui que vous soyez en réalité. Les micropuces, vous en avez entendu parler ?

— Ben en fait, non.

— Dans les vêtements, je vous dis ! Des micropuces neuronales introduites pour influencer nos décisions, et par conséquent, nous asservir.

— Dans ce cas, pourquoi ne pas porter des vêtements confectionnés par votre grand-mère ?

— Je la soupçonne plus que quiconque ! Une vraie salope affiliée aux illuminati juifs extra-terrestres vendeurs automobile.

— Bien. Quel est votre nom donc ?

— Je ne vous le dirai pas. Je n'ai aucune confiance en vous, Sploodge.

— Alors pourquoi être venu me voir ?

— Pour vérifier certaines choses. En particulier vos soi-disant capacités professionnelles. Qui sont comme je le pensais totalement inexistantes.

— Comment pouvez-vous le savoir, je n'ai pas encore travaillé sur votre affaire. Et d'abord, quelle affaire ?

— Ah ! C'est bien ce que je disais, il y a bien une affaire !

— Et… vous faites quoi dans la vie ?

— Je suis para.

— Parachutiste ?

— Surtout parano.

— C'est-à-dire ?

— C'est-à-dire que je suis parachutiste, mais je ne saute jamais. Je n'ai aucune confiance en mon matériel.

— Ça doit pas être facile tous les jours…

— Pourquoi voudriez-vous que ce soit facile ? Vous êtes payé par les syndicats, Sploodge ?

— Et pourquoi n'avez-vous pas confiance en votre parachute ?

— Parce qu'il a été conçu dans la région de Château-Renard, dans le Loiret.

— Effectivement, c'est un signe qui ne trompe pas.

— Pourquoi me parlez-vous de cygne ? J'ai horreur des oiseaux...

— ... Mais non, je voulais dire...

— ... et de la nature en général. Ainsi que du reste.

J'avais déjà croisé bon nombre de paranoïaques durant ma carrière. Mais force était de constater que cet exemplaire dépassait toutes les normes admises. À tel point qu'il méritait une petite blague :

— Attention, derrière vous, un éléphant !

— QUOI !?

— Non... Je déconnais.

— Sachez, monsieur Sploodge, que l'humour est le masque derrière lequel se cache la perfidie. Quand vous êtes-vous lavé les mains pour la dernière fois ?

— Il n'y a pas cinq minutes.

— Voilà... C'est bien la preuve que les élections sont truquées.

— Quelles élections ?

— Ah ah, vous voyez bien... En plus, aujourd'hui, c'est mon anniversaire.

— Je ne vois pas le rapport.

— La CIA le voit très bien, elle. « Coïncidence » me direz-vous ? Absolument pas ! Naïf que vous êtes... Moi, je sais ce que je dis. Je me méfierai toujours des coïncidences qui coïncident. L'exemple de mon anniversaire est une preuve flagrante de ce que j'affirme. Sans être paranoïaque, je trouve tout de même fort suspect le fait que, CHAQUE ANNÉE, mon anniversaire tombe EXACTEMENT le même jour que... ma date de naissance. Avouez que c'est curieux...

— Hein ?

— C'est comme l'autre jour... Figurez-vous que je rentre chez moi, et... qui pensez-vous que je croise sur mon palier ? Ma voisine ! Parfaitement ! C'est pas dingue, ça ? Pourquoi elle ? Que faisait-elle là ? Qui l'avait embauchée ? Pourquoi ? Pour me faire parler ?

— Pourquoi voudrait-on vous faire parler ? Vous savez des choses ?

— Rien ! Vous entendez ? Je ne sais absolument rien. Mais croyez-moi, je me tairai. D'ailleurs, ma profession m'y oblige.

— Que faites-vous ?

— Je suis Chef d'État-Major des Armées. Conseiller militaire du Président de la République.

— Vous ? Mais c'est un cauchemar...

— Pourquoi pas... Après tout, peut-être que rien n'existe et que cet univers n'est qu'illusion. En particulier mon employeur.

— Le Président ?

— Lui aussi, je le soupçonne. Je trouve sa tête de major de promo extrêmement inquiétante. Je le crois être en vérité un agent du capitalisme agissant en sous-main afin d'endormir le peuple, une marionnette volontaire employée par...

— Par ?

— Le MEDEF bien entendu !

— Alléluia ! Enfin un éclair de lucidité...

— C'est comme vous, Sploodge. Pourquoi êtes-vous ici ?

— Ben... C'est mon bureau.

— Et pourquoi m'avez-vous fait venir ? Vous voulez me tuer, c'est ça ?

— Quoi ? Mais c'est vous qui m'avez appelé...

— Peut-être était-ce quelqu'un d'autre. Quelqu'un de mes ennemis, qui sont nombreux, croyez-moi.

— Je vous crois.

— Et pourquoi ces dossiers sur votre bureau ? Avouez-le... Vous souhaitez me violer !

— Mais vous êtes complètement taré...

— Ce n'est pas impossible. Je me trouve extrêmement louche. À vrai dire, je n'ai aucune confiance en moi. Cet air de suspicion à chaque fois que je croise un miroir... Vous savez-quoi, Sploodge ? Je crois que je vais aller me dénoncer à la police. Il est grand temps de mettre fin à mes agissements. Je vous laisse. Avez-vous une sortie de secours ?

— Vous pouvez sortir par-devant. Habituellement, les clients ne se bousculent à la porte de mon bureau.

— Prenez-moi pour une truffe... Je préfère sauter par la fenêtre.

Ce qu'il fit. Enfin seul, je restai un instant dubitatif avant de sortir dans la rue. Un curieux sentiment m'envahit alors. Pourquoi cette passante venait-elle de me sourire ? Le vendeur de journaux ne s'était-il pas retourné sur moi ? Et ce facteur, que faisait-il là avec son courrier ? Louche, très louche... S'il me venait à l'esprit de conter mes aventures dans un bouquin, seraient-elles appréciées ? Pourrais-je avoir confiance en mes lecteurs ? Non. Certainement pas. Car, comme le reste de l'humanité, ces gens-là ne m'aiment pas !

La marée était en noir

12 janvier d'avant-hier. Les clients ne se bousculaient pas sur le port… J'avais donné rendez-vous à ma cliente dans un rade de la rade où je m'étais autrefois bien marré, deux fois par jour. Il y régnait d'ailleurs une odeur de même nom. La présence dans ce troquet de maquereaux et de vieilles morues devait y être pour quelque chose. Ma nouvelle cliente se présenta à moi, comme une confirmation. En plus d'avoir la raie sur le côté, elle en avait aussi la face.

— Bonjour, madame. Je suppose que vous vous appelez Wanda…

— Pas du tout, monsieur Sploodge. Moi, je suis Billaud.

— Bio ? Quel label ?

— Non. « Billaud », c'est mon nom. Sandrine Billaud.

Oui… Je le voyais déjà venir, mais préférais le garder pour la fin.

— Bonjour, mademoiselle Billaud. Excusez-moi de vous poser cette question si abruptement mais… Vous êtes très laide ou vous êtes, comme je le pense, un poisson ?

— On ne peut rien vous cacher, Mulford. Vous êtes très perspicace. Je suis bien un poisson. Et plus particulièrement une sardine.

— Que puis-je faire pour vous, mademoiselle ?

— Madame. On m'a déjà mis l'hameçon dessus. Mais comme mon mari est fixé au quai…

— Un phallus d'amarrage ?

— … C'est ça… Je ne le vois que deux fois par jour, question de marées.

— Je l'ai faite avant vous, celle-là.

— C'est pas juste, j'étais pas encore arrivée !

— Deux fois par jour donc ?

— Surtout le vendredi. C'est un vieux requin. Après, il est crevé.

— Le coup de barre ?

— Sans l'omble d'un doute, Mulford. En référence au théâtre français.

— Comment ça ?

— Vous ne connaissez pas *La Barre* de Molière ?

— Harpagon ?

— Surtout Arpajon. J'adore les haricots.

Ça commençait à fumer, et pas que pour les harengs. Niveau calembourgeois, même si nous naviguions plutôt dans le quantitatif pas très fin que dans le qualitatif de bon aloi, j'avais du répondant en face de moi. Pour éviter de me retrouver sur le sable, il me fallait réagir. Après tout, je n'étais pas la moitié d'un congre. Je retournai à la pêche aux infos :

— Qui vous envoie ?

— Mon oncle, un merlu. Il est hongrois et pratiquement aveugle.

— Un colin magyar donc… Je sens qu'il y a limande sous pierre.

— Comment ça ?

— Anguille sous roche, si vous préférez. Je suppose que vous êtes née dans le Perche ?

— Plutôt dans la Lotte et Garonne.

— Pas mal… On pourrait peut-être faire une petite pause, là…

— Ok. Je vais aux toilettes. On se retrouve à la machine à café…

Pause

— Tu sais quoi… Ça commence à me saouler, ces jeux de mots de cassos…

— Mouais… Et sinon, ça va, toi ?

— Je suis crevé. J'ai presque pas dormi de la nuit.

— Un sucre, comme d'hab ?

— C'est gentil…

— Et Christine ? Les gosses ?

— Ça va. La routine…

— Tu pars cet été ?

— À Dax, chez les beaux-parents.

— Faudra que tu voies avec Fatou, je crois qu'elle a déjà posé ses congés.

— Eh ben… Dire qu'on est déjà vendredi…

— Ouais…

— T'as vu le film de Danny Boon hier sur la Une ? Marrant, hein ?

— Ouais… Bof.

— Moi, j'aime bien. Enfin…

— Ils ont prévu de te mettre sur autre chose, après leur connerie de *Sploodge* là ?

— Mouais… Un petit quelque chose dans un roman. J'espère que ce sera un peu plus flatteur, parce que là…

— Tu m'étonnes… Quand je pense… Après les études que j'ai faites… En arriver à bosser pour ça…

— Qu'est-ce que tu veux, faut bien bouffer… Y a quand même deux trois trucs sympas…

— Ouais, mais vu ce qu'on est payé…

— C'est sûr… Tu sais ce que j'ai entendu dire ?

— Non, quoi ?
— Y paraît que la Fatou, elle se tape Bernard…
— C'est pas vrai…
— Si…
— Eh ben elle est pas dégoûtée… Enfin…
— On a quand même un sacré temps pourri.
— Que de la flotte depuis quatre jours…
— Ouais…
— Fait chier…
— Bon. On y retourne ?
— Ça roule…

Reprise

— Et alors, votre copain saumon ?

— Ils l'ont fumé, Mulford, comme les harengs précédemment cités. Trois balles dans le corps.

— Paix à ses sandres…

C'était marlin. Décidément, cette sardine était finaude. Je commençais même à avoir peur de passer pour une tanche auprès d'elle. Alors, bien sûr, je poursuivis, car il était impossible pour moi de rester muet comme une…

— Quel est votre problème, Sandrine la sardine ?

— Eh bien voilà, monsieur Sploodge… Depuis un certain temps, bien que je connaisse toutes les huiles de la capitale, je n'arrive plus à entrer en boîte. Dès que je m'approche, les videurs me haranguent et me disent : « Arrête ».

— Vraiment ?

— Mais oui, je vous dis. On me vide régulièrement.

— C'est plutôt flatteur pour vous. Car de nos jours, il n'y a plus que des thons en boîte.

— Oups ! Méfiez-vous, Mulford, de ce type de réflexions… Vous allez vous faire griller.

— C'est plutôt vous qui devriez l'être.

— Sur les réseaux sociaux ?

— Non, à la plancha. Mais de toute façon, pourquoi vouloir aller en discothèque ? Vous seriez trop serrée, dans ces lieux noirs.

Aussitôt, je regrettai ma dernière remarque. La perspective de ne plus jamais pouvoir se trémousser sur le *dancefloor* anéantissait visiblement ma cliente. Elle m'attendrit en unilatéral. Je ne pouvais que craquer devant son regard de merlan frit, de poisson-chat potté. Je lui promis d'enquêter prestement, en mettant le turbo.

Après deux semaines, j'étais parvenu à résoudre l'enquête. Ma cliente me rejoignit dans mon bureau. Comme elle venait de décongeler, je lui proposai une tasse brûlante de nuoc-mâm.

— Détective Sploodge… Je ne pensais pas que vous étiez encore vivant. Je pensais même que vous étiez mort.

— Pour une carrière de ballerine, oui. Sinon, pour le reste, ça va.

— Avez-vous réussi votre coup de filet ?

— Je crains de ne pouvoir faire grand-chose pour vous Je suis allé dans cet endroit infâme que vous m'avez indiqué Vous savez, ce lieu où se retrouve la crème de la crapulerie…

— L'Assemblée Nationale ?

— Euh… non. La boîte de nuit qui vous était interdite. Le patron refuse toujours obstinément de vous faire entrer. Il y tient plus qu'aux dents de sa mère. Il ne supporte plus vos jeux de mots piscicoles. Moi par contre, je suis plutôt pour…

— Vous n'allez pas tenter de le convaincre ?

— Non, car c'est un Anglais. Et donc, de vous, il se fiche !

— Pas mal, Mulford… On va conclure comment ?

— Par une chanson, bien sûr. Nous sommes en France…

— En sole majeure, je présume.

— Of course ! « Meunière, tu dors… ton moulin va… »

Et c'est ainsi que se conclut le cas Billaud.

L'apprenti assassin

12 septobre 2007. Les passants ne se bousculaient pas, ce qui était à peu près normal vu l'endroit où je me trouvais. Je venais d'enterrer le corps de ma dernière secrétaire, la troisième abattue après le nettoyage de mon flingue. Maladresse, quand tu nous tiens… J'avais donné rendez-vous à mon nouveau client dans ce désert situé à une centaine de kilomètres de la ville. Soleil crasseux, perspectives plates et terre aride où seules quelques rares broussailles tentaient d'égayer l'ambiance. Pas vraiment la grosse poilade. Heureusement, je ne dus pas attendre longtemps l'arrivée de la personne qui m'avait engagé. Une frêle silhouette apparut au lointain. La transaction s'étant réglée par courriel de façon anonyme, ma secrétaire et moi ne savions rien de cette personne. Je profitai que cette dernière fût encore assez éloignée pour resserrer ma gaine. Une imagination enfantine un peu trop baignée dans un sirop hollywoodien me faisait espérer l'impossible : et si aujourd'hui j'avais rendez-vous avec Robert De Niro ou Meryl Streep ? Eh bien je les ferais raquer un peu plus que les autres, ces cons-là, et puis c'est tout !

Rapidement, la silhouette devint forme humaine : un petit homme malingre, jeune, visiblement peu sûr de lui. Le type n'avait vraiment rien d'impressionnant. Aussi, au lieu de prendre les arrières comme je le faisais habituellement, je pris les devants :

— Mais dites-moi, monsieur… Vous n'êtes pas Robert de Niro…

— Euh… Je ne pense pas.

— Meryl Streep peut-être ?

— Pas davantage. Je me présente… Je suis Jean-Patrick Tartignole. Mais vous pouvez m'appeler Françoise.

— That's all right, Mama.

— Vous êtes bien Mulford Sploodge ?

— Oui. Mais je ne m'en vante pas.

— LE Mulford Sploodge ?

— J'ai su rester modeste…

— Le Mulford Sploodge des *Enquêtes improbables de Mulford Sploodge* ?

— Je le crains…

— Ah, très bien…

Se détendant à peine, le petit homme déposa la valise qu'il avait en main. Il ôta sa veste et commença à la plier soigneusement. Piqué par la curiosité comme une jouvencelle devant un romancier encore plein de charme, je décidai de questionner :

— Euh… Qu'est-ce que vous faites ?

— Oh, excusez-moi si je vous dérange, monsieur Sploodge ! Ce n'était vraiment pas mon intention. Vous savez… Je vous admire depuis que je suis tout petit. Ma grand-mère me chantait vos chansons.

— Je n'ai jamais composé la moindre chanson.

— Une certaine Marie-Christine que vous avez connu à Macao… dans les années soixante-dix…

— Ah oui… maintenant que vous le dites… Dans ce cas, vous pouvez rester. Mais ne préférez-vous pas vous installer ici, sur cette broussaille ?

Le jeune homme étudia la broussaille de longues minutes avant de…

— Non, merci. J'y tiens pas.

Il déposa sa veste au sol puis se figea devant moi. Son regard mêlait curiosité et crainte. Je commençais à m'impatienter :

— Si vous êtes mon client, c'est que, j'imagine, vous avez une enquête à me confier.

— Ah non, pas du tout.

— Alors qu'est-ce que vous êtes venu faire là, Tartignole ?

— Ben... c'est pas facile à dire...

— Oui, je sais... C'est comme la coloscopie. On n'en veut pas toujours, mais on est parfois obligé d'en passer par là...

— Ce n'est pas ça.

— Une fête sataniste à organiser ? Un ennemi à enterrer vivant ? Un peu de coke ? Un achat d'organe humain ? De la méth ? Si vous voulez, j'ai de la super...

— ... Mais non ! Rien de tout cela. C'est juste que, comme je vous le disais, Sploodge... ce n'est pas facile à présenter.

— Allons... Un peu de courage !

— Bon ben voilà... Je me jette à l'eau... Je suis venu pour... pour... pour vous...

— Pour me ?

— Pour vous tuer.

Silence du no man's land. C'est-à-dire vent, broussailles traînantes et cri d'oiseau du désert désireux de prouver sa condition à la fois désertique et volatile.

— Ah bon. Et pourquoi voulez-vous me tuer ?

— Oh c'est pas moi... Je vous l'ai dit, détective : je vous aime beaucoup. Seulement... c'est mon boulot. Je suis sous contrat en fait. On m'a payé. Oh, pas bien cher... Je débute. Au pourcentage...

— Et qui vous a payé ?

— C'est lui, là...

Et le petit homme de sortir une petite photo de sa petite valise. Sur celle-ci, on pouvait découvrir un visage incertain.

— C'est un homme ou une femme ?

— Je ne sais pas vraiment, détective. Je ne connais que son nom de famille : Lambda. Monsieur ou madame Lambda. C'est pas très bien défini.

— Mais pourquoi cette personne souhaite-t-elle ma mort ?

— Oui alors ça, par contre, c'est précisé. Seulement… j'ose pas vous le dire…

— Allez-y, mon vieux. Vous pouvez y aller. J'ai fait le Vietnam.

— Vraiment ? C'est impressionnant.

— Oui. L'année dernière, une croisière de quinze jours. Répondez, maintenant !

— Oui, alors… Voilà… Mon client ou ma cliente souhaite votre mort, car… Il en a marre et plus qu'assez de vos blagues et lourdeurs, de votre côté graveleux et… aussi de… cette histoire de charcuterie qui serait produite par un certain… Crémieux… Un nom comme ça, je crois…

— Sa race ! J'en étais sûr ! J'ai trop tiré sur la ficelle.

— Je vous dis tout de suite que moi, cette sorte d'humour plutôt ringard, ça m'est égal… Je suis confus, Sploodge.

— Mais un contrat est un contrat, n'est-ce pas ?

— Vouis…

— Vous n'allez pas flancher maintenant…

— Ce serait trop bête…

— Eh bien, allez-vous préparer, alors. Je suppose que vous avez votre petit matériel… Vous n'allez pas me tuer à mains nues, ce serait vulgaire.

— C'est pas mon style. Tout est là, dans ma valise…

— Bon ben, je vous en prie…

Encore tout confus, l'individu entrouvrit de nouveau son petit bagage et en sortit un revolver, à ma grande satisfaction.

— Ah mais, c'est bien ça, un revolver… Pour un rebondissement, y a pas mieux. À part peut-être un ressort ou un trampoline.

— Merci de votre soutien, monsieur Sploodge.

— Ce n'est rien. Il faut savoir encourager la jeunesse quand elle est méritante.

— Bon ben… donc… je vous vise, n'est-ce pas…

— C'est ça. Je prends la pose et je suis à vous.

Un peu comme une de ces feignasses de syndicaliste, je pris la pause, la dernière. Je cherchai mon meilleur profil et le trouvai, au bout d'une demi-heure. La Vénus de Milo ? Le Penseur de Rodin ? Non ! Mieux que cela : Sploodge sur un pied, un doigt au vent et l'autre dans l'oreille. Le tueur était impressionné. À tel point que je dus le rappeler à sa mission. Avec la plus grande hésitation, l'individu finit par tendre son revolver et me pointer. Je m'apprêtais à quitter ce monde qui, décidément, ne m'avait jamais mérité. L'instant fatal de Queneau n'avait jamais été aussi proche ; je taisais un sphincter demandeur de gratouille afin de ne point gâcher l'image parfaite de mon dernier souffle.

Malheureusement, il est parfois des rustres qui ne comprennent pas la nécessité d'un certain professionnalisme lors de tels moments. L'homme qui me visait à cet instant était de ceux-là. Le piètre tueur à gages me pointait certes, mais avec le maintien d'un parkinsonien troisième échelon et la détermination d'un socialiste. Le poignet était de guimauve ; la main d'une fermeté fortement oscillatoire : j'étais scandalisé.

— Ah, mais c'est pas vrai… Quel empoté vous faites !

— Vous en avez de bonnes, Sploodge… Mettez-vous à ma place !

— C'est pas moi le tueur, c'est vous !

— Oui ben on le saura...

— Faut tout vous expliquer, c'est pas vrai ! Vous me visez, vous comptez jusqu'à trois et *PAN* ! Vous tirez. C'est pourtant pas compliqué...

L'approximatif assassin répéta mentalement les différentes phases que je venais de lui présenter. Après quoi...

— D'accord, je crois que c'est bon, monsieur Sploodge.

— Bon ben, pressons ! On a déjà perdu assez de temps comme ça.

C'était vrai, quoi. On n'avait pas que ça à faire... Le criminel me visa de nouveau avec son arme ; je repris la pose. Cinq secondes. Dix secondes. Trente. Une minute... L'ultime compte à rebours ne venait toujours pas.

— Vous ne voulez pas compter à ma place, Sploodge ?

— Mais il est pas vrai, celui-là ! Qu'est-ce que j'ai fait au bon dieu pour mériter un assassin pareil ? Bon ben... Écoutez, mon vieux... essayez autre chose.

Presque satisfait, l'homme au regard d'enfant lâcha son revolver et se précipita sur sa valise. Il en sortit un petit flacon.

— Cyanure ?

— Oui, Tartignole, ça ira. Je ne suis pas difficile.

— Merci. Vous me facilitez la tâche...

— Je vous en prie.

— Bon ben, tenez... buvez...

Le flacon me fut tendu. Mais malheureusement, le tremblement de main qui avait abouti à l'abandon de la tentative pistolesque engendra un nouveau fiasco. Au moment de l'approche, le maladroit tueur renversa le contenu de la fiole sur mon costume à peine sorti du pressing.

— Ah non ! Mon costume à peine sorti du pressing !

L'individu était contrit, ce qui ne l'empêchait pas de tenter d'atténuer sa faute :

— Ça ne tache pas...

— Oui, mais ça fait des trous !

— Uniquement dans les tissus vivants.

— Je me doute bien que ce n'est pas du lait de chèvre !

— Après tout, monsieur Sploodge, ce n'est pas plus mal... Vous auriez souffert. Premièrement... ce n'est pas très bon. C'est amer. Ça vous aurait brûlé le palais, détruit la trachée, perforé l'estomac, vous auriez fait sous vous... Et surtout... ça laisse un arrière-goût de céleri...

— Ah non ! Pas le céleri, j'ai horreur de ça ! Je veux bien aider le petit commerce, mais que ce soit propre et efficace. Net et sans bavure ! Bon... Qu'est-ce que vous avez à me proposer ?

Le triste sire fouilla de nouveau l'intérieur de sa valise, retrouvant curieusement le ton d'un commerçant de marché.

— Qu'est-ce que j'ai, qu'est-ce que j'ai... Qu'est-ce qui ferait plaisir au petit monsieur... J'ai bien un couteau...

— C'est ça. Mettez-moi un couteau.

— Où ça ?

— Dans le cœur, Tartignole. C'est rapide et très théâtral.

— Ça ne vous gêne pas trop ?

— Pensez donc... Vous allez faire de moi un héros de roman reconnu dans le monde entier. Quelle promo !

— Je vous rends service en fin de compte.

— Je n'irais pas jusque-là. J'avais bien encore deux trois petites choses à faire... Mais puisqu'il faut y aller...

Accueillant avec justesse mes encouragements, le modeste meurtrier décida de relever le défi. Il plongea la main dans sa valise et en sortit un magnifique poignard, peu en accord avec ses apparentes compétences. Avec l'intention criminelle d'une ballerine, me faisant face, il brandit la lame au-dessus de sa tête. Les paroles qui suivirent furent d'une extrême beauté, à la fois tristes et dérisoires, un désenchantement face à l'incertitude du monde, un désespoir imposé par la bêtise des circonstances, le crève-cœur éternel :

— Bon ben… Au revoir, monsieur Sploodge…

— Fermez pas les yeux, vous allez encore me louper…

— Mais j'ai horreur du sang.

— Un peu de cran voyons !

— J'peux pas…

Et l'individu de s'effondrer en larmes. Et quand nous disons « larmes », nous disons beaucoup. Beaucoup de larmes donc, pour ceux qui n'auraient pas… Bref. Le pathétique criminel pleurait comme un enfant. Et comme un homme aussi.

Bon, personnellement, j'en avais rien à cirer ; ça ne m'en bougeait pas une. Mais il fallait bien que je dise quelque chose…

— Allons allons, mon gros loukoum, y va pas pleurer… C'est un grand garçon… Vous savez mon vieux, je ne voudrais pas vous vexer mais, pour un tueur à gages… vous ne m'avez pas l'air très dégourdi. Soyez un peu plus à ce que vous faites ! Ça ressemble à quoi, ça ? Comment faites-vous avec les autres ?

— Vous êtes mon premier.

— Je ne veux pas le savoir ! Faut encore travailler.

Et ce fut l'instant où le jeune homme en face de moi craqua, perdant tout contrôle :

— Mais moi, je ne voulais pas être tueur ! Ce sont mes parents qui m'y ont forcé. Pensez… Treizième génération d'assassins, c'est lourd à porter. Dans ma famille, on est tueur de père en fils, et… je suis fils unique ! Je descends en droite ligne de Ravaillac ! Mon père lui-même, Fulbert Tartignole, était un grand tueur. Trois *Pistolets d'or* et deux *d'argent* ! Respecté dans sa profession. Jamais un ratage… Non. Moi… je lui fais honte. J'ai raté la plupart de mes examens…

— Eh bien persévérez ! Pensez à vous aïeux ! Travaillez ! Ou alors devenez attaché de presse...

— Non, y a rien à faire, Sploodge, je suis un raté...

— Ah permettez, pour l'instant, le raté, c'est moi !

— À mon dernier concours, il m'a fallu deux heures pour étrangler un petit poussin... gentil... qui m'avait rien fait... Avec un regard qui me disait... « pourquoi moi ? » Vous me rappelez ce petit poussin...

Les yeux pleins de larmes, mon triste assassin semblait presque me défier. Non pas dans le viril, mais plutôt dans le pathétique, que j'avais pourtant de très fort selon certains. Il était temps de réagir :

— Eh bien, dites-vous que je ne suis pas un petit poussin ! Je suis méchant ! Très méchant ! Je suis un loup. Qui mange les petits enfants !

— Oh non, Sploodge, pas les petits enfants...

— Confiez votre boulot à un véritable professionnel. Si vous croyez que ça m'amuse de vous voir dans cet état-là...

J'en avais plus qu'assez. Et pourtant, une éducation chrétienne chez des jésuites adeptes de la nécessaire punition corporelle éveilla chez moi une bienveillance que je n'avais jamais attendue. J'écoutai donc le parcours du repentant qui me faisait face...

— Vous comprenez, Sploodge... Moi, je voulais être pépiniériste. C'est les fleurs, ma passion... Quand j'étais petit... je cachais un plan de tulipes que je faisais pousser à l'insu de mes parents. Ils me donnaient de l'argent de poche pour que je m'achète mes petites cartouches, mes petites munitions... et... et... et je m'achetais des sachets de graines...

Nouvelle effusion de larmes. Cette fois, on n'était plus dans la gouttelette, on était à Niagara. Je me devais d'intervenir :

— C'est pas vrai, le voilà reparti... Est-ce bien raisonnable ? Vous n'allez pas craquer devant tout le monde...

— Y a personne ici, c'est un désert. C'est même pour ça que j'ai fixé notre rendez-vous à cet endroit. Pour ne pas avoir de témoin.

— Mais que va penser la personne qui vous a engagé, Tartignole ? Vous savez, avec cette histoire de Boudin Crémieux… Je l'ai bien cherché. Ça me pendait au nez…

— Dites donc ?

— Oui ?

— Vous ne voudriez pas me rendre un petit service ?

— Quoi donc ?

— Signez-moi l'imprimé comme quoi je vous ai bien tué et… suicidez-vous.

— Ah non ! Vous trichez ! C'est trop facile. Si vous reculez à chaque fois, vous n'apprendrez jamais. Il ne faut jamais remettre au lendemain ce que l'on peut faire le jour même. C'est le premier pas qui coûte. Allez ! On se lève, on respire un grand coup et on y va !

— Bon. Mais c'est bien pour vous faire plaisir, Sploodge… Fermez les yeux, s'il vous plaît.

J'obtempérai, désireux d'en finir, une bonne fois pour toutes. Le retour de mon futur meurtrier vers une plus grande fermeté de décision me faisait plaisir.

— Une dernière volonté, détective ?

— Vous n'auriez pas une cigarette ?

— Je ne fume pas.

— Vous n'êtes vraiment pas organisé ! Bon… Allons-y !

Après avoir tourné non seulement autour du pot mais aussi autour de toute la boutique du potier, l'apprenti assassin enfonça son couteau en plein dans un cœur, le mien.

— Ssss… Ssss… Je suis au bout, monsieur Sploodge ?

— Oui oui.

Quelques instants passèrent. Le détectivicide me regardait d'un étrange façon : entre dégoût de lui-même et fascination malsaine.

— Vous avez mal, Mulford ?

— Ben… J'suis un peu patraque quand même.

Sans comprendre les dysfonctionnements que le couteau dans mon cœur devait à coup sûr engendrer, je fus victime d'un violent éternuement.

— À vos souhaits, monsieur Sploodge.

— Merci.

— Vous êtes enrhumé ?

— Je sens comme un courant d'air.

En considération du paysage et n'ayant que ça à faire, je me contentai de fixer le regard qui me faisait face. Celui-ci n'était pas très impressionnant.

— Oh, je vous en prie, détective Sploodge, ne me regardez pas comme ça… Je vais encore faire des cauchemars…

— Vous êtes marrant. Où voulez-vous que je regarde ?

Se rapprochant de moi, l'inavoué pervers reprit son observation.

— Vous n'êtes pas très expressif.

— Vous auriez préféré que je me traîne à vos pieds, Tartignole ? Que je pisse le sang, que je hurle à la mort ? Vous plaignez pas, mon vieux…

Passé un quart d'heure, la curiosité du tueur se fit ennui.

— Y en a encore pour longtemps ?

— Vous avez raté le cœur : j'attends.

— Ok… Bon ben… Je vais vous laisser… Vous n'avez besoin de rien ? Vous gardez le couteau ?

— Ça me fera un souvenir.

— Puis-je encore vous demander une dernière faveur, monsieur Sploodge ?

— Quoi ?

— Un autographe pour ma grand-mère.

— Bien. Ok.

— Merci.

Évidemment, j'avais l'habitude des demandes autographiques. Partout où j'allais, on se bousculait pour quémander ma signature, sur tout et n'importe quoi : un bouquin, un hareng, une petite culotte. Souvent même, je n'avais pas besoin de parapher. Ma seule présence électrisait les foules. Elle remettait en question le fondement même de l'existence de chacun. La simple idée d'un hypothétique passage du détective Sploodge chez les culs-terreux faisait que…

— Oh oh… Mulford ? Vous êtes où, là ?

— Je suis ici, petit con. Et je t'emmerde.

— Ok… Mais… pour l'autographe… Ne pourriez-vous pas inscrire un peu plus qu'une simple signature ? Un petit mot… Ça me ferait tellement plaisir, monsieur Sploodge…

— Pourquoi pas… Euh… Voyons… « À mon assassin favori ! » Ça vous va ?

— Ne me traitez pas d'assassin, Mulford ! Vous remuez le couteau dans la plaie…

— Bon… « À une fine lame que j'ai bien connue ! »

— C'est merveilleux ! Signé, hein…

— Bien sûr. C'est le principe de l'autographe.

— Ah bon ? Parce que j'avais cru lire un truc concernant un certain psychiatre autrichien, Otto Gra…

— … Non. C'est inutile.

— Bien… Je… je vais vous quitter alors… Je vous laisse la lumière ?

— S'il vous plaît.

— Bon ben, allez… Au revoi… Enfin… Adieu.

— C'est ça. Adieu, Tartignole.

— Euh… Une dernière chose…

Ce jeune incompétent commençait à m'agacer.

— Quoi encore ?

— Ne voudriez-vous pas, une dernière fois, exécuter en ma compagnie le mouvement de danse qui nous a rendus célèbres ?

Et aussitôt, nous partions dans un tango endiablé…

Avec de l'ail, Lily lit au lit, car elle aime l'aïoli

Aux alentours de seize heures, aux alentours de 2014. Les cliclis ne se bousculaient pas à la poporte de mon bubu. Et d'ailleurs, ils ne se bousculaient pas sur mon palier en général. J'y étais en pleine discussion avec ma voisine Marie-Gilberte que tout le monde appelait Lily. Elle était blonde, encore séduisante et prétendait à l'indépendance financière. L'indépendance financière pour une gonzesse, n'importe quoi…

Bref. Comme la plupart des femmes de l'immeuble et même de la rue, à l'évidence, elle me désirait sexuellement. C'était ainsi, je n'y pouvais rien. Un charme à la fois physique et intellectuel émanait en permanence de ma personne sans que j'y puisse quoi que ce soit. Bien entendu, comme la plupart de ces nanas nouvelle génération, elle feignait l'indifférence, me causant à peine et me jetant de soi-disant regards de dégoût que je savais être en réalité pleins d'un désir déjà proche de la soumission.

Ce jour-là, pour la première fois depuis trois ans, elle m'adressa la parole. Il faut dire que la petite était paumée. Depuis un certain temps en effet, un désagréable sentiment l'accompagnait en permanence.

— Si vous le souhaitez, Lily, je puis vous donner les coordonnées de mon psy. Le docteur Otto Graph, un type qui a une belle plume et qui…

— … Oui oui, j'ai compris.

— Peut-être pourriez-vous m'en dire un peu plus…

— Effectivement. Bon ben voilà, votre honneur…

— « Détective Sploodge », ça suffira.

— Il se trouve que depuis environ un certain temps, j'ai comme une étrange impression, un sentiment bizarre dans la tête…

— Un truc dans la tête ? Chez une femme, c'est plutôt rare.

— Taisez-vous, vieux macho ! Vous ne savez rien de moi et vos suppositions sont totalement inappropriées.

C'est ça… Comme si je ne connaissais pas les nanas par cœur…

— Pouvez-vous de nouveau m'en dire un peu plus, Lily ?

À l'évidence, il lui était impossible de réfréner davantage la flagrante attirance que ma personne lui imposait. La demoiselle opta donc pour le mode confidences :

— Alors voilà… J'ai en permanence l'impression que des milliers de personnes m'observent.

— Pas de panique, ma petite. Ça s'appelle la « mégalomanie ». J'ai beaucoup de clients dans le milieu artistique, je peux vous dire que ce n'est pas grave.

— Oui. Ça, je connais. Mais là, c'est différent. J'ai l'impression de ne pas être libre. De n'être libre de rien en fait. Comme si j'étais… un personnage dans…

— … Dans une série télé ?

— Plutôt un roman. Ou… quelque chose de plus concis. Des nouvelles, des histoires courtes dans un bouquin.

— Un bon bouquin ?

— Plutôt mauvais. Et même à chier, par moments.

— Par moments ?

— Oui. De très nombreux moments.

— C'est ennuyeux.

— Et ce n'est pas tout. Mon personnage serait une cruche...

— Tout est normal donc.

— Mais vous ne comprenez pas, Mulford. Une cruche... Moi, j'aurais préféré une théière. En porcelaine. Avec les tasses et soucoupes qui vont avec.

Comme quoi mon jugement n'était pas totalement infondé. Le crâne de la donzelle n'était visiblement pas encombré niveau neurones. Et s'il y avait eu tentative de greffe de cerveau, manifestement, il y avait eu rejet.

— Et ce n'est pas le pire, Mulford. La véritable horreur, c'est ce sentiment que tous les gens qui m'entourent sont, eux aussi, des personnages de ces lamentables histoires courtes rédigées à la va-vite.

— Personnellement, je suis friand de ce genre de récits. C'est rapide, distrayant et ça ne demande pas une trop grande attention. Ce qui permet de pouvoir se concentrer sur des actions plus essentielles. Idéales donc pour des lectures aux toilettes.

Que n'avais-je appris dans de tels endroits...

— De quel genre sont ces histoires, Lily ? Serait-on dans... « l'humour » ?

— « Humour », non. On peut pas dire ça... « Naze » plutôt...

— Et... moi, par exemple... Je serais un des personnages de vos histoires ?

— C'est ça.

— Le principal, j'imagine...

— Pas du tout. Le principal, c'est moi.

— Sa mère ! Mais dites-moi... Si nous sommes des personnages, c'est que nous sommes lus.

— C'est pas sûr.

— Ne serait-ce que par politesse, nous pourrions alors tenter d'intéresser les hypothétiques lecteurs à ce que nous faisons. Que diriez-vous d'une petite scène de sexe ? Entre vous et moi. Uniquement pour captiver le lecteur donc...

Eh oui... Une exigence littéraire et le sérieux du service après-vente m'obligeaient à une telle intention. C'est ça, le respect de la lectrice !

— Mais dites-moi, Lily... Mon personnage... Je suppose qu'il est... plein de charmes, drôle, cultivé...

— Non, pas vraiment. Je vous l'ai dit, Mulford. C'est VOUS, le personnage. Il est donc complètement con, ringard, avec un physique qui fait rire les enfants.

Scandalisé, je protestai :

— Vous exagérez, Lily ! Je suis au moins drôle. Il m'est arrivé de raconter une blague de Toto...

— Je sais. C'est pas juste.

— Ça donne à réfléchir...

— J'trouve pas...

— Si vous voulez mon avis, chère voisine...

— ... Je le veux.

— Vous lisez trop de mauvais romans. Vous vous montez le bourrichon et certainement plein d'autres choses. Quel est votre romancier préféré ?

— Moi ? J'adore *Biiiiip*.

— *Biiiiip* ? Je commence à comprendre...

— Tout ça, c'est dans ma tête.

Rastafaraï ! La pauvre venait de me fournir la solution à son problème. Si tout ceci n'était qu'illusion dans son crâne, je n'avais qu'à l'éliminer pour que tout s'arrête. Ce que je fis, d'une balle dans ce même crâne. Après découpe, je me débarrassai de son corps en le refourguant au kebab du coin. Après tout, le rôle principal, c'était moi, pas elle. Et puis... Sans vouloir critiquer... Il est des fois où il faut avoir le courage de dénoncer certains mauvais romanciers. Et en particulier ce *Biiiiip*. C'est vrai, quoi...

Dans une ville proche de celle où officiait l'infâme détective Sploodge, l'Oncle T régla sa montre sur onze heures treize.

Pas clair

25 novembredi 1977. Il n'y avait plus de client, n'y avait plus de porte, et même plus de bureau. Assis dans mon fauteuil, je m'adressais à un de mes plus proches. Quelqu'un de super, que je connaissais depuis toujours et qui ne m'avait jamais fait faux bond.

— Oui, Josué, tu as raison. On en a connu de belles, tous les deux...

Parler à son sexe était paraît-il très courant. Surtout chez les détectives respectueux de leur matériel. Bien qu'il ne se soit pas exprimé depuis un certain temps, Josué n'en pensait pas moins :

— Vas-y doucement, Mulford...

Sacré Josué... Je testais une nouvelle crème antimycosique en l'appliquant avec soins sur mes parties intimes. Selon mon ami Édouard dit *Petite paupiette,* cette pommade qu'il m'avait conseillée après usage personnel devait à terme représenter pour moi ce que l'anus artificiel représentait pour le troisième âge, c'est-à-dire un véritable espoir. Ce qui n'empêchait pas Josué d'être fébrile.

— Ne t'inquiète pas, mon grand.

— Mon grand ? C'est ça, Mulford... Fous-toi de ma gueule en plus...

— Tu vois ce ventilateur ? Je vais le rapprocher et l'actionner. Cela devrait nous apporter une ventilation testiculaire parfaitement adéquate.

C'est alors que ma secrétaire fit son apparition. Habituée à certains comportements de ma part, elle resta stoïque.

— Dites donc, patron… J'ai reçu la facture pour votre extenseur de pénis. Même d'occasion, c'est pas donné. Je le mets dans quoi ?

— Dans quoi ? Eh ben, généralement…

— … Je veux dire dans la compta. Je le mets dans quel poste ?

— Je ne sais pas. Disons… *Matériel d'investigation.*

— Comme Mister Boum ?

— C'est ça.

« Mister Boum » était le nom que je donnais à mon flingue. Mon sexe, mon flingue… J'aimais bien donner des noms. Même si parfois je confondais les deux.

— Il est vrai qu'il vous a été bien utile, la semaine dernière.

— Mon sexe ?

— Non, patron, votre flingue. Ce suspect qui se rendait…

— Exact ! Trois balles entre les omoplates.

— Oui. Dans le dos donc.

— Euh… Vous ne comprenez rien, Émilie. C'est la méthode Tchétchène.

— C'est pas très honnête.

— Non, mais c'est tchétchène.

Ma secrétaire semblait sceptique.

— Décidément, vous me connaissez bien.

— Surtout depuis que j'ai lu ce livre sur les fétichistes de l'orteil. Et sinon, patron… Vous pensez que c'est bien de recevoir les clients les couilles à l'air ?

— J'ai des rougeurs. Vous devriez au contraire m'encourager…

— Je vous encourage surtout à faire autre chose.

— Les innovateurs qui n'hésitent pas à prendre des risques en inaugurant de nouvelles technologies sont toujours incompris. Mais j'utiliserai cette pommade, vaille que vaille ! Même si les gens ne sont pas prêts pour cela.

— Apparemment, c'est surtout les clients qui ne sont pas prêts. On ne peut pas dire qu'ils se bousculent à la porte de votre bureau.

— Ben… techniquement, si. On peut le dire…

— Détrompez-vous. Je suis bel et bien là.

Stupéfaction totale chez ma secrétaire et moi-même. Une voix sortie de nulle part venait de se faire entendre.

— Quoi ? Mais euh… Qui me parle ?

— Je suis là, dans votre bureau, Sploodge. Ça fait un quart d'heure que j'attends qu'on m'adresse la parole, et je dois avouer que le panorama que vous m'offrez depuis ce temps est des plus consternants. Si vous pouviez demander à Josue de se cacher…

— Hein ? Mais je n'ai rien remarqué. Vous êtes où d'ailleurs ?

— Vous n'avez pas entendu la porte claquer ? J'étais aux WC juste avant. D'ailleurs… Là aussi, le spectacle est affligeant. N'avez-vous jamais songé à utiliser du papier-toilettes ?

Encore déboussolé par cette présence énigmatique, j'invitai Émilie à nous laisser seuls, moi et le fantôme :

— Émilie ?

— Oui, patron ?

— Code rouge !

— Et, euh… Vous pouvez me rappeler ce qu'est le code rouge ?

— Rien du tout, c'est juste pour impressionner le client.

Après un soupir, ma secrétaire quitta la pièce.

— C'est bon. Ma secrétaire n'est plus là : vous pouvez sortir de votre cachette.

— Je ne suis nullement caché. Je suis même carrément en face de vous. Mais n'ayez crainte. Je comprends parfaitement que vous soyez étonné. J'en ai l'habitude. Je suis l'homme invisible.

— L'homme invisible ! Mais vous me prenez pour un idiot ?

— Reconnaissez que vu votre tête, ce serait logique. Admettez que si vous me parlez, c'est qu'il y a bien quelqu'un devant vous...

— Un homme invisible... c'est complètement invraisemblable !

— Ce qui est surtout invraisemblable, c'est qu'après un quart d'heure, on ne m'ait toujours pas proposé un coup à boire !

— Vous n'aviez qu'à vous exprimer plus clairement...

— Ce n'est pas mon genre. Je suis un garçon plutôt effacé. Je n'aime pas trop me faire remarquer.

— Eh ben c'est réussi... Un homme invisible, je vois...

— Ben non, justement. Mais je suis tout de même votre client. J'ai pris rendez-vous. Alors, même si je ne suis peut-être pas très clair, j'aimerais que l'on m'accorde un peu d'attention, bordel !

— Dites donc... Ce n'est pas parce qu'on ne vous voit pas qu'il faut être malpoli !

C'est vrai, quoi, non mais... Passée une première mauvaise impression, je me décidai à poursuivre l'entretien. Après tout, il ne fallait pas se fier aux apparences qui, de fait, étaient assez vagues. À vrai dire, l'individu finit en fait par me captiver. Pour moi, c'était une première. Pensez donc... Un homme invisible, dans la région, c'était du jamais vu.

— Qu'est-ce qui me prouve que vous êtes bien là ?

— Morbleu... Bon. Vous voyez cette cravache, Sploodge ?

Invité par l'invisible, j'observai avec la plus grande attention ma cravache que j'appelais habituellement Josiane. Quelle ne fut pas ma stupéfaction quand Josiane s'éleva dans les airs comme par magie !

— Je soulève actuellement votre cravache, Mulford. Je suis donc bien concret. Quant à connaître la raison d'une cravache sur votre bureau, je crois que je me contenterai des explications de votre secrétaire.

Force était de me rendre à l'évidence : mon nouveau client était bel et bien invisible. J'en avais déjà vu pas mal dans le genre, mais à ce point-là…

— Vous êtes ?

— Mon nom ne vous dira rien, Sploodge. Je suis un citoyen basique.

— Et vous êtes invisible donc…

— Surtout dans les médias.

— Dans l'immédiat ?

— Non. Dans « les médias », vous dis-je.

— Vous me permettrez de prendre une photo de vous ? C'est pour mes archives.

— Même un selfie, si vous voulez, Sploodge. J'ai l'habitude.

— Et vous faites quoi, comme boulot ?

— Comme vous pourrez le constater, je suis assez fier de mon travail. Je suis traducteur pour les sourds, en langue des signes. Un des meilleurs !

— Vous êtes peut-être un des meilleurs, mais si les sourds ne vous voient pas, moi non plus je ne vois pas… l'intérêt.

— Il est vrai que j'ai surtout connu le chômage… Heureusement, j'ai aussi travaillé comme mime.

— En même temps, ce qui est bien, c'est qu'on ne vous voit pas vieillir…

— C'est bien le problème, Sploodge. L'indifférence me dévore… Personne ne me remarque !

— Alors soyez indifférent à l'indifférence !

— Oui, Mulford… Je suis… un peu comme un SDF.

— Attendez là, je vous vois venir…

— Menteur.

— Vous essayez de me tirer une larme. Je vois clair dans votre jeu…

— Vraiment ? Alors d'après vous, qu'est-ce que je suis en train de me gratter, là ?

Touché par cette tentative de rapprochement, je proposai à mon client le tube de crème antifongique utilisé il y a peu. Même s'il déclina la proposition, il était visiblement ému par cette solidarité de l'entrejambe.

Une heure passa, entre confidences et complicité. Mon égaré client souhaitait m'engager afin que je trouve à quoi il ressemblait.

— C'est que vous savez, détective Sploodge, je n'en ai moi-même aucune idée.

— C'est peut-être mieux ainsi. Vous pourriez être déçu par le résultat de mes recherches.

— J'ai grandi à Melun. Alors, vous savez…

— Il y a peut-être une piste à creuser de ce côté-là. En fonction de l'apparence de vos parents…

— Je vous arrête tout de suite. Depuis des générations, dans la famille, nous sommes invisibles.

— Ça n'a pas dû être facile pour vos père et mère de se rencontrer…

— Oui. À l'époque, ils avaient entrepris de gueuler comme des veaux afin de s'orienter réciproquement. Et à force de tâtonnements… Je suis venu au monde. À présent, je suis adhérent au Modem.

— Quoi ? Mais c'est complètement invraisemblable !

— Vous avez un homme invisible devant vous et ce qui vous étonne, c'est qu'il soit au Modem ?

— Avouez qu'il y a de quoi. Mais en même temps... S'inscrire au Modem quand on ne ressemble à rien, c'est courant...

— Vous me cherchez, Sploodge. Vous feriez mieux de vous méfier. Je vous ai dit que je suis de Melun. Et les gars de Melun, faut pas les faire chier.

Visiblement, l'individu était désespéré. Je me devais d'enquêter, et rapidement ; c'est ce que je fis, et promptement. Après une première période où je naviguais à vue, je parvins à un résultat, en moulant le corps de mon client dans un bain d'argile. La conclusion de l'affaire était surprenante.

— Un transsexuel !? Vous êtes sûr, Sploodge ?

— Parfaitement. Seulement les opérations ne sont pas terminées. Ce qui fait que vous êtes actuellement pourvu des deux sexes. Et même d'un troisième pas encore déterminé.

— C'est incroyable.

— N'est-ce pas... Voici ma facture.

— Ah oui... En fait, ce qui est incroyable, c'est surtout vos tarifs !

— Je vous préviens que j'ai bloqué toutes les sorties.

— Pourquoi ?

— Vous pourriez vous échapper. Pas vu, pas pris.

— Un transsexuel donc ?

— Vous vous y ferez. Vous serez même vite parfaitement conscient de ce que vous êtes.

— J'ai peur de comprendre...

— C'est cela même. Vous serez bientôt un trans lucide.

Depuis un certain temps, à chaque fois que j'osais un jeu de mots audacieux, un personnage louche en bas de mon immeuble enchaînait en tapant d'abord sur une grosse caisse puis sur une cymbale ensuite. Ou bien il hurlait un « tsoin tsoin tsoin… » avec vibrato en final.

Quel était cet individu qui ponctuait ainsi mes calembours ? Nul ne sait. *À chacun, l'âge venu, la découverte ou l'ignorance.*

En boucle

12 janvier 2003. Ce jour-là, on ne se bousculait pas dans la salle d'attente du docteur Graph. Nous n'étions que deux patients à attendre notre tour. Votre serviteur et un autre type, du même âge mais beaucoup moins beau. Sa tête ne m'était pas inconnue, il me disait quelque chose.

— Quoi ? Vous avez dit quelque chose ?

— Moi ? Non.

Rapidement, le silence fit place à l'ennui. Un ange passa, un peu comme le condor. Le chérubin était d'un beau modèle : pas loin de cent-vingt kilos, hirsute et sujet à d'impétueuses flatulences. Il s'échappa par le vasistas. C'est alors que la souriante secrétaire de mon psychiatre fit son apparition.

— Patient suivant, je vous prie.

Et la jeune femme de refermer la porte. Aussitôt, dans une synchronie parfaite, l'autre client et moi-même nous levâmes. Une confusion s'installa, de façon totalement confuse.

— Je...

— Je vous en prie.

— Je vous en prie.

— Non, c'est moi.

— Non, c'est moi.

— Non, vraiment, allez-y.

— Je n'en ferai rien.

— Nenni...

— Vous étiez là avant moi…

— Nous sommes arrivés en même temps.

— Si je peux me permettre, pas exactement en même temps, monsieur… monsieur ?

— Sploodge. Mulford Sploodge.

— Mulford ?

De façon presque imperceptible, mon interlocuteur eut à ce moment-là un léger sourire, pas ouvertement moqueur, mais qui laissa tout de même une légère amertume chez celui à qui il était adressé.

— Plaît-il ? Mon prénom vous fait rire ?

— Nullement, monsieur Sploodge, je ne me le permettrais pas…

— Après tout, il n'est pas plus ridicule que Jean, Pierre, Simon ou Josué…

— Je m'appelle Josué.

— Comme ma…

— Comme votre ?

— Je me disais bien que vous aviez une tête de… Josué.

La secrétaire réapparut. Son sourire avait disparu, son phrasé s'était un peu fatigué.

— Patient suivant, je vous prie…

Aussitôt, Josué se redirigea vers le bureau du docteur.

— Excusez-moi, mais je crois plutôt que c'est à moi.

— Non, à moi, Sploodge. Vous vous disposiez à me céder la place il y a un instant, alors…

— C'est vous qui me la cédiez.

— Eh bien, je ne vous la cède plus. Voilà.

— Je n'ai que faire que vous me la cédiez ou pas. Je la prends, c'est tout.

— Mais vous n'avez pas le droit. J'étais là avant vous.

— Première nouvelle. Quand je suis entré, la salle était vide.

— J'étais aux WC quand vous êtes arrivé, Sploodge.

— Facile à dire !

— Comment ça ?

— Eh bien oui. C'est plus facile à dire que : « Les chaussettes de l'archiduchesse... »

— Patient suivant, je vous prie !

Le ton de la secrétaire était à présent plus ferme. Et je pouvais la comprendre. Si j'étais moi-même d'une urbanité irréprochable, il en allait différemment de l'autre tache. Ce triste patient commençait à me patiner les joyeuses et à me remplir un endroit où le soleil ne brille jamais. La situation ne prêtait plus, elle donnait carrément à confusion. Tant et si bien qu'une insulte finit par sortir de ma bouche qui n'en avait pourtant pas l'habitude.

— Vous m'insultez maintenant ? Ça, c'est la meilleure !

— Non. La meilleure, c'est Nina Simone. Mais c'est une question de goût. Et puis, j'insulte pas, j'insinue. Y a nuance...

— Mais moi aussi, je peux le faire, Sploodge. Ce serait d'ailleurs plus qu'une insinuation, car pour ce qui est de votre implication dans la fameuse affaire des suppositoires pimentés, j'ai des photos !

Crom ! Comment cet individu que je ne connaissais ni d'Eve, ni d'Adam, ni même de Raoul ou Françoise, pouvait-il être au courant de la triste affaire des suppositoires ? Une affaire dans laquelle j'étais rentré à fond, où, me donnant corps et âme, j'avais poussé l'investigation au maximum ! Une sordide histoire de suppositoires hallucinogènes, un trafic organisé par une bande de skinheads que j'avais intelligemment infiltrée en me rasant le crâne et en me faisant tatouer « Feuq la Paulice » sur le torse. À l'époque, j'avais même violé une petite vieille pour plus de crédibilité. Si c'est pas du professionnalisme, ça...

Malheureusement, les skins avaient fini par comprendre, et à ce moment-là... c'est eux qui m'avaient infiltré... trois fois. En tant que taupe, on ne voit pas toujours les choses arriver. Encore tout ému par ce profond souvenir, je protestai :

— Ces photos sont truquées ! On les connaît, vos méthodes. Je vous ai reconnu, vous savez, Josué Falconetti... Politicien véreux ! Tout le monde sait que vous payez vos campagnes électorales avec l'argent de la drogue !

— Premièrement, je ne vois pas en quoi ça vous regarde ; et deuxièmement, ça ne vous regarde pas ! Ce n'est pas moi qui fais venir par avion des petites culottes usagées d'étudiantes japonaises !

Décidément, il me connaissait bien, le bougre. Pour la quatrième fois, la secrétaire fit son apparition. Son maquillage avait coulé sur un visage qui n'était plus que haine.

— Client suivant, bordel de merde ! Qu'est-ce que vous comprenez pas, là-dedans ?

Puis elle claqua la porte. Nous enchaînâmes par des insultes. Tout d'abord en fond de court, puis rapidement à la volée. C'est moi qui attaquai :

— Escroc !

— Ordure !

— Comique de stand-up !

— Conseiller fiscal !

— Publicitaire !

On n'était pas loin du coup d'boule. Ou même d'autres choses. Pour ce qui me concerne, c'était pas un problème, j'avais du choix en boutique : y avait qu'à demander.

— J'vais te compulser, Josué ! Tu seras plus qu'une idée d'homme ! À peine un gaz...

— Mais c'est pas vrai, qu'est-ce qui raconte... Je vais me l'faire, le playmobil ! J'vais me l'bouffer en apéricubes...

— Oh là… Un ton en dessous, le décérébré ! Parce que jusqu'à présent, je comptais épargner ta famille, mais ça pourrait changer…

— C'est toi, Sploodge, qui ferais mieux de penser à ta descendance. Car elle pourrait très bien ne jamais voir le jour !

— Je vais t'écraser, t'aplatir, et on te bouffera à la chandeleur !

— Ferme-la, détective de merde ! Sinon je vais faire de la place dans ton code génétique, moi !

Tout à coup, la porte du bureau de la secrétaire vola en éclats. La demoiselle n'en pouvait plus. Sa jupe et son chemisier étaient déchirés, ses yeux injectés de sang. Armée d'une mitrailleuse, elle balança une rafale dans le faux plafond de la salle d'attente. Je pense qu'elle devait être importunée. Elle hurla de toutes ses forces :

— BANDE D'ENFOIRÉS ! PATIENT SUIVANT OU JE NIQUE TOUTE VOTRE SALE RACE DE CONS !

Certes, le propos était peu sibyllin et démontrait une certaine contrariété. La chagrinée injonction fut l'occasion pour moi et Josué de nous taire, puis de nous regarder, fautifs, en petits garçons. C'est alors que Catherine Deneuve fit son apparition, un magnifique chien en laisse. Professionnelle, la secrétaire se calma aussitôt.

— Bonjour, madame Deneuve. C'est pour votre labrador ?

— Oui. Il est malade. Je ne sais pas ce qu'il a, il se prend pour une huître.

— Il s'accroche à un rocher ?

— Non, mais depuis un certain temps, il me lâche de ces perles…

Je me tournai vers la grande Catherine, impressionnée, quoi que déçu par un vocabulaire que j'aurais espéré plus classe dans une telle bouche. Je fis une remarque à Josué :

— Vous avez remarqué ? Y a Catherine Deneuve.

— C'est plutôt curieux, en effet. Surtout qu'elles ont parlé de chien et de crustacé. Nous devrions interroger la secrétaire… Mademoiselle ?

— Oui. Que puis-je pour vous, cher monsieur ?

— Où sommes-nous, en fait ?

— Vous êtes chez le docteur Moreau, monsieur Falconetti. Le vétérinaire des stars. Il y a beaucoup de cabots qui passent ici.

— Mais au téléphone…

— … Vous m'avez dit que vous aviez un chat dans la gorge et que vous vouliez un remède de cheval. Alors…

— Merci. Euh… Vous savez quoi, Sploodge… Je crois que nous n'avons plus rien à faire ici.

— En effet. Sortons…

— Après vous. Je vous en prie.

— Non, c'est moi qui vous en prie.

— Non, c'est moi.

— Non, c'est moi…

Shakespeare in Lot

Date, clients, porte, bureau. Je venais d'être mandaté par le Ministère de la Culture afin d'enquêter sur la mort suspecte d'un metteur en scène lors d'un stage théâtral dans le village de Bousigneux-le-Vieux-Poil, entre Assier et Figeac. Je pris la *blue highway* à la sortie de Las Vegas et une heure après, j'étais dans le Lot. Décidément, ces nouvelles voitures électriques, c'était vraiment de la bombe.

Le séminaire avait lieu dans un corps de ferme où une dizaine de tentes plus ou moins collectives avaient été dressées. Les tenues étaient bariolées, l'hygiène problématique, ça sentait le shit à deux-cents mètres à la ronde : on était bien dans un stage de théâtre. Les comédiens stagiaires avaient été prévenus par les autorités plus ou moins locales et savaient donc qu'ils auraient à subir un interrogatoire de la part du plus grand détective des trente dernières années. Sans doute pourraient-ils se la péter ensuite.

Le metteur en scène assassiné se nommait Jean Brigadier, mais se faisait appeler en fonction du lieu où il demandait la subvention soit Youssef Azadarian, soit Marie-François de la Rochière, ou encore K57.

— K57 ?

— Oui… « K » pour « Kaput ». C'était son côté nihiliste. Et « 57 » pour la symbolique du « 5 ».

— Et… aussi du « 7 »…

— Euh… Sans doute. Je crois que ça dit tout.

L'homme qui répondait à mes premières questions était l'assistant du metteur. Un gars visiblement habitué aux humiliations diverses. Je ne le plaçais cependant pas du côté des suspects. Un regard complice entre connaisseurs m'avait effectivement fait comprendre qu'en fait, l'humiliation, il aimait ça. Son patron Jean Brigadier avait été retrouvé découpé à la disqueuse pour trois raisons évidentes : le gain de place, les promotions chez Bricorama, et la qualité des produits Black & Decker.

— Et donc, vous organisiez souvent des stages de théâtre ?

— Eh bien… Partout où l'on dégotait une subvention. Le théâtre dans les « territoires », c'est ce qui nous motivait.

— Vous faisiez ça depuis longtemps ? Pourquoi ne pas monter des pièces directement ?

— Ben… C'est que ça demande du travail. Enfin, normalement. Et puis surtout… le père de Jean lui avait coupé les vivres.

— Jean ?

— Le metteur en scène. Son père est plutôt à l'aise. Il finançait ses créations depuis une quinzaine d'années.

— Quand il n'était pas encore subventionné…

— C'est ça… Le père a dû en avoir assez. La dernière mise en scène de Jean avant les stages, une création de notre compagnie Necrophilia, était une pièce de quatre heures, entièrement dans le noir, où seul Jean jouait, en hurlant un texte magnifique constitué d'un seul et unique mot : « Yaourt ».

— Vous connaissiez un certain docteur Yes ?

— Non, pourquoi ?

— Une idée comme ça…

— C'était du théâtre de l'extrême. Un cri de révolte ! Bel exploit, n'est-ce pas ?

— Oui. Enfin surtout pour le spectateur.

— Le quoi ? Ah oui, je vois ce dont vous parlez... On a dû en avoir, quelques-uns. Peu. Je ne sais pas pourquoi. Peut-être le titre de la pièce... Nommer un spectacle *Annulé* n'était sans doute pas une bonne idée. Le prix d'entrée était pourtant abordable. C'est quoi, cent euros de nos jours ?

— Effectivement, pour quatre heures de cris, c'est pas cher. C'était plus du théâtre, c'était de la sophrologie...

— Bon, il est vrai que le choix de ne jouer que dans des décharges publiques était peut-être audacieux... Heureusement que nous avions un sponsor.

— Le Boudin Crémieux ?

— Non. Une fromagerie du Nord. Voilà pourquoi Jean devait jouer nu, entièrement recouvert de Maroilles. Le rare public nous a conspué : c'était parfait.

— C'est sûr que ça devait conspuer grave...

— Je vous l'ai dit : le théâtre, c'est avant tout un cri !

— Oui ben enfin là, c'était surtout une odeur...

Un peu plus loin dans le corps de ferme, des stagiaires s'exerçaient à certaines pratiques probablement indispensables à l'apprentissage du jeu de comédien : ils se lançaient une balle, se palpaient le visage, mimaient un quelconque animal. Une formation donc. Un cours faussement genré, car déjà transformé comme souvent par le metteur en scène pédagogue en UNE cour, la sienne.

— Et vos stagiaires, qui sont-ils ?

— Les deux tiers sont des profs de français néocélibataires. Vous pouvez d'ores et déjà les éliminer de votre liste de suspects.

— Pourquoi ?

— Il faut un certain courage pour découper quelqu'un à la disqueuse.

— Et alors ?

— La plupart d'entre eux sont adhérents au SNES-FSU.

— Je comprends...

Avant d'interroger le troisième tiers, à savoir les comédiens débutants se présentant comme professionnels, je décidai de visionner les présentations vidéo que chacun avait dû enregistrer pour postuler au stage. Le cadrage était le même pour tout le monde. Enfin presque. Si celui des hommes était fixe et d'épaule, celui des femmes était d'abord d'ensemble puis zoomait sur les pieds pour remonter le corps jusqu'au visage. La voix off qui interrogeait était bien entendu celle de Jean Brigadier, dit K57, le metteur en scène, directeur artistique, technique et financier du stage.

— Bonjour, jeune homme.

— Bonjour. C'est vous, le metteur en scène ? Jean Brigadier, c'est ça ?

— C'est moi qui pose les questions, ici. Mais oui, c'est bien moi. Tu peux m'appeler « Maître ». Présente-toi.

— Bon alors, voilà... Je m'appelle Lawrence Daniel Johnson, mais mon véritable nom est Raoul Dugraton. J'ai déjà joué le rôle du foie de veau dans une pièce charcutière, une farce, en banlieue, mais surtout... j'ai pris des cours à Paris !

— Où ça ?

— Avec Tatiana Gorlubeva, à l'Entubating Studio.

— L'Entubating Studio ? Un nom en anglais, ça doit être balaise...

— Ben oui. Quand c'est en anglais, c'est que c'est mieux, tout le monde sait ça...

— Une formation complète à ce que je vois...

— Mille deux-cents euros la semaine. Par rapport à votre stage, c'est pas cher.

— C'est qu'ici, on va t'apprendre à crier. C'est ça, l'essentiel. Quels rôles as-tu déjà travaillé ?

— Un rôle ? Oh non… Non, je n'ai encore rien travaillé, nous sommes trop nombreux dans le cours… L'année prochaine, avec un peu de chance. Enfin, si père me prête encore l'appartement.

— Parle-moi un peu de tes influences… C'est quoi, ton film préféré ?

— *Mon Curé chez les Nudistes*. C'est fort et y a un vrai message.

— Je vois… Ta pièce de théâtre préférée ?

— C'est que j'en connais pas trop… *Relooking Express* peut-être, sur je ne sais plus quelle chaîne.

— Ce n'est pas une pièce de théâtre. À moins que…

— Ah bon ? Ben peut-être bien, mais en tous cas, c'est fort et y a un vrai message.

— Quel est le rôle que tu rêves de jouer ?

— Je sais pas… Le rôle du petit pois dans une pub bénévole pour Greenpeace parce que la nature, c'est fort et…

— … y a un vrai message.

— Comment vous avez deviné ?

— Un pressentiment. Et quelles sont les démarches que tu as entreprises jusqu'à présent ?

— Ben toutes ! Ou plutôt tout le monde. J'ai couché. Et plusieurs fois avec certains. Et avec une grande technique : les *Trois gros cochons*, le *Ça va ça vient chez les Dupont*…

— … Oui oui, c'est bon.

— Un dernier point, monsieur le metteur en scène… Je connais bien le comédien qui suit derrière moi. Inutile de le prendre, il est très mauvais.

Sur la vidéo, ce dernier ne tarda pas. Le nouveau comédien débuta sa présentation avec nettement moins d'enthousiasme que son fraternel et précédent collègue. C'était même à se demander pourquoi il postulait à un stage théâtral.

— Non, laissez tomber, Maître, ça marchera jamais… J'ai le talent d'une palourde, la beauté d'un cachet d'aspirine et le charisme d'une endive au jambon… sans jambon.

— Et visiblement l'enthousiasme d'un moine neurasthénique…

— Justement, j'ai fait un séminaire dans un couvent. Une semaine après mon arrivée, y a eu un suicide collectif chez les frères, d'autres sont devenus critiques de cinéma et un dernier joue actuellement de la scie musicale dans l'orchestre de Christophe Maé.

— Mais enfin, jeune philistin à la peau déjà craquelée par des cosmétiques bon marché, de nos jours, la gnaque doit se porter sur le visage ! As-tu déjà postulé pour un rôle ?

— Oui. Celui d'un fils de violoniste célèbre, surdoué lui-même mais qui s'en fout, qui largue sa petite amie originaire de banlieue, car il ne sait pas s'il l'aime ou pas, et qui tente de l'oublier en couchant avec François, un top-modèle qu'il appelle « Maman ». Le tout sur trois heures.

— Ah oui… Tu as peut-être tes chances alors…

— Le réalisateur m'a invité chez lui le week-end prochain, pour m'expliquer le rôle, comment il a dit ? Euh… plus en profondeur.

— Hum… Habile… Mon assistant pourrait te faire répéter ton texte.

— Ah mais y en a pas. Tout est dans le regard qu'il a dit. Enfin, dans mon regard, de dos. Il ne veut filmer que ma nuque. Mais je sens que je n'y arriverai pas… À chaque fois qu'une audition approche, je vomis, j'ai des boutons, des cauchemars et… un rappel.

— Au théâtre ?

— Non, des impôts.

— Bon ben, très bien, je te remercie. On te rappellera…

— Vous savez que je connais le comédien que vous avez vu avant moi. Je veux rien dire, mais... il est vraiment pas bon. Vous seriez hyper cool de me retenir, moi et pas lui. Je peux faire un peu tout, vous savez. Je sais aussi jongler, j'peux être machiniste, si vous voulez. Hein ? Ou maquilleuse ? Dites... J'me sens si seul, vous savez... Aimez-moi...

L'acteur suivant était grand, bedonnant et gueulait comme un veau assoiffé. Affichant quarantaine et couperose, il ne fit qu'un bref passage...

— Oui bon ça va, Brigadier ! Pour qui vous vous prenez ? On ne respecte pas le comédien, ici. L'artiste est outragé, considéré comme mineur. Une vulgaire matière première !

— Mais je ne vous ai encore rien dit...

— Vous savez à qui vous avez affaire ? J'entre ici et vous ne vous levez même pas pour me saluer. Bravo ! Je préfère m'en retourner sur le champ ! On ne traite pas Fulgence Décourty, ancien sociétaire du conservatoire de Vesoul de la sorte. Adieu ! Et que cela vous serve de leçon !

Intervint ensuite une jeune comédienne, petite blonde d'apparence timide. Curieusement, Jean Brigadier n'afficha pas pour elle la retenue stratégique que le dernier comédien venait de lui imposer.

— Assis ! Là ! Sur la chaise ! Le théâtre, c'est d'abord un problème. Alors faut pas déconner ! Le plaisir doit passer après l'art, merde ! Tiens, voilà le texte de ton hypothétique rôle...

— Un rôle ? Mais je croyais que c'était un stage...

— Aussi. Je profite du stage pour concevoir ma prochaine mise en scène. Ça m'évitera de payer des répétitions plus tard.

La jeune comédienne petitement blonde lut quelques lignes du texte proposé, puis s'interrogea :

— Mais... C'est le rôle de Nelson Mandela... Vous m'avez regardée ?

— Une vraie comédienne doit savoir TOUT jouer ! Cherche pas à comprendre, de toute façon tu peux pas.

— Euh... Ok... Je vous ai apporté mon CV.

— Pas la peine. Moi, en deux secondes, je sais si quelqu'un a du talent ou pas. L'intériorité ! L'intériorité intérieure, y a que ça. Alors, vas-y ! Tu dois dire « passe-moi le sel ». Mais en disant ça, tu penses à ta copine qui t'as quittée, la salope ! Le « Passe », tu me le fais à la Jarmush, le « moi le » à la Juliette Binoche, et le « sel » à la Zidane. T'as trois secondes.

La comédienne se concentra avant de se lancer :

— Passe-moi le...

— ... Mais non ! T'as rien compris. Tu vois pas que ce type-là, Nelson, il est déchiré intérieurement. Tu me le joues bleu alors que c'est du mauve que je veux...

— Passe...

— ... Bordel ! Pas mauve clair ! Mauve foncé, c'est évident !

— Ben, je retravaille le rôle chez moi et on s'appelle...

— Mais attends... T'as peur de moi, c'est ça ?

— J'ai un chakra de coincé, désolée...

Selon le timecode de l'enregistrement vidéo, la comédienne suivante fit sa présentation le lendemain vers onze heures, alors que celles de la veille avaient cessé à quinze heures trente, ce qui peut se comprendre, vu qu'un metteur en scène, ça a besoin de repos. La voix de Jean Brigadier indiquait clairement une grande fatigue artistique.

— Bonjour, Julie...

— Lucile.

— Désolé par avance si je suis... J'ai pas l'habitude de me lever aussi tôt. Bon... T'es là pour quoi déjà ?

— Ben... Je postule pour ton stage : *Incarnation du néant et place du comédien dans une nouvelle exigence de l'absence.*

— Bon... Si tu le dis. Puisque t'es là, vas-y...

— Comment ça, « vas-y ? » Qu'est-ce que je dois faire ?

— Hein ? Oui, bon... De toute façon, c'est pas grave. J'te sens bien, je te prends dans le stage. C'est le cousin du fleuriste de mon beau-frère qui m'a parlé de toi, j'ai confiance.

— Ah bon ? Et on va travailler sur quoi, durant le stage ?

— Ben... Sur pas mal de choses, je crois. Enfin sûrement. Essentiellement des improvisations, je pense.

— Des impros ? Sur quel sujet ?

— Je sais pas encore. Ce sera surtout mon assistant qui gérera le tout. Y aura peut-être aussi du jonglage, du mime d'animaux...

Heureusement, vers quatorze heures, le génial metteur en scène semblait enfin réveillé. Le stage était initialement prévu pour vingt personnes, mais il en accepta quarante-sept, toutes payantes. Il en profita pour « caster » également le film d'un ami réalisateur qui lui avait lui-même promis un rôle.

— Bonjour, monsieur. Voici mon CV.

— Bonjour. Tu es très mignon, mais c'est pas ça. Salut. Suivant !

— Mais... On n'a même pas discuté...

— C'est pas toi, j'te dis. Sans être jaloux, je peux t'avouer que mon ami réalisateur, un type que j'adore, n'a pas le moindre talent. Il fait un film parce qu'il connaît du monde, tu vois. Mais bon... Comme il va partir trois semaines, je vais en causer à son producteur, pour récupérer le projet. Chacun se bat pour une part du gâteau, tu comprends...

— Ce serait pas mieux d'essayer ensemble de faire grossir le gâteau ?

— Ferme-la. Le rôle sera un jeune homme blond aux yeux verts, avec une petite cicatrice sur la joue gauche, né un mardi et sachant parler flamand avec un accent japonais.

— C'est très précis. Je peux peut-être vous faire découvrir d'autres aspects du personnage auquel vous n'aviez pas pensé...

— Ça, ça m'étonnerait, j'ai pensé à tout. C'est un peu autobiographique, mais à peine. C'est un jeune homme, artiste évidemment, qui se fait plaquer par son copain, le blond.

— Et ça va faire un long métrage, ça ?

— Ben maintenant que j'ai repris le projet, je me dis que je vais peut-être en faire un tableau, ou une « performance » chorégraphique. Parce que je suis un peu « touche à tout », tu sais. J'ai fait aussi de la peinture, de la sculpture et... du tennis.

Un tel étalage de culture, de solidarité professionnelle, d'humilité, de tolérance, de démocratie et de refus de la hiérarchie m'émouvait au plus haut point. Toutes les qualités que j'avais espéré trouver dans le milieu artistique étaient là, je n'étais pas déçu.

Plus tard dans la journée, je rencontrai le reste des stagiaires encore présents sur place, c'est-à-dire les profs de français puisque, comme à l'accoutumée, ils n'avaient que ça à foutre. Rien de très croustillant à se mettre nulle part. De quoi se flinguer une bonne douzaine de fois. Par la suite, j'examinai plus en détail les lieux, et en particulier l'endroit où l'on avait découvert le corps découpé de Jean Brigadier. Très peu de traces, c'était de la belle ouvrage. Je terminai par la chambre du metteur en scène : rien de spécial. À part peut-être... Une photo. Et là... Crom, bingo, rastafaraï, shit et saperlipopette en même temps ! Je connaissais l'individu sur la photo. C'était donc lui, Jean Brigadier, le directeur de stage, l'homme de la voix off ? Eh ben, zut... Oui, je le connaissais. D'où ? Je ne m'en souvenais plus.

Pourtant, oui... Je l'avais bien croisé. Peu de temps avant, c'est du moins ce qu'il me semblait. Mais quand, précisément, je l'ignorais. Déjà, des images commençaient à rappliquer. Puis ce furent des sons, et même une conversation. Avec qui ? Voyons voir... Oui. C'était un comédien, une fois encore. Silvio Polo. Il s'agissait de l'affaire connue sous le nom de *La boucherie de Sedan*. Ce merveilleux comédien officiant comme présentateur d'un spectacle équestre avait assassiné à la hache l'ensemble de ses partenaires qui avaient osé le gruger sur les pourboires. Jean Brigadier avait mis en scène le show en question. À l'époque, je m'étais rendu dans la prison où était incarcéré ce superbe acteur, Silvio Polo, afin de l'interroger sur son métier, sa formation, ses désirs, espérant comprendre comment il avait pu en venir à un tel massacre.

— Je ne sais pas. Vous savez, nous autres comédiens sommes totalement détachés des choses de l'argent. Seulement... Ces fumiers m'avaient grugé de vingt-huit euros !

— Pourtant... La formation théâtrale que vous avez reçue aurait dû vous apporter une certaine maîtrise de vous-même.

— Oui. Mais vingt-huit euros quand même...

— Qu'avez-vous appris lors de votre formation, Silvio ?

— Eh bien par exemple, j'ai appris que quand on est tartiste, un vrai tartiste, on doit travailler son look.

— Ah bon ?

— C'est quasiment le plus important. J'ai appris aussi qu'il existe des œuvres ou d'autres tartistes qu'il nous est interdit de ne pas aimer. Parce que sinon, on passe pour des vulgaires, sans émotion. Ou des ignares parce qu'on n'a rien compris.

— Vous avez un exemple, Polo ?

— Eh bien... Le Boudin Crémieux par exemple.

Ce petit gars savait prendre des risques, c'était évident. Toujours désireux d'apprendre, je laissai ce passionnant tartiste me dévoiler les coulisses de son métier…

— On m'a également appris que mon art doit être tout pour moi. Le théâtre comme principe de vie, le théâtre comme oxygène, comme nourriture et comme chauffage central !

— Comme vous y allez, Silvio…

— Ma formation a été complète.

— Comme les crêpes…

— Pour arriver à une telle maîtrise de mon art, il a fallu que j'apprenne la respiration ventrale, la distanciation brechtienne, l'introspection subjective, la plomberie, l'écoute psychique du silence pour une réappropriation de l'espace et du temps.

— Eh ben dites donc… C'est un peu comme ma cousine Gertrude… Elle est analyste d'urine dans une boîte de trading. On lui a fait faire un stage de jonglage tibétain. Elle a ainsi compris beaucoup de choses…

— Quoi donc, monsieur Sploodge ?

— Qu'elle ne devrait plus faire de stage.

— Pour moi, c'est différent. Il faut voir la formation que j'ai reçue comme… une remise à plat du rapport à l'autre.

— L'autre ? Qui ça ?

— Ben… Je sais pas. On ne me l'a pas dit.

— Alors si je comprends bien, Silvio, votre technique consiste donc à remettre tout à plat pour voir si ça tient debout.

— Oui. Et il n'y a pas que ça. J'ai aussi un physique.

— Vous trouvez ? Vous n'êtes pas difficile…

— C'est évident. Silvio Polo, c'est avant tout un physique !

Le physique du comédien était en réalité bien éloigné de ce qu'il espérait. La peau ridée et l'œil pendant, ce dernier ne ressemblait à rien, même si certains affirmaient qu'il avait autrefois servi de modèle à César pour ses fameuses compressions.

— Un physique et de la technique donc...

— C'est cela, Sploodge. Et à présent, je revisite le théâtre.

— Ah oui ? Mais... vous l'aviez visité auparavant ?

— J'ai assimilé de nombreuses techniques théâtrales... La technique de psycho-essentiologie, d'andropo-analogie, de fée du logis...

— Et la technique dite « du Boudin Crémieux » ?

— Celle qui consiste à utiliser un running gag pour faire du texte et remplir un peu les blancs ? Bien sûr !

Décidément, cette personnalité si étonnante me subjuguait. Un tel professionnalisme était rare de nos jours. Afin de ne point paraître totalement ignare, j'osai une proposition :

— Dites-moi, Silvio... Vous auriez pu également apprendre cette nouvelle technique équivoque... Vous devez la connaître. Elle consiste en une sorte de lobotomie générale dans une obéissance totale au metteur en scène...

— Celle que l'on nomme *Renaissance* après l'avoir connue *En Marche* ? Oui, je connais, Mulford...

— Elle ne remet pas grand-chose en question et endort le spectateur, c'est pas mal...

— Mais elle n'est rien en comparaison d'une autre technique, bien plus performante. Pleine de non-dits. Mais... non...

— Effectivement, vous ne me dites rien. Mais vous me mettez l'eau à la bouche... Où sont les waters, Polo ?

— Puisque vous insistez, Sploodge... Je veux parler de cette technique qui a pour source même le non-dit. À savoir donc la fameuse technique dite du « Non-Théâtre ».

— Le Non-Théâtre ? Qu'est-ce ?

— C'est une technique du tonnerre ! À la fois post-moderne et néoclassique. Et toujours dans un cadre surréalo-conservateur !

L'origine de cette nouvelle technique théâtrale était incertaine. Nous ne savions pas exactement d'où elle venait, mais elle avait connu son heure de gloire en Europe, c'est évident. En particulier avec la pièce d'Yngwie Flikenbaum, *La profondeur du vide*, qui pouvait, à juste titre, être considérée comme le véritable « manifeste » du Non-Théâtre.

— Sachez, Mulford, que je l'ai moi-même pratiquée. C'est une technique qui paraît simple à première vue...

— Oui c'est vrai...

— ... Mais qui, en vérité, demande de longues années d'études pour en saisir tous les raffinements.

— En quoi consiste-t-elle, au juste ?

— Eh bien, en gros, le Non-Théâtre, c'est la crème, le gratin, le dessus du panier, c'est la concentration totale ! Concentration qui doit permettre au comédien d'atteindre un niveau de jeu ultime, de parfaite maîtrise de son art, pour pouvoir se passer, en fin de compte, de tous les artifices inutiles qui gravitent autour du texte. C'est toucher le texte avec son doigt !

— Avec sa main !

— Avec son corps entier ! Le Non-Théâtre, Sploodge, c'est une épure. Alors bien sûr, il passe par plusieurs étapes. La première étant la phase d'élimination, pure et simple, du décor.

— L'absence de décor...

— Cette absence de décor qui, en soi, EST un décor... Le fameux Non-Décor ! Viens ensuite l'absence de costume.

— Ce que l'on appelle le « Non-Costume », je présume...

— Puis l'absence d'accessoires…

— Savoir utiliser un Non-Accessoire demande, paraît-il, une année entière d'apprentissage !

— L'étape suivante est une des plus essentielles : la Non-Mise en Scène !

— Capital !

— C'est alors, mon cher Mulford, que l'on aborde le cœur même du Non-Théâtre. Avec les phases de Non-Situation !

— De Non-Effet !

— De Non-Dialogue !

— De Non-Jeu !

— Ah ! Le Non-Jeu ! Dernière étape avant de parvenir au Nirvana du Non-Théâtre ! Son essence, la phase ultime…

— Je suis tout chose rien que d'y penser…

— Le Non-Talent !

— Ah ! Le Non-Talent ! Que de bonheurs ! Quel Art !

— Je dois avouer, Mulford, en toute modestie, que lorsque les Dieux daignent se pencher sur moi, j'y parviens avec une étonnante facilité…

— Dans mon métier, c'est pareil ! Le Non-Talent, je connais !

— Je vois ça. Vous menez bien une enquête actuellement ?

— J'espère que vous ne doutez pas une minute de mes capacités à parvenir au Non-Talent…

— Pas une seconde, Sploodge. J'en suis même de plus en plus persuadé.

— Merci.

Silvio m'appréciait à ma juste valeur, ça faisait plaisir.

— Malheureusement, comme dans tout mouvement, le sublime a laissé place au médiocre…

— Des exagérations sont apparues, me semble-t-il…

— En effet, Sploodge. Après le Non-Talent dans le Non-Théâtre, des prétentieux intellectuels créèrent bientôt le

Non-Partenaire, le Non-Comédien, pour en arriver à l'épisode désastreux du… Non-Éclairage.

— C'était plutôt obscur…

— Et arriva ce qui pendait au nez de tout le monde : la Non-Subvention. Et donc, finalement, la sinistre expérience du Non-Public…

— Je crois, Silvio, que les spectateurs n'étaient pas prêts pour ce genre d'avant-gardisme…

— Ou alors peut-être à Montargis…

— C'est dommage.

C'était même triste. Silvio Polo m'expliqua par la suite les étapes suivantes. Certains aventuriers, que l'on appellerait plus tard les Post-Non-Théâtre, poussèrent le bouchon encore plus loin. Pour faire revenir le public dans les salles, ils pensèrent au Non-Non-Théâtre… Il y eut un procès.

— Mais il y a eu Non-Lieu.

— À présent, certains en seraient même, paraît-il, au Non-Non-Non-Théâtre.

— Des extrémistes, Mulford ! Que personne ne comprend plus depuis longtemps…

— Même à Montargis ? Vous en êtes sûr ?

Il en était sûr. Cet homme n'était pas un demeuré, et pourtant, une question demeurait. Quels avaient été à l'époque les rapports entre Silvio Polo et son metteur en scène Jean Brigadier ? Ce dernier avait-il pu avoir une quelconque influence sur le comédien pour que celui-ci en vienne à tuer ses partenaires ? Ce n'était pas impossible. On sait les metteurs en scène parfois perfides, peu scrupuleux des moyens à utiliser pour obtenir le résultat qu'ils désirent sur les planches. En creusant un peu, je découvris que le carnage engendré par Polo n'était que le premier d'une longue liste. En étudiant les différentes mises en scène de K57 à travers la presse de l'époque, je compris qu'à chacune, on pouvait attribuer une mort violente. Que ce soit parmi les spectateurs (suicide après le spectacle), parmi les comédiens (jalousie poussée à l'extrême) ou parmi les financeurs (honte due à la nullité du travail fourni), à chaque fois, l'on pouvait trouver trace d'une mort soi-disant inexplicable, que seul le grand Mulford Sploodge pourrait expliquer. Il convenait donc d'intervenir.

Voilà donc pourquoi j'étais intervenu ! Oui. Je m'en souvenais enfin parfaitement. Je me remémorais la brève entrevue que j'avais eue avec Jean Brigadier quatre jours auparavant. Pas vraiment un interrogatoire, plutôt une exécution, en bonne et due forme. Pour moi, la chose avait été évidente. Les mises en scène de Brigadier engendraient des morts ? Il fallait donc y mettre un terme. Et pour cela, quoi de plus efficace que d'en éliminer le responsable ?

Tout était clair à présent. C'était bien moi qui avais assassiné il y a peu ce funeste metteur en scène, tant générateur de cadavres derrière lui. Je compris que pour perpétrer ce crime, j'avais dû séjourner ces derniers temps non loin du stage. Bien qu'il fût d'une humanité exemplaire, j'avais visiblement oublié mon geste pourtant récent. Un geste évident. La facture de chez Bricorama concernant l'achat d'une disqueuse Black & Decker que je retrouverai plus tard dans ma voiture en serait bien la preuve. Que cette série de morts à la suite des mises en scène de Brigadier fût le fruit d'une influence malsaine de celui-ci ou d'une quelconque poisse n'avait apparemment eu aucune importance à mes yeux ; j'étais intervenu par pure humanité. Ignorant une imbécile culpabilité et constatant l'impeccabilité de mes vêtements, je me félicitai au contraire de mon apparente facilité à ne point me salir. Comment avais-je pu oublier cette généreuse intervention que la plèbe ne saurait apprécier ? Je ne sais pas. Ou plutôt, si : alcool, méthamphétamines et autre coke devaient à coup sûr être l'explication d'un tel oubli. Mais que l'on ne me juge pas, s'il vous plaît ! Car... à l'instar de mes nouveaux amis comédiens, j'étais à présent un artiste, un vrai tartiste. Alléluia ! Je n'étais plus un poivrot, j'étais un créateur, ultrasensible, trop idéaliste pour son époque. Et puisque je créais, enfin des fois, j'avais le droit ! Y compris au volant ! Je ne picolais plus : j'égarais mon esprit sur les chemins du hasard ; je ne me droguais plus : je cherchais à oublier les contraintes du quotidien. Pour la première fois de ma carrière, le coupable, c'était moi. J'avais découpé en morceau Jean Brigadier ? Et alors... Le boulot avait été bien fait et j'avais rendu service à l'humanité. Je pouvais donc rentrer à mon bureau, toute honte bue, avec l'heureuse conscience d'une âme apaisée.

Cependant... Restait un petit truc, du pas grand-chose qui me contrariait. Ce n'était rien. Mais un rien qui parasitait mon plaisir. Si, comme je venais de le comprendre, j'avais vécu ces derniers jours à quelques kilomètres du stage, c'est que donc, je n'étais PAS parti ce matin-là de Las Vegas ! Mon voyage avait été infiniment plus court que ce que j'avais pensé initialement. Et, par conséquent, une conclusion s'imposait : les bagnoles électriques, c'est pas si terrible que ça...

Tout en freestyle

17 portes 1998. Les dates ne se bousculaient pas devant mon bureau. J'étais en train de me raser les mollets tout en faisant un point avec ma secrétaire sur les enquêtes en cours.

— Mais comment avez-vous fait, patron, pour résoudre cette étrange affaire ?

— Ce ne fut pas facile. La police était sur les dents.

— Ça doit faire mal aux gencives...

— En fait, j'ai rapidement été informé que ma cliente était à la fois clitoridienne et fan de Céline Dion. Comme vous, Georgette.

— Comment avez-vous appris tout cela ?

— J'ai mes fiches. Mais pour Céline Dion, ça n'a pas été facile.

— Eh bien apprenez que vos fiches sont mal faites, patron ! C'est Céline Dion, qui est clitoridienne. Moi, je suis astigmate.

Je commençais à comprendre bien des choses. Si personnellement j'étais un sac à vin, ma secrétaire n'était qu'une gourde.

— Alors comme ça, la coupable était notre cliente ?

— Exact, poupée.

— Et vous pensez que c'était éthique de dénoncer votre propre cliente, patron ?

— Y avait une prime de trente-sept euros, j'ai pas hésité.

— Tuer son mari de quatre-vingt-treize ans quand on en a vingt-deux ans, c'est moche.

— C'est surtout lui qui était moche. Il la trompait, elle s'est vengée...

— Il la trompait à quatre-vingt-treize ans ?

— À cœur vaillant, rien d'impossible.

En effet. Le vieux avait un caractère enthousiaste quoique laborieux. Fils d'un rabbin mexicain chanteur dans un groupe de Trash Metal et d'une mannequin polonaise acariâtre (la Polonaise est souvent acariâtre...), le grabataire avait eu des débuts dans la vie pas faciles. Le fait que le Trash Metal n'ait pas encore été inventé à sa naissance ôtait tout espoir d'un quelconque revenu côté paternel. Et il en allait de même de l'autre côté d'ailleurs, si l'on veut bien considérer la rare laideur de la mère, fortement désagréable de surcroît.

— C'est dingue, cette histoire, patron...

— Vianney a encore le droit de chanter, alors qu'est-ce qui est dingue de nos jours, je vous le demande... Peut-être le fait que la victime ait possédé un CAP en fusion nucléaire et un doctorat en boules lyonnaises.

— Le vieillard avait un doctorat ? Mais sur quoi portait ses recherches ?

— Sur le cri que fait la carpe quand on lui marche sur la queue.

— Mais ça ne crie pas, une carpe...

— Voilà pourquoi ses recherches étaient particulièrement longues et compliquées.

— Je ne vois pas ce qu'il y a de très excitant dans ce phénomène...

— Les carpes, elles, ça les passionne !

— Il avait des cobayes ?

— Il expérimentait sur lui-même. Ainsi que sur son frère.

— Son frère était avec lui au laboratoire ?

— Oui. Dans un bocal.

Étrange parcours en effet que celui du vieil assassiné. Après ses recherches piscicoles, il avait gagné sa vie comme danseuse brésilienne sous le nom de *Hot Samantha*. Il travailla ensuite en tant que proctologue. Plus tard, voulant élargir son domaine de fouille, c'est fort logiquement qu'il se reconvertit dans la spéléologie. Après quoi, il se maria, sans abbé...

— Sans l'abbé Maria, si je comprends bien...

— Je ne voulais pas trop insister là-dessus, Georgette, mais puisque vous l'évoquez...

— Une première épouse donc...

— En effet. Mais comme celle-ci ne faisait ni sensation ni la vaisselle, il dut s'en débarrasser.

— Il a débarrassé la vaisselle ?

— Non. C'était un vieux phallocrate. Comme on n'en voit plus. Au fait, Georgette... Vous serez gentille de débarrasser ma tasse de thé. Ensuite, vous ferez la vaisselle.

— Mais comment l'ancêtre a-t-il tué sa première épouse ?

— Il est allé chercher de l'arsenic dans une pharmacie.

— Il avait une ordonnance ?

— Non. Mais il avait sa photo !

— Et comment s'appelait-elle ?

— Ariane.

— Ah oui, comme le fil...

— Plutôt comme la fusée. On ne la tirait que tous les trois mois.

— Voyons, patron... Encore une remarque de la sorte et je démissionne ! Ne pouvez-vous pas vous comporter en homme responsable, moderne, conscient des changements nécessaires qu'il doit adopter s'il ne veut pas sombrer dans les bas-fonds de l'histoire ? Ce type d'humour vulgaire ne fait plus ri...

Georgette n'avait pas tort. Elle faisait bien de me recadrer. Certains aspects de notre époque commençaient à m'échapper. Des trucs assez étranges comme la tolérance, la finesse, le respect, l'amour de son prochain… Des trucs à la con, quoi. Cependant, ma secrétaire était curieuse. Elle souhaitait en savoir plus sur la vie du vieux :

— Et après ça, qu'est-ce qu'il a fait ?

— Il a quitté son boulot pour réaliser son rêve.

— Et c'était quoi, son rêve ?

— Ben quitter son boulot. Il a sombré dans l'alcool. À la suite de quoi, fort logiquement, il fut nommé Conseiller Culturel à la ville de…

— … Conseiller Culturel ? Elle est bien raide celle-là…

— C'est ce qu'elles me disent toutes.

— Mulford !

Il est vrai qu'à tout moment, j'étais prêt à rechuter.

— Conseiller Culturel… Cela devait être un métier épuisant, je suppose.

— Pensez-vous…

— Ça m'arrive, patron…

— Ils avaient embauché un gars comme lui pour les cocktails… Parce qu'il tenait bien l'alcool, c'est tout… Et puis, c'était un travailleur de force.

— Vraiment ?

— Je veux dire par là qu'il fallait toujours qu'on le force pour qu'il travaille.

Il me faisait plaisir de me promener en compagnie de la disponible Georgette sur cette plage déserte. Décidément, pour ce poste, je préférais les femmes. Les secrétaires hommes n'étant, comme chacun sait, pas très commodes.

— La seconde épouse du cacochyme lui aura été fatale. Comment s'y est-elle prise ? Poignard ? Revolver ?

— Rien de tout cela, Georgette. Ils étaient en vacances ; elle lui a payé un stage.

— Un stage ? Un stage de quoi ?

— Un stage de saut à l'hélas.

— Tique ?

— Non. Y a pas eu de tique. Il a sauté et, hélas…

Ma secrétaire demeura perplexe plusieurs heures avant que…

— Et sinon, patron… Qu'est-ce qu'on fout là ?

— Comment ça ?

— On est sur une plage, y a rien. On n'est pas loin de se faire un peu…

— … Je sais, jeune gourgandine. À l'instar de toute lectrice de base, vous êtes friande d'aventures, désireuse d'histoires d'amour ou de drames grandiloquents. Je vous comprends.

— Ouais ben justement. Là, c'est pas terrible. Il ne s'est rien passé. Pas le moindre suspens, la moindre énigme, aucune émotion, aucun rebondissement…

Aussitôt, avec l'agilité d'un Zébulon, je me mis à sauter sur place, sans m'arrêter.

— Mais qu'est-ce que vous faites, patron ?

— Vous vouliez du rebondissement…

Sigles des temps

Ça, c'était de la date, une fois ! Les touristes ne se bousculaient pas sur la Grand-Place. Je venais de rejoindre mon grand-père Léon à Bruxelles. Il y tenait depuis toujours une baraque à frites. Pour lui faire plaisir, je l'avais invité dans le restaurant de son choix. Pourquoi avait-il choisi sa propre baraque au lieu d'un prestigieux établissement, je l'ignore. Il faut dire que le vieux n'avait plus la lumière dans toutes les pièces, il avait lâché la rampe, et ce depuis longtemps. Peu enclin à la marche à pied et doté d'une très vague confiance en l'humanité en général, il examinait donc son propre menu. Ousmane, son unique employé, s'activait derrière les fritures.

— Alors, Papy Léon, qu'est-ce que tu as commandé ?

— Un régiment d'infanterie, en cinquante-sept !

— Euh non… C'est pas ce que je voulais dire. Qu'est-ce que tu as commandé, sur le menu ?

— Ah, non, Mulford… Moi, j'ai commandé sur le plateau du Tademaït en Algérie. Pas sur un menu, c'est bien trop petit…

— C'est ma faute. Je devrais essayer autre chose…

— Je prendrai des frites.

— C'est original.

— Mais attention, des frites cuites. Parce que les crues, je ne les digère pas.

— Des frites frites quoi…

— Oui, Mulford. J'aime qu'on me renvoie la patate chaude. Tout au long de ma vie, j'ai essayé des tas de frites : des frites de potiron, de rognon de porcs, de pneus…

— De pneus ?

— C'est un peu comme un chewing-gum avec un goût de goudron. Pas mauvais mais très peu digeste. Et il est vrai que c'est très peu, dix gestes…

Ousmane interrogea :

— Et je vous mets quoi, comme sauce, patron ?

— Dans le nord de l'Europe, la frite ne se conçoit qu'avec de la mayo, mon jeune ami. Tout le monde le sait. D'ailleurs, si les Parisiens ont nommé ainsi une de leurs portes situées au nord, ce n'est pas par hasard ! Tu ne connais pas la porte Mayo, jeune homme ?

— Si…

— Et n'oubliez pas les deux bains de friture. Avec la mayo, deux bains !

— Ne lui en voulez-pas, Ousmane. Je crois que mon grand-père est un peu ailleurs aujourd'hui. Je dirais qu'il a des pensées du genre…

— J'ai dépensé, moi ? Dépensé combien ?

— Non, Papy, je veux dire que tes pensées sont disons… aléatoires.

— Aller à Thouars ? Mais c'est beaucoup trop loin. Même si, paraît-il, on y trouve une super fête et qu'on y fabrique de délicieuses conserves.

Dépité, Ousmane se tourna vers moi.

— J'ai l'impression qu'il débloque complètement, votre papy…

— Mais parfaitement ! Je débloque complètement ! D'ailleurs en cinquante-neuf, j'ai même débloqué la situation.

— J'espère au moins que vos patates sont bio, Ousmane…

— Elles sont surtout pas chères.

— Ne me dites pas qu'elles seraient génétiquement modifiées...

— Non. Elles sont « germétiquement » modifiées. Comme elles sont très vieilles, elles germent. Alors je les modifie en leur en coupant des bouts.

— Par contre, pour les gènes, c'est plutôt sur toi qu'on aurait dû faire un effort, mon petit Mulford...

— Comment ça, Papy ?

— Ben pour le physique ça va, mais pour l'intellect, y a dû y avoir un problème quelque part...

Sacré papy... Il était taquin avec moi. Ou alors, c'est qu'il ne me reconnaissait pas. Ce qui d'ailleurs aurait été logique puisqu'il n'avait même pas reconnu son fils à la mairie. Amusé par mon aïeul, je plongeai les doigts dans mon cornet et en extirpai un généreux bâtonnet jaune. Cette nouvelle sauce blanche était délicieuse. Malheureusement, Ousmane se sentit obligé de préciser :

— Ah mais non, monsieur Mulford. On n'a pas de sauce blanche. Ça, c'est les pigeons.

Un peu fatigué par cette journée, je lançai un regard vengeur en direction du ciel. Ce qui me permit une découverte. L'ancien nom de la boutique, *Baraka Frites,* avait disparu au profit d'un nouvel acronyme beaucoup plus court, dont mon grand-père était visiblement très fier :

— Oui, Mulford. « BAF » pour « Baraque À Frites : !

— « BAF » ? Ça risque d'en mettre un coup aux habitués, Papy.

— Ça s'appelle un sigle. J'en ai connu beaucoup dans ma vie : la TSF, l'OAS, l'URSS... Je suis fier d'avoir lutté auprès des FFI, d'avoir sauté en parachute avec la RAF pour mettre KO ces infâmes SS !

Ousmane connaissait l'histoire par cœur.

— Mais qu'est-ce que vous racontez, patron… Vous êtes trop jeune. Vous avez surtout connu le PMU, des SDF et le RSA…

— Je crois, Ousmane, que le sang ne monte pas toujours très bien au cerveau de grand-père, avec tous ses AVC…

— J'ai même eu une MST quand j'étais jeune !

— Et si tu continues comme ça, tu vas sûrement retourner en HP…

— Dans ce cas, j'irais me plaindre au SBUF !

— Qu'est-ce que c'est que ça ?

— Un acronyme pour le « Syndicat Belge Unitaire de la Frite ». C'est que… je ne me suis jamais laissé faire, non mais… Je vous rappelle que j'ai également été adhérent au SBLIRQ ! Ainsi qu'au BLUCK, au SPLARCH et au GNOUF !

— Au GNOUF ?

— Oui. J'ai passé trois mois au GNOUF.

Je n'avais jamais été informé de cette partie de la vie de mon grand-père. Fier de ses différentes appartenances, il me sortit une petite carte d'adhésion.

— C'est ma carte du C.R.F.Q.L.N.A.B. Le « Comité Révolutionnaire pour une Frite de Qualité Légère bien que Nourrissante Authentiquement Belge » !

— Qui, dites-moi si je me trompe patron, est une émanation du Centre Utilitaire Liégeois, le CUL…

— Jacques Lulu, son président, est un de mes amis.

— Je l'ignorais, grand-père. Il est dans le CUL, Lulu ?

— En effet. Et il n'est pas le seul. Il y a de très nombreux membres actifs dans le…

— … Je vois.

— Certes, il y a beaucoup de va-et-vient, d'allers-retours, dans cette association. Mais c'est grâce à elle que la frite belge a su rester ferme et active !

— Normal, Papy, pour faire de la frite, faut avoir la patate.

— Purée…

— Cette association ne serait-elle pas légèrement graveleuse, Papy ?

— Si elle l'est, c'est bien involontaire.

— Bien sûr…

C'était au tour d'Ousmane de commencer à fatiguer. Bien grasse, la conversation avait visiblement, elle aussi, connu ses deux bains d'huile. Magnanime, je m'enquis de l'employé :

— Et vous, Ousmane… Vous avez toujours travaillé dans la frite ?

— Non. Avant, je travaillais dans l'aviron.

— Dans l'Aveyron ?

— Dans l'aviron ! Le FUCK.

— Mais dites donc, restez poli ! Vous autres sans papiers êtes vraiment…

— Non, FUCK, c'était le nom de mon employeur. La Fédération Ukrainienne de Canoë Kayak.

— Paraît-il que c'était pagaie…

— Et puis je ne suis pas sans papiers, gros con. Je suis né ici. L'étranger, c'est vous.

Mais il était tard, surtout pour un vieux crapaud comme moi. Il nous fallait conclure. Après les indéniables et déjà regrettées lourdeurs des dernières répliques, il me fallait une jolie phrase pour la fin. Avec la FUCK, je songeai au drame ukrainien.

— Eh oui, Ousmane… L'enfer… C'est les autres…

— Hé… C'est pas de vous, ça…

— Non, mais bon… Vous parliez de *L'Étranger*… J'ai pensé à Sartre…

— Mais *L'Étranger*, c'est pas de…

— Taisez-vous, jeune fou ! Et méditez plutôt sur cette phrase de Bossuet : « Dieu est vie, Dieu est chair, et Dieu que la vie est chère ! »

— Il a dit ça, Bossuet ?

— En gros, oui.

Papy Léon, Ousmane et la baraque n'avaient rien à voir avec ce que s'apprêtait à faire l'Oncle T. Bien entendu, Mulford Sploodge ne l'avait pas remarqué, mais il était bien là, sur la Grand-Place. À moins de dix mètres de lui. Un autre papy jetant des graines aux oiseaux, que jamais le détective n'aurait pu reconnaître.

Malgré l'effroyable parcours qui avait été le sien, l'oncle avait gardé un certain nombre de contacts à travers l'Europe. Aussi, n'était-il pas seul à surveiller le privé. Cinq subalternes, eux aussi déguisés, faisaient de même. Dans cette ville où tout s'était conclu. Par la mort d'un enfant. Enterré ici, dans l'oubli du monde.

Imbroglio

Pourquoi es-tu parti ?

Je coule. Je glisse sur les pentes morbides des cryptes de l'éternité. Tu es parti et tu as pris mon cœur avec toi... Cœur en partance, cœur en oubli. Deux mâles qui s'aiment, c'est si courant aujourd'hui. La peine comme reconnaissance sociale, la déchirure comme passeport pour l'armée du banal, la plèbe qui ne sait que souffrir en similaire du voisin, comme tous ces autres, souffrir en petit. Seule ma peine à moi serait digne, car originale ? Sans doute. Si seulement vous pouviez comprendre. Mais personne ne le peut, ne peut me comprendre. Moi-même le pourrai-je un jour ? Je ris de vous.

Loin. Je suis loin. Je te cherche dans une ville sans nom. Mais toujours, le vent de l'absence me ramène à toi, qui n'est pas là, puisque tu es absent. Aimer un sans-papier en situation de handicap, c'est si courant aujourd'hui. Bien sûr, ta non-connaissance du français t'a interdit toute compréhension de mes dires. Pourtant, j'aurais bien aimé que tu apprécies ma langue. Mais toi et moi savons, de partout, par nos cœurs et regards, ce qui ne se dit pas, de Paris comme de Tombouctou, nous le savons d'ici, de Courchevel ou du Vésinet, nous le savons de Marseille.

Il est facile de parler de soi. Trop de mots sont dits. Trop de moi sont exprimés. Or seul le mien peut intéresser. Je le crois, je le sens, je le sais. Comme une évidence que l'idiot ne comprendra pas. Alors oui, bientôt je parlerai. De moi, de cette souffrance si explicative de mes égarements divers. Et même d'été d'ailleurs. Sexe débridé, alcool, drogue, ventes d'armes, qu'est-ce que tout cela, que l'on me reproche parfois ? Un rien. Juste une âme trop sensible d'écorché vif pour les temps actuels. Toi, mon jeune fou, mon chien égaré, je crie ton nom à la face du monde : Choupinou ! Ton nom, ce nom à jamais enfui de mes mains et pourtant toujours là, en moi, oui, bien en moi, plusieurs fois par jour. Choupinou… Un nom de chien. Car oui, tu es un chien, tout le monde le sait à présent. Un jeune cabot étranger blessé à une patte. Être amoureux d'un labrador polonais, c'est si courant aujourd'hui…

Ce jour-là, la foule n'était pas nombreuse à la porte de mon bureau d'égaré. Ce n'était donc pas une foule. Et d'ailleurs, était-ce une porte, était-ce un bureau ? Je m'apprêtais à rejoindre mon amoureux dans un centre de la SPA quand…

13 mars 2018. Ces connards de clients ne se bousculaient pas à la lourde de mon putain de burlingue. Bordel à cul ! J'étais encerclé par une douzaine de tueurs à gages luxembourgeois, les plus dangereux. *Riri la belle savate* avait visiblement mis un contrat sur moi. Il faut dire que je venais de lui piquer la came qu'il avait lui-même volée à *Eddy As de trèfle*. Bien entendu, votre serviteur avait par la suite livré la marchandise aux flics compétents (qui ne manquaient effectivement pas d'être cons et pétants, qu'est-ce qu'on se marre…), après en avoir taxé trois kilos pour sa propre consommation mensuelle. Je n'avais donc pas le choix : il fallait que je dessoude cette bande d'enfoirés, et fissa ! Je dégainai Mister Boum, mon flingue préféré, celui-là même qui m'avait sorti de plus de situations difficiles qu'un tube de vaseline un samedi soir. Je commençai à arroser mes agresseurs. Visiblement, je les

prenais pour des plantes vertes, car le moins que l'on puisse dire est que la dose offerte fut conséquente. Un carnage, une boucherie en quelques secondes : moi-même j'en étais presque écœuré. Je distribuais du pruneau comme à Agen. Et pourtant, je ne l'étais pas, à jeun. À peine deux heures avant, je m'étais envoyé l'équivalent de la production de rhum de la Martinique pour une semaine. De plus, j'étais encore excité de mes exploits de la veille : une séance de panpan avec une douzaine de drôlesses que j'avais fait crier jusqu'à ce qu'elles me supplient d'arrêter. Des cochonnes que j'avais envoyées dans l'espace, dont j'avais nucléarisé les points G, H et I, que j'avais fait jouir à tel point que la plupart s'étaient évanouies. Là aussi, j'avais été écœuré…

C'est alors que j'aperçus une frêle silhouette. Un type pâlot vêtu de noir, à l'air franchement efféminé s'approchait. Pour faire bonne mesure, je balançai une blague sexiste et une grenade à l'opposé, histoire de préserver la singularité bon enfant de mon personnage. Curieusement, ce n'est pas une mais douze explosions qui survinrent. Décidément, comme pouvaient à présent en témoigner les nanas de la veille, j'étais d'une efficacité remarquable. Le pâlot s'adressa à moi :

— Mais… Mais… Que faites-vous là ?

— Ben et toi ? T'es pas dans l'histoire… Je ne t'ai jamais vu. Et pourtant, j'en ai lu, des épisodes des *Enquêtes improbables de Mulford Sploodge*…

— Mulford Sploodge, c'est vous ?

— Ben ouais.

— Ce nom est parfaitement ridicule.

— Dis donc, tu veux que je te mette un petit point rouge sur le front en précisant que je ne suis pas hindou ? T'es qui ?

— Moi ? Je suis Jean-Patrick. Personnage déchirant et très principal, légèrement autobiographique, d'un premier roman sur l'impossibilité des sentiments amoureux. Le début de ce chapitre représente un exemple parfait des pulsions qui m'habitent.

— Ben alors, il a rien à faire là, le zouave ! Ici, on est dans une série d'histoires courtes bourrées d'action, toutes plus désopilantes les unes que les autres. Bon... Je ne dis pas que l'humour y est toujours très fin, mais c'est sympa. Je ne sais pas ce que tu fais là, mais ce qui est certain, c'est que tu pollues mon oxygène.

— Mais, par Marguerite Duras, je dis non ! Qui nous dit que ce n'est pas vous qui êtes dons mon roman ? Il me semble avoir entendu parler de vous, Sploodge... Votre propension à vous incruster dans les cocktails et vernissages est connue. Alors, vous incruster dans une histoire...

— Je te dis que nous sommes dans MON bouquin, pas le tien ! Un premier tirage à cent mille exemplaires ; on m'a payé une dizaine de conseillers littéraires, quatre correcteurs, une secrétaire avenante, un séminaire d'écriture aux Bahamas et un voyage d'études aux Seychelles : tu comprends toujours pas ? Ici, on est dans MON histoire. J'ai un budget, c'est trois fois le PIB du Bangladesh ! J'ai même les ricains derrière moi...

L'individu s'approcha et posa une main sur mon épaule.

— Des ricains derrière vous ? Mais c'est merveilleux... De nos jours, chaque sexualité a le droit de...

— ... Je ne te parle pas de ça ! Je te dis qu'il est temps pour toi de remballer ta dînette et de laisser la place aux pros. D'ailleurs, j'ai une question...

— Je vous écoute.

— Il fait combien de pages, ton bouquin ?

— Un peu plus de cent. Avec une police de trente-quatre, dix-neuf lignes par page. Un peu comme, vous savez...

— ... Oui, je sais. Eh bien, moi, ce sera six-cents pages, au minimum. Alors c'est à toi de faire de la place. Dans une montée, c'est au scooter de s'écarter face au camion.

— Mais, par Modiano ! La longueur n'a rien à voir avec la qualité !

— C'est ce qu'elles m'ont toujours dit. Mais je crois que ce sont des menteuses.

— Ah non, Sploodge ! N'essayez pas d'anéantir la dernière parcelle dramatique de ce récit par de désastreuses galéjades !

— Je fais ce que je veux ! Nos deux bouquins se sont apparemment mélangés, alors autant se grouiller de démêler le paquet de nœuds. Parce que sinon, bonjour le mal de crâne pour les lecteurs !

— Si vous voulez mon avis, Mulford, je crois qu'il est trop tard. Ils nous ont probablement déjà tous abandonnés.

— Non. Regarde...

— Bonjour, messieurs. Je savais que j'avais manqué quelque chose...

Effectivement, quelqu'un approchait. Une superbe jeune femme se plaça entre nous. Une blonde aux yeux verts qui sentait le bonheur, la farigoulette et la rosée du matin. Jean-Patrick, le héros dramatique de cet imbroglio, fut très agréablement surpris :

— Par Le Clézio ! Qui est donc cette charmante personne ?

— Vu comme elle est canon, ce ne peut être qu'un personnage de mon livre.

— Vous avez bien de la chance, Sploodge. Dans mon bouquin, je suis amoureux de... Il vaut mieux que je vous montre...

Le dramatique sortit une photo de sa poche et la présenta à votre rigolo serviteur qui s'en étonna :

— Un labrador ?

— Polonais. Moi-même, au début, j'ai eu un peu de mal... Mais que voulez-vous... Je suis amoureux, c'est ainsi, c'est mon histoire qui veut ça. Fait chier...

Je commençais à m'ennuyer. En toute logique, je dégoupillai donc une nouvelle grenade et la balançai à une dizaine de mètres. Grande fut la surprise de la jeune femme au moment de l'explosion.

— Qu'est-ce que c'est que ça ?

— Laissez tomber, mademoiselle. Ce triste sire fait régulièrement exploser tout et n'importe quoi, croyant naïvement que cela amènera un peu d'action à son récit. Or bien sûr, ce geste n'est en réalité qu'une vile tentative de sa part pour entraîner la narration de son côté. Comme disent les comédiens frileux : il tire la couverture à lui !

— Peut-être, mais cela titille ma libido. Je suis impressionnée. Avez-vous d'autres effets de ce genre, détective Sploodge ?

— Comme je tentais de l'expliquer à cet abruti, j'ai un gros budget à dépenser. Alors, que diriez-vous d'une chronique dithyrambique à propos de mon bouquin de la part d'un journaliste littéraire vedette ?

— Pourquoi pas…

Plein d'une extrême confiance, je sortis une lettre, puis la tendis à la jeune femme. Elle lut :

— « *Les Enquêtes improbables de Mulford Sploodge* constitue une des œuvres littéraires les plus marquantes des derniers siècles, et d'ailleurs, Bernard Pivot aurait été d'accord avec moi ». Signé : Augustin Trapenard, animateur de *La Grande Librairie* sur France 5. C'est incroyable, Mulford… Ça a dû coûter un max à votre maison d'édition…

— Tu m'étonnes… Trapenard, c'est pas donné.

— Quant à vous, Jean-Patrick, avez-vous eu des articles, pour votre roman ?

— Un petit truc dans *l'Éclaireur du Gâtinais.*

— Quoi donc ? *L'Éclaireur du…* ?

— Laissez tomber.

Je me sentais ragaillardi.

— Bon alors maintenant, je pense que vous avez eu assez de preuves comme ça que nous sommes bien dans MON bouquin.

— Des preuves ? Mais, par Christine Angot, lesquelles ?

— Mais il est entartré du bulbe, c'est pas vrai ! Une jolie nana avec une libido titillée, des explosions, de célèbres journalistes enthousiastes, tu crois qu'on voit ça pour un bouquin comme le tien ?

— Ben en fait... Ça arrive. Enfin... sans les explosions. Pour moi, non. Mais j'ai un ami journaliste blogueur littéraire qui a lui-même pas mal d'amis qui ont... disons recommandé son premier roman : *Ma si unique souffrance*. Un bon titre... Cela parle des rapports de l'auteur avec son père. Mais c'est aussi un *feel good book*, une *new romance*, de la *chick lit*, de la *bit lit*, et aussi un *cosy crime*. Mon ami hésite donc encore pour le titre. Il pourrait préférer *Calibre et tarte aux pommes* ou... *Mon Amour de vampire en coccinelle*.

— Ça donne envie...

— Je vous en prie, messieurs, un peu de retenue ! – un bon titre, ce *Un peu de Retenue !*. Si je suis là, ce n'est pas par hasard. En fait, je suis la planificatrice A.29.3, chargée de la remise en ordre des livres bordéliques. Je suis envoyée par le Ministère de la Culture.

— De la quoi ?

— La Culture. Je vous expliquerai, Mulford... Je suis venue afin de mettre un terme à la confusion qui semble régner dans ce consternant récit.

— Par Proust, c'est incroyable !

— En effet, Jean-Patrick.

Devant les deux personnages désireux d'informations que nous étions, la planificatrice s'expliqua. Dans un premier temps, elle avait songé à un simple accident. Les deux livres pouvaient avoir été écrits par un même « assistant littéraire » qui aurait, à un moment donné, mixé les deux manuscrits par inadvertance.

— Mais je n'ai pas de nègre !

— Moi, si, plein. Arrête d'interrompre la planificatrice, Jean-Patrick.

— Et vous, arrêtez d'employer ce mot qui commence par « N » !

— Oui, madame.

Hum… Rien de plus excitant qu'un peu de soumission devant une belle femme… Je l'interrogeai :

— Vous arrive-t-il souvent de croiser une telle confusion littéraire ?

— Même si, ici, nous sommes plus dans la confusion que dans le littéraire, oui. Il n'y a pas plus de trois semaines : un bibliothécaire névrosé qui rédigeait ses mémoires entre saouleries, fantasmes et dépressions. Le résultat n'était pas beau à voir : Miss Marple chevauchant le vers géant de *Dune* alors que Portnoy se faisait casser la figure par Thérèse Desqueyroux et le Petit Chaperon Rouge après avoir viré le Baron de son arbre.

Il y avait effectivement de quoi se scandaliser et intervenir. La planificatrice revint sur notre affaire. Une autre possibilité consistait dans le fait que les manuscrits nous concernant auraient été rédigés par des auteurs différents, puis transportés par deux coursiers qui, après accident de la route, en auraient mélangé les pages imprimées.

— Des pages imprimées ? C'est ridicule. Ça ne se fait plus depuis longtemps.

— Détrompez-vous, Mulford.

— Quelle qu'en soit la raison, cet imbroglio narratif, ce mélange de textes imbriqués les uns dans les autres, me fait penser, bien sûr dans une modeste mesure, au roman *Si par une nuit d'hiver un voyageur* de Calvino.

Arrêt net de toute respiration chez le tragique et la nana. Je venais de les bloquer au moyen d'un ruban adhésif. Avec un brio pas cradingue, une classe intellectuelle qui allait bientôt me...

— ... Qu'est-ce que vous venez de dire, Mulford ? C'est bien vous qui parliez ?

— Parfaitement, madame ! Qu'est-ce que vous en pensez ? Une référence littéraire un peu élitiste dans le propos... Paraît que ça fait toujours bien. Ça nous distingue tout de suite du con de base et ça impressionne le lecteur. Vous l'avez vous-même fait un peu avant moi, alors...

Sidération dans le regard des deux autres.

— Non, j'dis ça parce que je compte faire un petit bouquin, plus tard, et...

— ... Mais dans ce cas-là, on ne dit rien ! On ne le montre pas, on ne le fait pas remarquer ! Comme dans la vraie vie, Mulford. Vous placez votre petit étalage de culture et vous la fermez ! Parce que si vous le signalez ou que, pire encore, vous vous en vantez comme vous venez de le faire...

— Je vous avais prévenue, madame. A-t-on jamais vu pareil crétin...

— Il est vrai que là... On a un beau spécimen...

Je venais peut-être de louper mon effet : il faudrait que j'y réfléchisse plus tard. Heureusement, la planificatrice préféra oublier l'incident et revenir à ce pour quoi elle était là :

— Bref... J'ai donc de nouveau enquêté, en pensant cette fois « informatique ». C'est là que j'ai trouvé.

— Et alors, madame A.29.3, nous sommes bien présentement dans mon roman contemporain ?

— Non, Jean-Patrick. J'ai vérifié les pages précédentes, la couverture... Nous sommes bien dans le livre relatant les aventures de monsieur ici présent : Mulford Sploodge.

— Je le savais ! Je t'ai bien niqué, là-dessus, Jean-Pat !

— Mais alors, comment me suis-je retrouvé dans cette merde, moi, le dramatique, l'incompris ?

— Problème de stockage informatique sur un cloud. Vos deux textes étant issus d'un même logiciel d'écriture…

— … Attendez, là, une minute… Comment ça, « logiciel d'écriture » ?

— Vos soi-disant auteurs respectifs ne sont que des imposteurs, des feignasses dépourvues du moindre talent. Ils ont utilisé une intelligence artificielle pour écrire vos bouquins.

— Quoi ? Mon intelligence serait artificielle ?

— Non, Mulford, votre intelligence à vous est presque inexistante.

— Vous me rassurez…

— Je veux dire que c'est un programme informatique qui a écrit vos deux livres.

— Quoi ? Mais c'est insensé ! Cela est le meilleur moyen d'aboutir à une standardisation des écritures !

— Parce que vous pensez que la littérature a attendu l'intelligence artificielle pour se standardiser ?

La planificatrice venait de nous clouer le bec et les ailes. Confus comme deux gamins aux doigts confiturés, nous décidâmes de la fermer, enfin. La gêne dura plusieurs minutes avant que je me décide à rouvrir ma boîte à parlote :

— Mais… On m'a pourtant dit à de très nombreuses reprises que le style de mon auteur était inimitable…

— Pas tant que ça, Mulford. Heureusement, j'ai des ordres du Ministère : nous allons immédiatement mettre fin à cette absurdité littéraire.

— Déjà ? Je ne peux même pas balancer une dernière petite grenade ?

— Bon… Si vous voulez…

Après que j'eus fait exploser le reste de mon arsenal, Jean-Patrick s'approcha, intéressé.

— Maintenant que c'est fini, vous pouvez me le dire, Sploodge... Votre auteur va réellement pondre six-cents pages ?

— Oui, bon, on verra...

— Si vous le souhaitez, Jean-Patrick, puisque votre roman auto-édité a grandement pâti de celui de Sploodge, je peux demander à son éditeur de vous proposer un contrat, en dédommagement.

— Un contrat d'édition ? Vraiment ?

— Non, j'déconne...

Aussitôt, la planificatrice et moi-même explosèrent d'un rire que je reconnais à présent comme méchant et narquois. Le pauvre Jean-Patrick était anéanti.

— Par Beigbeder ! Tel l'océan, la cruauté de l'homme ne se tarit jamais...

— Eh... C'est pas mal, cette phrase, pour conclure.

— Mouais... Mais que dites-vous plutôt de celle-là, mademoiselle : « Eh ben, mon cochon, cette histoire part en eau de boudin ! »

— Eu... Non, Mulford... Je crois que pour ce qui vous concerne, le logiciel a bugué. On va rester sur la phrase de Jean-Patrick, si vous voulez bien...

Belle colombe

— Décidément, c'est à croire que ce genre d'iguane pullule dans les églises.

— Pourquoi dites-vous cela, Sploodge ? Nous ne sommes pas dans une église et il n'y a pas le moindre iguane.

— Je trouvais que c'était une phrase plutôt cool pour débuter une histoire.

— Bof… Vous auriez mieux fait de commencer par une date, en précisant que ce jour-là, les clients ne se bousculaient pas à la porte de votre bureau. Ou un délire à partir de ça.

— Mouais… Je suis pas sûr…

J'étais avec un client et, effectivement, il n'y avait pas grand-monde sur le palier. Allez savoir pourquoi, ce type m'était devenu fort sympathique, sentiment rare chez moi puisque je n'aime pas les gens et je n'aime pas qu'on soit sympathique. C'était à un point tel que je commençais même à me confier, lui présentant des aspects de ma personnalité que je n'évoquais que rarement.

— Écoutez, Sploodge… Quand je vous ai dit que vous pouviez « tout déballer », je voulais parler de ce que vous aviez sur le cœur. Ce n'était pas la peine de me présenter vos parties génitales. Vous pouvez remonter votre pantalon.

— Excusez-moi, je n'avais pas compris…

— Bien... Si vous êtes fatigué à ce point, peut-être devriez-vous songer à augmenter votre dose quotidienne de sels minéraux...

— Mais mes selles sont très minérales. D'où mon problème. C'est un peu comme ce que j'ai sur le cœur donc : ce n'est pas facile à sortir.

— Vous devriez consulter votre proctologue.

— Mais depuis deux mois, je le vois toutes les semaines...

— À ce point ? Pourquoi donc ?

— Parce que sa maladie de Parkinson a atteint un nouveau stade.

— Le Vélodrome ?

— Non. Je veux dire qu'à présent le tremblement de ses doigts devient appréciable.

— Comment ça ?

— Euh... non, rien.

Voilà où mènent les conversations avec les gens sympathiques. On se sent en confiance, on se lâche un peu, et on avoue l'inavouable. Bref. Il était temps d'arrêter de se confier pour s'occuper enfin de ce qui amenait mon client, à savoir son affaire. J'étais dessus depuis bientôt trois ans. Sur l'affaire, pas sur mon client. Autant dire que ce n'était pas notre premier rendez-vous. Il m'avait initialement embauché afin que j'enquête sur la disparition d'une collection de diamants à laquelle il tenait beaucoup, qui appartenait en fait à sa femme à qui il tenait moins. Si les uns étaient éternels, l'autre lui gâchait la vie avec ses plats en sauce trop riches. Cette enquête était devenue une légende dans le milieu des détectives. Une véritable épopée digne des *Misérables,* du *Faucon maltais* ou de *Martine à la plage.* Une investigation durant laquelle des femmes s'étaient caressées et des hommes m'avaient applaudi, à moins que ce ne fût l'inverse... Une enquête que le monde entier nous enviait, même à Vierzon.

Nombreuses avaient été les pistes creusées par le brillant détective. Dans le milieu de la pègre, dans celui des politiciens véreux, des producteurs d'endives, à Pittsburgh, à Sydney, Rio, Chailly-en-Gâtinais : partout, j'avais investigué, interrogé, menacé. Tout ça pour rien. Les pierres précieuses demeuraient introuvables. J'en aurais été presque confus, si j'avais été sujet aux affres de cette connerie qu'on appelle « conscience professionnelle. » Mais le plus étonnant était qu'aujourd'hui mon client Johnny Ballureau n'était pas là pour ça. Oubliés les diamants, il avait à affronter un risque plus immédiat.

— Vraiment ?

— Oui, Sploodge. Si je suis venu vous voir, c'est pour vous demander un service.

— Je vous écoute.

— Voilà… Par un concours de circonstances qu'il serait fastidieux d'expliquer ici, il se trouve que je dois disparaître pour un temps.

— Un temps ? Combien ?

— Je ne sais pas. Entre une heure et trente ans. Je dois me protéger de certains détracteurs.

— Lesquels ? John Deere ? Massey Ferguson ?

— Euh… non, Mulford. Une famille de Colombiens est à ma recherche. Et ce n'est pas afin de me féliciter pour la qualité de mon espagnol. Alors s'ils viennent vous interroger, vous ne m'avez jamais vu ! Compris ?

— Compris. Je ne vous ai jamais vu ici.

— Non ! Vous ne m'avez jamais vu du tout ! Ici ou ailleurs. Vous ne me connaissez pas. D'ailleurs à ce propos… Comment je m'appelle ?

— Ben, Johnny Ballureau.

— Non ! Je ne m'appelle pas puisque vous ne me connaissez pas…

— Mais enfin, tout le monde sait que vous passez à mon bureau tous les vingt-deux du mois à dix-sept heures. J'en parlais encore hier à mon beau-frère Alfred, aux clients de certains de mes bars préférés et à tous les membres de mon club de foot. Comme vous êtes quelqu'un de bien vu ici, je comptais même vous signaler comme faisant partie de ma clientèle dans une pub sur la chaîne locale et lors d'une annonce au stade le week-end prochain.

— MAIS NON BORDEL ! Vous ne ferez rien du tout ! Je vous l'interdis ! Je vous paierai pour ça.

— Combien ?

— Ce qu'il faudra.

— Pourtant, vous m'avez bien dit qu'aucun Ballureau n'a jamais fui devant quoi que ce soit, surtout ses responsabilités.

— Oui ben je changerai de nom.

— S'esquiver à ce point pour éviter une simple petite gifle, c'est un peu lâche.

— Vous plaisantez ? Je ne vous parle pas de gifle. Je parle d'exécution, de découpage en morceaux, de dissolution dans l'acide !

— Vous avez dû sacrément les arnaquer, ces Colombiens, pour qu'ils vous en veuillent à ce point.

— Je leur ai promis un marque-page, mais je n'en ai plus.

— Le Colombien est impulsif…

— Tout à fait. C'est pas idiot, ce que vous dites, Mulford.

— Le problème, c'est que je ne dis pas que ça…

— D'après mes renseignements, la famille compte m'envoyer un des plus cruels tueurs du marché : *La Machette*. C'est comme ça qu'on l'appelle. Un assassin sans pitié. Ancien boxeur au palmarès incroyable : douze combats, trente-et-une victoires, dont soixante-quatre avant la limite.

— Effectivement : c'est incroyable.

— C'est une légende. On a même fait des films sur lui. Son véritable nom est Roberto Raoul Rodriguez di…

Mon client n'eut pas le temps de terminer. L'interphone grésilla, ma secrétaire intervint :

— Un certain Roberto Raoul Rodriguez di Medellín y Soledad de la Concepción demande à vous voir, patron.

— Mes couilles sur ton nez !

— Que dites-vous, Ballureau ?

— C'est une expression de chez moi exprimant la surprise.

— Marrant. Je ne connaissais pas.

— *La Machette* est déjà là ! Et elle semble bien aiguisée. Où puis-je me cacher, Mulford ?

— Dans mon tiroir de gauche. Vous y arriverez ?

— Bien sûr. Je suis contorsionniste et adhérent à *Renaissance*, je suis donc parfaitement flexible.

— Bon sang ! Pourquoi diable avoir voulu entuber ces gens-là ?

— Je viens de vous le dire : je suis adhérent à *Renaissance*.

Avec une souplesse toute politique, Johnny Ballureau se glissa dans mon tiroir. Mais allez savoir pourquoi, il choisit plutôt celui de droite. Un vieux réflexe, sans doute. La seconde d'après, c'est un Colombien impatient qui pénétrait dans mon bureau.

La Machette avait le visage buriné par le soleil et le vice. Il n'avait rien de particulier contre mon client, mais, employé modèle, il était soucieux de sa réputation. Féru de littérature latine et fort disert sur tout ce qui concerne les petits oiseaux des bois. Un homme de goût à n'en pas douter. Après une troisième tasse de thé, il finit par m'exposer enfin ses griefs :

— C'est que voyez-vous, cher monsieur Sploodge, mes clients ont eu… quelques petits différends avec monsieur Ballureau.

— S'ils ont eu des différends, c'est différent… Comme on dit chez vous : « El abejorro cansado copula donde puede ! »

La Machette me dévisagea un instant.

— « Le bourdon fatigué copule là où il peut ? » Je ne vois pas le rapport avec notre affaire…

— Euh… Cette expression doit venir d'une autre région que la vôtre…

— En fait, Ballureau a trahi mon client.

— Ah ne m'en parlez pas… Quand je vous dis qu'on ne peut faire confiance à personne, vous pouvez me faire confiance.

— Auriez-vous des informations concernant monsieur Ballureau ?

— Eh bien…

L'employé modèle sortit une liasse de billets. Comme si j'étais le genre de gars que l'on pouvait acheter pour pas cher… Heureusement pour lui, j'étais ce genre de gars.

— Eh bien… Comme je vous le disais… Je ne connais pas cette personne domiciliée au 18 boulevard Gotlib. Je ne l'ai jamais vu. Y compris à mon bureau tous les vingt-deux du mois à dix-sept heures. D'ailleurs, c'est bien simple, je ne connais aucun Johnny. Ou alors Johnny Depp, mais pas personnellement. En tout cas pas au point de passer me voir à mon bureau tous les vingt-deux du mois à dix-sept heures…

— Tous les vingt-deux du mois ?

— Oui. À dix-sept heures.

— Je comprends parfaitement, très cher Mulford. Sachez seulement que l'algarade qui a eu lieu entre ce monsieur et mes clients a… légèrement courroucé ces derniers. À tel point qu'ils sont à présent désireux de le revoir, afin de, disons… lui expliquer leur point de vue.

— Je ne dirai que deux mots : bras, veau ! Il faut s'expliquer dans la vie. En sachant trancher dans le vif de la conversation et couper court aux jérémiades.

— Rassurez-vous, Mulford… Nous saurons couper court et trancher dans le vif…

— Oui. Il faut tirer ça au clair…

— Oh, mais on va tirer, c'est clair. Croyez-moi, Mulford. Plusieurs fois même…

Le ton sirupeux de *La Machette* ne correspondait guère à sa tête de tueur en série, mais qu'importe. La conversation était des plus courtoises. Elle devint carrément captivante quand mon interlocuteur sortit un billet de cent pour s'éponger le front, tout en me fixant droit dans les yeux.

— Il va de soi, détective Sploodge, que mes clients sont tout à fait disposés à vous dédommager pour tout renseignement que vous pourriez fournir.

— Me dédommager ? Combien ?

— Plus que ce qu'il faudra. Disons le double. Après tout, il faut savoir s'adapter. Surtout s'il y a des coupes.

— Dans le budget ?

— Non, Mulford. Plutôt au niveau des tibias. Dans un premier temps.

— Histoire que tout puisse entrer dans une valise, c'est ça ? Vous parlez de Ballureau…

— Bien sûr. Dans un premier temps…

Avec *La Machette,* c'était comme avec Maxwell : ce n'était pas la peine d'en rajouter. Il savait se faire comprendre. Comme il savait exposer le passé de la famille qui l'avait engagé. Dom Pepito, le chef de cette dernière, avait très bien connu Pablo Escobar, qu'il appelait la *ballerine* à l'époque, tellement il le trouvait mou et léger dans ses décisions.

— Oui, j'ai bien dit « mou », Mulford. À sa grande époque, si quelqu'un marchait sur le pied de Dom Pepito, il faisait tuer sa famille, sa belle-famille, ses animaux domestiques, ses plantes vertes et son équipe de foot préférée.

Bien entendu, il était hors de question pour moi de vendre mon client au premier venu. Aucune somme n'aurait pu me corrompre ! C'est à ce prix-là que ma réputation s'était faite. Droiture et probité avaient toujours été les deux axes autour desquels ma carrière, ma vie, s'étaient construites. Jamais je n'aurais...

— Mais... Pourquoi m'indiquez-vous votre tiroir de droite avec votre index, Mulford ? Je ne...

Aussitôt, sentant probablement le danger poindre, Johnny Ballureau s'extirpa de mon tiroir de droite, avec la souplesse et la rapidité qu'on lui connaît. En ni une ni deux, et encore moins en trois, il explosa la tête de *La Machette* avec six balles puissamment éjectées de Mister Boum, mon revolver qu'une promiscuité d'un quart d'heure venait de lui faire connaître. Visiblement, comme tous les adhérents à *Renaissance*, c'était un tueur à sang froid. Bien sûr, il ne manqua pas de me faire quelques remarques quant à ma récente indication par index. Mais heureusement, sa colère ne dura pas. Et pour cause. Je n'avais pas encore eu le temps de lui annoncer la bonne nouvelle, c'était maintenant le cas.

— Et c'est quoi, cette bonne nouvelle, Mulford ?

— Eh bien, figurez-vous que j'ai enfin retrouvé vos diamants.

— C'est pas vrai... Mais c'est merveilleux ! Où sont-ils ?

— Dans votre poche gauche.

— Dans...

Une plongée dans sa poche plus tard, mon client me félicitait.

— Vous êtes formidable, Sploodge. Décidément, on ne le dira jamais assez : ce que c'est que d'être distrait tout de même... Et sinon... Vous avez pensé à adhérer à *Renaissance* ?

— Je vous remercie, Johnny. J'ai déjà participé à trois thérapies de groupe et j'ai fait partie d'une secte sado-maso. Ça suffit comme ça...

Alcool

Un certain jour. D'une façon générale, les gens ne se bousculaient pas, nulle part. Les pièces à conviction de l'enquête dite de *La distillerie des suicidaires* étaient réunies sur le comptoir d'un de mes bars préférés, la *Halle Ambic*. Je m'apprêtai à les déguster en compagnie du patron des lieux, mon ami Durk Beurk.

— Mon cher Durk, à toi l'honneur...

— Qu'est-ce que c'est ?

— Un petit alcool sympa qui ne rend pas aveugle.

— C'est fort ?

— À peine trente-deux degrés.

— Alors, à la tienne, Mulford !

Depuis un bail et même des baux, Durk et moi avions atteint l'âge canonique, celui qui donnait droit à boire des canons. Aussi, mon brave ami ne se fit pas prier. Tel un héros andalou, il saisit le verre de gnôle et l'avala d'un trait.

Dans un premier temps, mon ami s'exprima en réaffirmant son nom :

— Beurk...

Après quoi je jetai un coup d'œil à l'étiquette collée à la va-vite sur la bouteille.

— Oh, excuse-moi, Durk... C'est pas trente-deux degrés, c'est cent-trente-deux...

Malheureusement, il était trop tard. En moins d'une minute, mon camarade perdit l'ensemble de ses cheveux ; sa peau se teinta d'un bleu fluorescent ; il devint fan inconditionnel de Patrick Bruel ; se mit à parler moldave. Par chance, je parlais moi-même ce dialecte couramment. Les mots qui suivent sont une retranscription traduite des dires qui furent les nôtres :

— Dis donc, Mulford... Comment peut-on produire un alcool de plus de cent degrés ?

— Je l'ignore. Sans doute une question de volonté.

— C'est fait avec quoi ?

— Avec une inconscience totale et un goût du suicide évident.

— Je voulais parler des ingrédients.

— On ne sait pas vraiment. D'après les dernières analyses, probablement du goudron et différents rongeurs, morts depuis longtemps.

— J'ai beau avoir le sens de la compète, je dois reconnaître que c'est du costaud. Tchernobyl à côté, c'est du lait premier âge. Tu connais le numéro du SAMU ?

— Non, mais j'ai prévenu ta femme qu'elle vérifie ton contrat d'assurance-vie.

— Ma future femme, on n'est pas encore mariés.

Ce qui n'empêchait par ladite de picoler, elle aussi, régulièrement, d'où le rapprochement initial avec Dirk. La promise cuitée avait déjà testé le risqué breuvage.

J'avais quand même certains doutes concernant cette liqueur. D'après mes recherches, le produit en question avait déjà causé cinquante-sept morts dans les quartiers ouest.

Alors, oh oui, je sais... Avec ces informations, l'on pourrait me reprocher d'avoir eu peu de scrupules vis-à-vis de l'intégrité physique de mon camarade. Mais il est vrai que, dans la vie, en général, peu de scrupules avais-je.

— Et sinon, toi, ça va, Durk ?

— Un verre de plus et je vote écolo.

— Dans ce cas, allez les verres !

Peu fier de cette dernière réplique trop entendue dans le milieu alcoolique, je resservis un godet à mon ami. Il faut dire que je lui devais une somme rondelette que j'espérais faire oublier par ce vil et peu avouable stratagème.

Cette fois, après les cheveux, c'est à ses dents que mon ami dut faire ses adieux.

— Mais dis-moi, Mulford, j'ai comme un doute... Tu es sûr qu'il ne faut pas un permis de port d'arme pour fabriquer un truc pareil ?

— C'est cent pour cent naturel ! Pourquoi tu demandes ça ?

— Parce que je vais mourir dans l'heure qui suit.

— C'est issu d'une recette traditionnelle normande. On s'en servait pour désherber les plates-bandes. Plus tard, au Vietnam, les Amerloques l'ont trouvé trop violent ; ils ont fini par le remplacer par un truc plus soft : le napalm.

— Il y aurait eu des plaintes ?

— À part Amnesty International, l'ONU et mon cousin Serge, non.

— Ça en fait, des connards...

— Surtout mon cousin Serge.

— Cette gnôle a sûrement été classée comme « arme de destruction massive ». On risque de se faire envahir par les Ricains...

— Je t'arrête tout de suite, Durk ! Ce que tu dis n'est que balivernes, paranoïa française, rien que des cancans.

— Le fameux french cancan... Mais au fait... Maintenant que ça me revient... Tu ne me devais pas du blé ?

— Tu sais quoi, Durk ? Tu devrais reboire un p'tit coup. Tu vas pas rester sur jambe. Jamais deux sans trois...

— Jamais ! Tu m'entends ? À moins que ce ne soit du bio…

— Ah non… Pas toi, Durk… Tu me déçois énormément. Si c'est pas malheureux… Un jeune que j'ai formé ! Un roi de la chopine, un cador de la descente… Quand on veut fréquenter l'élite, faut avoir l'ambition de ses moyens… ou l'inverse.

— Te fâche pas, Mulford. Je ne voulais pas te décevoir.

— Remarque… j'suis mal placé pour te faire la morale… Moi-même, j'ai toujours manqué d'ambition. Tiens, un exemple : au début de mes études, je voulais être inspecteur priseur…

— Commissaire priseur…

— Non non, Durk, inspecteur. C'est bien ce que je te dis : le manque d'ambition. C'est dommage… J'aurais pu être quelqu'un de différent, dans une autre vie…

— Rassure-toi. Tu l'es, dans l'eau de vie.

Décidément, il est des amitiés qui ne prennent que dans un ciment toujours humide. Qu'on laisse le socle durcir et aussitôt celui-ci s'effrite.

— Eh, c'est beau ce que tu dis là, Mulford. Tu devrais le noter pour plus tard.

— Ouais, Dirk, ouais… Alors pour garder les pieds humides, que dirais-tu de s'en envoyer un petit ? J'ai entendu dire que dans ce truc, y aurait un goût de pomme…

— Y en a. Pour ton premier, à la tienne, Mulford…

— C'est ça, Durk… Adieu.

Aussitôt, en mon for intérieur, je redevins catholique pratiquant et plongeai, après absorption du funeste digestif, dans des tourments physiques et mentaux dignes des plus grands tragédiens. Une fois de plus, l'alcool venait de me persuader d'être un génie.

Titre quelconque

Ce jour-là, j'en avais marre des dates, des clients et du palier de mon bureau. J'avais donc décidé de les ignorer. Ce que je fis d'autant plus facilement qu'en fait, je n'avais pas le moindre bureau, vu que je n'avais pas encore créé mon entreprise d'investigation. J'étais en effet très jeune, je débutais dans le métier. Fainéant comme pas deux, totalement inculte et dépourvu du moindre diplôme, j'aurais pu songer à une carrière d'agent artistique. Mais, allez savoir pourquoi, j'avais encore un peu de fierté. Un peu comme les jeunes de maintenant, je considérais que le bagage n'était rien – ce qui m'arrangeait puisque de bagage, je n'avais point –, que je pouvais rêver de toutes les carrières, parce que, bordel, c'était trop bien, que j'y avais droit et que sinon, ce serait trop injuste. Malheureusement, à l'époque, il n'y avait pas de tutoriel sur Internet, vu qu'il n'y avait pas d'Internet. Mais après avoir visionné plusieurs épisodes de séries policières et m'être exercé à quelques parties de *Cluedo*, je me sentais parfaitement apte à postuler à un poste d'enquêteur dans une boîte privée d'investigation, l'idée de me mettre à mon compte n'intervenant que bien plus tard.

Pour le poste en question, ne restaient que deux candidats, dont je faisais bien sûr partie sinon je ne vois pas pourquoi j'en parlerais présentement. Rendez-vous nous avait été donné dans une casse-automobile. Mon concurrent et moi-même étions à l'heure, nous nous présentâmes, après vérification de la phrase codée de chacun :

— « Assurément, ce n'est pas un grand jour pour la philatélie française. »

— « Et le séminariste espagnol danse la rumba à quatorze heures. »

— C'est vous ?

— C'est moi.

— Vous êtes bien le postulant 214 ?

— Non, 215. Le 214 n'a pas pu venir.

— Il a abandonné ?

— Oui. C'est la fête des mères, et sa mère à lui est très possessive. Et vous ?

— Je suis également très possessif, et... candidat donc. Mon nom est Constantin Pougnov. Mais vous pouvez m'appeler « Riri ».

— Mulford Sploodge, enchanté...

Nous nous serrâmes la main, avec dans l'œil des lueurs de respect et déjà de compétition.

— Sploodge... Ça me dit quelque chose... Vous n'avez pas été mis en examen pour vente de produits alimentaires avariés à une ONG ?

— Ce n'était pas moi ! Et puis... il y a eu non-lieu.

— Avez-vous apporté la première partie de l'assemblage identificateur ?

— Oui. Tenez, la voilà...

D'un geste sûr, je sortis la chose d'une poche intérieure. Il s'agissait d'un camembert. Mon concurrent me fit une désagréable remarque :

— Heureusement que notre rencontre n'a pas été décalée de deux semaines comme prévu initialement. Vous vous seriez fait remarquer...

— Épargnez-moi vos commentaires, Pougnov ! Et présentez-moi plutôt la seconde partie de l'identification.

— Bien.

D'un geste nettement moins sûr que le mien, Pougnov sortit une flûte traversière de sa poche, qu'il avait par conséquent très grande. Comme on me l'avait appris pendant ma formation, je plongeai l'instrument de musique dans le fromage, avec une fermeté déjà professionnelle.

— À présent que les deux parties de l'objet identificateur sont assemblées, le recruteur va pouvoir nous reconnaître. Il ne devrait plus tarder.

— Me voici.

Totalement surpris, Pougnov et moi nous tournâmes vers la dernière réplique. Un homme fort laid vêtu d'un costume des plus moches était là, à moins d'un mètre. Comment le recruteur avait-il pu nous rejoindre sans que nous nous en soyons aperçu ? Je l'ignore. Une seule chose était certaine : par ce seul geste, l'individu prouvait son sérieux. Je lui en fis la remarque :

— Déjà ! Vous avez fait vite.

— Je sais, elles me le disent toutes.

Aussitôt, Pougnov sourit obséquieusement au recruteur. Une telle flagornerie racoleuse me dégoûta au plus haut point. Et pour cause : les lèche-culs m'avaient toujours répugné. Je me présentai donc au sélectionneur avec plus de distance :

— Mulford Sploodge, monsieur. C'est un très grand honneur pour moi. Je puis même avouer ici que c'est le plus beau jour de ma vie. Je vous admire depuis tant d'années... Vous êtes d'une rare beauté, et votre costume est magnifique.

— Vous savez pourquoi nous sommes là, messieurs...

— Oui, c'est la dernière épreuve.

— Le cabinet de recrutement Porter Porter et Saari vous a convoqués pour un poste d'apprenti détective privé. Et également pour celui de toiletteur spécialisé caniches acariâtres, mais nous y reviendrons plus tard. Votre examen d'embauche a commencé voilà maintenant sept ans. Vous avez brillamment réussi nos épreuves de brainstorming, de consulting, de brushing…

— … de fly fucking…

— … Et bien d'autres encore, je sais, Sploodge ! Vous êtes les deux derniers candidats en lice. Mais, il ne nous faut qu'une seule recrue pour la région de Bar-sur-Aube. Or, nous n'avons pas pu vous départager. Vous allez donc le faire vous-même. Messieurs… Vous voyez ces deux revolvers ?

Une fois de plus, nous nous retournâmes. Le recruteur désignait deux puissants revolvers déposés sur une commode Louis XV. Comment avait-il pu installer à notre insu de telles armes sur un tel meuble ? Là encore, mystère. Décidément, cet homme était très fort.

— Ces revolvers sont chargés : vous allez vous en servir.

Bien entendu, les deux candidats que nous étions ne manquèrent pas de protester. Qu'étaient donc de telles pratiques de recrutement ?

— Vous n'allez pas nous demander de…

— … Nous voulons plus que des employés, plus que des enquêteurs ! Nous voulons des killers !

— Mais…

— … Pas de « mais », Sploodge ! Des résultats ! Je veux que l'un de vous deux me rapporte la peau de l'autre entre les dents ! Vous avez cinq minutes. Réglons nos montres : sept heures, à peu près.

Nous réglâmes nos montres sur sept heures à peu près. Puis le recruteur s'éloigna en riant sous cape.

Fichtre. À défaut d'être sous une belle couette, nous étions dans de beaux draps. Pougnov et moi, nous nous regardâmes, circonspects, tout en nous approchant subrepticement de la commode.

— Je suppose, Mulford, que vous serez d'accord avec moi… Nous n'allons pas nous résoudre à une telle vilenie…

— Ce serait nous abaisser au niveau de l'animal.

Aussitôt, j'indiquai à mon concurrent un objet dans le ciel :

— Faites attention, Pougnov, là-haut, un camion !

Profitant qu'il se retourna, je saisis une des armes et tirai dans le dos de mon adversaire. Il est des fois où la chevalerie doit faire place au pragmatisme. Malheureusement, une myopie et un début de Parkinson firent que je ratai ma cible. Pougnov en profita pour contre-attaquer. Mais peu créatif, il se contenta de m'imiter grossièrement :

— Non, c'est vous, Sploodge : attention au camion !

Heureusement, je n'étais pas dupe.

— On n'apprend pas à un vieux radiologue à chanter la *Traviata*…

Tout à coup, à quelques centimètres de moi, un camion tombé du ciel s'effondra au sol. Assurément, les pouvoirs parapsychiques de mon rival étaient bien plus puissants que les miens. Au bord de l'abandon, à défaut d'éponge, j'étais prêt à jeter la serviette. Mon challenger s'en aperçut et s'en amusa :

— Décidément, t'es pas sorti de la cuisse à Ben Hur, Sploodge…

Mon adversaire saisit le second revolver et me menaça :

— Je crois que tu vas avoir droit à une jolie petite collection de plombages, et ça, sans passer chez le dentiste…

— Allons, Pougnov ! Vous n'allez pas m'occire…

— Ah non ? Et avec ce que j'ai en main, d'après toi, qu'est-ce que je vais faire ? La vaisselle ? Tu ne sentirais pas tout à coup comme une nouvelle odeur émanant de ton corps ?

— Non. Quelle odeur ?

— Celle de la pierre tombale.

Heureusement, un second camion chuta en provenance des cieux, à quelques centimètres cette fois de mon rival. Décidément, c'était la saison des camions, la journée idéale pour s'instruire des lois de la gravité. Pougnov évita le véhicule de peu. Après flip, double axel et salto avant, il se redressa et me pointa de nouveau. Par chance et surtout clairvoyance, c'est à ce moment précis que mon beau-frère se décida à intervenir. Préméditant un équilibre des forces en ma défaveur, j'avais en effet demandé à Alfred de se planquer quelque part avec un fusil, en prévision, ce qu'il avait fait. Intelligemment déguisé en tractopelle, le mari de ma sœur venait de tirer une douzaine de balles dans la tête de mon concurrent, réduisant ainsi cette dernière à l'état de gaspacho. Pour un astigmate pacifiste, un tel tir à quatre-cents mètres relevait de l'exploit. Mon opposant gisant dans son propre sang, le recruteur fut contraint de réapparaître.

— Ah, vous voilà, monsieur… Vous n'avez qu'à constater : j'ai gagné. Vous ai-je déjà dit que je vous trouve très intelligent ?

— Oui, Sploodge. De nombreuses fois. Par mails, courriers ou autres moyens, accompagnés de cadeaux divers, chèques, boîtes de chocolats ou alcools dispendieux.

— Vous le méritez tellement…

— Malheureusement, je viens d'apprendre une bien mauvaise nouvelle, en tout cas pour vous. Le poste n'est plus disponible. Je suis désolé.

— Comment !?

— Eh oui. L'entreprise déménage au Pakistan. Pour les impôts, c'est plus simple.

— Mais, je peux la suivre là-bas.

— Je crains que cela ne soit guère nécessaire. C'est monsieur qui a été recruté…

À l'instar de ma veste, une fois encore, je me retournai. Un jeune homme ultra-sexy finissait de reboutonner sa chemise. Une telle incurie me scandalisa.

— Mais... Ce n'est pas possible... A-t-il au moins passé tous les examens ?

— Il en a passé d'autres. Il s'en est sorti, et haut la main...

— Alors taisez-vous ! Et haut les mains !

Je pointai les deux hommes avec mon arme.

— Mon pauvre Sploodge... Votre dépit et ce goût pour le calembour de piètre qualité me déçoivent énormément...

C'était le mot de trop. Il n'en fallut pas plus pour que je me décide à flinguer ce recruteur bien trop injuste selon moi. Il s'écroula mollement, dans la mesure du possible et une flaque d'eau. Dubitatif, mon beau et nouveau concurrent, qui avait fini de reboutonner sa chemise, s'approcha de moi et commença à s'expliquer :

— Je... Je ne sais pas qui vous êtes, mais vous me plaisez... Vous savez, ce type, je le connaissais à peine. Le monde de la mode est très dur. Être un jeune mannequin, c'est pas facile...

— N'ayez crainte. Vous avez de la chance. Dans la vie, j'ai deux principes. Le premier est de ne jamais tirer sur de jeunes mannequins...

— Et le deuxième ?

— Le deuxième, c'est de mentir.

Et je vidai mon chargeur sur le jeune et séduisant chômeur, qui s'écroula en replaçant une mèche rebelle. Dix secondes après, mon beau-frère Alfred me rejoignit en compagnie d'un jeune type, plutôt baraqué et déjà dégarni.

— Joli tir, Alfred, merci. Mais c'est qui, ce mec ?

— Lui ? C'est ton futur éditeur.

— Comment ça, futur éditeur ?

— Ça va peut-être te paraître bizarre, mais figure-toi que dans plusieurs dizaines d'années, tu vas publier tes aventures sous formes de nouvelles, dans un bouquin. Très certainement drôlatique et passionnant.

— Un bouquin ? C'est complètement naze, comme idée.

— Ça pourrait peut-être rapporter un peu. Enfin surtout à lui…

— À lui ? Dans ce cas…

Et je flinguai mon éditeur promis, hypothéquant ainsi un brillant avenir d'auteur. Rien à foutre. Aussitôt, Alfred saisit sa guitare électrique et entama *Anarchy in the UK* des Sex Pistols.

Fuck tout le monde et no future !

L'enquête antillaise

22 avril 2017. Les clients ne se bousculaient pas à la porte de mon bureau… Mais cela n'avait pas beaucoup d'importance : je n'étais pas à mon bureau. Ma nouvelle cliente m'avait donné rendez-vous dans un parc du centre-ville. Le parc Inson était connu pour faire trembler quiconque le visitait. Il était par conséquent quasiment impossible d'y boire un café sans tacher sa chemise. Il ne faisait pas chaud ce matin-là, et, quitte à paraître provocateur, j'irais même jusqu'à dire qu'il faisait froid. C'est alors qu'une inconnue fit son apparition.

— Bonjour, monsieur Sploodge. Dites donc… Il ne fait pas chaud.

— C'est ce que j'étais en train de dire. Mais dites-moi… Je ne vous connais pas.

— Pour une inconnue, c'est normal.

— Pas faux. Vous êtes ma cliente ?

— Oui. J'en suis toute tremblante.

— C'est le parc qui veut ça. Vous souvenez-vous du pourquoi de notre rendez-vous ?

— Je n'ai aucun mérite : je viens de relire le dossier que je vous ai procuré.

— De quoi s'agit-il ? Meurtre ? Adultère ? Si c'est pour découvrir des endroits insolites où une sexualité débridée sait donner libre cours à ses penchants, je puis vous indiquer…

— … Il ne s'agit pas de cela, détective. Je vous ai fait venir pour une disparition.

— Ah, ne m'en parlez pas… Tout disparaît de nos jours… Les valeurs familiales, une certaine notion de la France, la plupart de mes principes moraux…

— Nous n'irons pas jusque-là. Je suis venue vous demander d'enquêter sur la disparition de mon patron.

— Je comprends. Vous faites de la couture, et sans votre patron, vous êtes paumée.

— Euh… non. C'est ma boîte qui m'a confiée cette tâche.

— Votre patron est une tache ?

— Je ne me prononcerai pas là-dessus. Il s'agit de mon employeur, mon boss… Un certain Hugo.

— Victor ?

— Non. Élan.

— Comme le grand cervidé canadien ?

— Non. Comme l'oiseau. Hugo Élan.

— Je vois… Vous travaillez certainement pour Mouette et Chandon…

Sans que je sache vraiment pourquoi, mon interlocutrice et cliente plongea aussitôt dans une hystérie des plus effrayantes :

— Mais cessez ! Cessez, Mulford ! Ne voyez-vous pas l'ineptie totale que constituent de tels propos !? Inconscient que vous êtes… Votre lamentable tentative humoristique concernant une mouette ne saurait excuser l'évident je-m'en-foutisme qui vous caractérise. À aucun moment, vous entendez, à aucun moment, un volatile marin ne saurait être l'objet d'une quelconque galéjade !

— Alors peut-être travaillez-vous pour… Canard-Duchêne…

— Cessez, vous dis-je !

— Si vous voulez. Votre patron vous a-t-il laissé un mot, une lettre quelconque ?

— En effet. Tenez, la voici…

Je pris la lettre que l'on me tendait et commençai à lire :

— « J'avais envie de laisser un mot, alors voilà, c'est fait. H.É. » Que peuvent bien vouloir dire ces deux lettres « H.É. » ? « Helvète Émasculé » ? « Hardi Échangiste » ?

— Je crois plutôt qu'il s'agit des initiales de mon boss : Hugo Élan.

Désireux de rectifier mon image et surtout le sérieux qui sied tant à tout détective qui se respecte, je passai un quart d'heure à noyer la truite, et le poisson en général. Après quoi, la légendaire habileté qui me caractérise sut diriger la conversation sur des chemins plus détendus, quoique toujours professionnels. Ma cliente sortit un briquet de sa poche.

— Dites-moi, Mulford… Vous fumez ?

— Uniquement du jambon, les jours de fête.

— Ah, vraiment… Vous êtes impayable…

— Et pourtant, vous allez me payer !

— Ha, ha ! Je ris ! Vous me faites rire, Mulford.

— C'est ce qu'elles me disent toutes, quand je me déshabille… Mais revenons à votre patron…

— Oh, vous savez… Pour lui, je n'ai pas plus d'importance qu'une verrue plantaire.

— Il a tort. Personnellement, j'adore les verrues plantaires. Des infos le concernant ?

— Il ne se déplace jamais sans son lévrier, la coupe en brosse et plusieurs tatouages.

— Une coupe en brosse et des tatouages, pour un lévrier, ce n'est pas courant… Depuis quand a-t-il disparu ?

— Trois semaines. Il est parti en Martinique…

— Ah, la Martinique… Je connais ! Les ti-punchs, le zouk… Pas très courageux mais bons en sport…

Tout à coup, le regard de mon interlocutrice se figea. À n'en pas douter, ma culture, ma connaissance des Antilles venait de la subjuguer.

— Euh... En fait, monsieur Sploodge... Mon boss est parti en Martinique pour négocier un contrat avec une entreprise locale de charcuterie sur le point de se faire racheter par un de nos concurrents, Crémieux.

— Crémieux ? Tiens tiens... Ils font des produits excellents.

— C'est ce qu'il paraît.

— Ils veulent certainement diversifier leur production en rachetant une usine de boudin antillais.

— C'est probable.

— Un autre indice ?

— Oui. Le CAC 40.

— Hmm ! Tout s'éclaire...

Et effectivement, tout s'éclairait. Il devenait évident pour moi que je devais enquêter du côté de Budapest. Pourquoi ? Je ne sais pas. En tout cas, c'était évident. Ce qui est à la fois étrange et révoltant, c'est que trois jours plus tard, j'avais résolu l'enquête. Mystère du cosmos ? Allez savoir... Nous y allâmes, et nous en revînmes, sans plus de réponse.

Ma cliente m'avait donné rendez-vous au club *Deux heures après*. Comme je ne connaissais pas cet établissement, je décidai de l'attendre plutôt dans mon club à moi. Deux heures après, ma cliente était là. Elle avait abandonné son chignon, sa jupe plissée et son carré Hermès pour du cuir, des tatouages et une tignasse rouge. Eh oui... Je fais cet effet-là aux femmes.

— Vous devriez vous asseoir, car ce que j'ai à vous apprendre risque de vous secouer.

— Je vote pour *Les Républicains,* Mulford. Je suis donc déjà parfaitement secouée. Puis-je m'asseoir ?

— Si c'est sur mes principes, certainement pas. Sinon, vous avez une chaise, ici.

Un bruit étrange se fit entendre. Plus certainement dû au cuir qu'aux tatouages. J'enchaînai :

— J'ai deux nouvelles : une mauvaise et une mauvaise.

— Commencez donc par la mauvaise.

— J'ai retrouvé votre patron. Il était effectivement parti chercher du boudin antillais. Mais pas celui que l'on subodorait. En fait, il a quitté sa femme pour rejoindre sa maîtresse : une martiniquaise particulièrement laide.

Je sortis une photo de mon tiroir droit et la tendis de la main gauche.

— J'espère que mon patron se montrera moins odieux avec elle que vous, Mulford... Visiblement, je n'ai pas compris son dernier message. Sa langue aura fourché.

— D'après mes renseignements, pas que sa langue.

— Le traître ! M'abandonner ainsi... Moi qui l'ai toujours traité comme mon propre père...

— Vous avez vendu ses organes ?

— Quoi ? Mais qu'est-ce que vous racontez, Mulford ?

— Non, rien...

— Quelle est la mauvaise nouvelle ?

— Les frères de la maîtresse de votre patron étaient sept, tous adeptes du *fist-fucking,* et ils ont cru bon de me faire comprendre leur vision des choses.

— Quelle abnégation, monsieur Sploodge...

— C'est le métier qui rentre.

— Vous êtes plus que méritant.

— Ce n'est pas faux. Aussi vous demanderai-je un petit supplément pour cette mise en train.

— Je n'ai pas le moindre sou...

— … Dans ce cas, parle à mon cul !

— C'est peu élégant, ce que vous venez de dire.

— Et je le regrette. Surtout que ce n'est certainement pas une bonne idée.

— De s'adresser à votre postérieur ? Pourquoi ?

— Parce qu'avec ce que les Martiniquais m'ont fait, il risque d'y avoir de l'écho…

Après deux heures de sidération totale devant la colossale finesse de ma dernière réplique, ma cliente finit par émettre une protestation :

— Ah non, Mulford, non… Rien ne vous oblige à cela. Je sais que cela va être un peu difficile à assimiler pour vous, mais… les allusions salaces, c'est fini. Ça lasse. Et c'est d'un autre temps.

— Damned…

— Comme vous l'affirme depuis des mois votre éditrice d'origine albanaise, il est parfaitement possible de faire rire sans sexe, sans politique, sans religion, sans lourdeur, sans scatologie et sans agressivité envers qui que ce soit.

— Ah bon ? Vous avez un exemple ?

— Euh… Ça me viendra plus tard. Mais n'ayez crainte. Comme je viens de vous l'expliquer, votre généreuse éditrice a su vous comprendre. Aussi a-t-elle engagé une équipe de cinquante *gagmen* payés pour vous soutenir dans votre écriture. Pour ce qui est de… de l'humour.

— D'accord… Mais elle les paie comment ? Avec une part de mes droits ?

— Votre maison d'édition est pingre, mais pas à ce point-là. Ces gagmen ont des familles à nourrir. Ils recevront un paquet de Palmito.

— Ah oui ? C'est pas…

— … Chacun !

— Ah, d'accord…

— Seulement voilà… Certains sont en grève…

— J'en ai entendu parler.

— … d'autres sont fainéants, et d'autres encore se sont suicidés.

Aussitôt, l'angoisse me noua la gorge.

— Je vous comprends, Mulford, il y a de quoi. Car ainsi vous n'aurez pas de chute désopilante pour cet épisode. C'est bien triste. Vous n'aviez pas habitué vos lecteurs à cela.

— Mais… Je sais faire des claquettes si vous voulez !

— Certes. Mais, comment vous dire, Mulford… Voyez-vous, les claquettes, par écrit, c'est pas…

Le soir même, parfaitement affolé, Mulford Sploodge tentait de fuir au volant de sa voiture. Ayant enfin compris ce que l'Oncle T avait réservé pour lui, il appuya sur l'accélérateur. Ce qu'il ignorait, c'est que déjà, le tonton le suivait dans sa berline.

L'Alexandrophagie (version courte)

6 de septiembre 2021. Les muchachos ne se bousculaient pas à la porte de mon hacienda. Je repensais une fois de plus à une précédente enquête : « Quelle connerie, cette Colombie... Je te balancerais une bombe atomique sur tout ça, ça traînerait pas avec moi... », me disais-je. En effet, mon déterminisme politique était en proie à certaines influences. Bien qu'éduqué dans l'amour de la *Nouvelle Vague,* je préférais les films de Stallone, Van Damme ou Chuck Norris. L'enquête dite de la « Belle Colombe » avait laissé des traces. Des traces de cervelle appartenant à *La Machette,* mais aussi au niveau des autorités colombiennes. À tel point que je fus convoqué à leur ambassade. L'ambassadeur dont les réceptions étaient réputées me reçut dans son bureau, devant la porte duquel peu de personnes se bousculaient. Le diplomate était en colère. Il faut dire que *La Machette* était son cousin, d'où son surnom similaire quoique moins viril de *Petite Cuillère.* Rapidement, il m'exposa ce qu'il pensait de l'enquête qui avait été la mienne. Je propose ici une traduction honnête de ses dires, dont je laisserai trace originale pour les plus polyglottes, non pas en italien mais en italique.

— *Una gran mierda !*

Comme on pouvait s'y attendre, monsieur l'ambassadeur venait de confirmer que mon enquête représentait, pour lui, le summum de la qualité en matière d'investigation. Une démarche exemplaire d'une finesse exquise.

— *Una gran gran mierda !*

... Non seulement passionnante de par sa volonté intellectuelle...

— *Muy gran gran gran mierda !*

... mais aussi révolutionnaire de par sa forme.

— *El cliente la tiene en el culo !*

— *En el culo ?*

— *Sí, dos veces...*

Par une double interpénétration de la démarche...

— *Un escándalo tipico !*

... Mulford Sploodge est parvenu à une sorte de transcendance des apparences dans un non-dit superfétatoire.

— *Para las idiotas y los cretinos.*

Pour un lecteur averti. Le tout, bien sûr, dans le cadre d'une orientation à la fois matinale et oblique.

— *Una extraordinaria sodomización...*

Voilà ce que permet le libéralisme !

— *Hijo de puta, cabrón, bastardo...*

En partenariat avec le MEDEF...

— *También... Tapas y flamenco...*

Monsieur l'ambassadeur en profita ensuite pour remercier le Boudin Crémieux...

— *Y viva la revolución !*

... après avoir félicité le Président Macron.

De retour dans mon bureau une heure plus tard, j'étais épuisé. Je m'envoyai un whisky à la fois hors d'âge et hors de prix. L'article que j'avais lu dans le métro avait fini d'anéantir mon moral. Une nouvelle histoire de troubles politiques entre deux pays du Caucase. Une fois encore, je songeai à une solution atomique pour régler le problème. Une solution simple ayant le mérite de l'efficacité, un peu comme la gégène ou la castration à vif. Heureusement, ce fut le moment que choisit ma fidèle secrétaire pour intervenir. Connaissant son patron, elle savait ce qu'il convenait de faire pour le divertir. Déboulant dans mon bureau un bandeau rouge sur le front, elle effectua différents mouvement d'arts martiaux, puis roula trois fois sur elle-même. Je m'étonnai :

— Euh... Dites-moi, Fabienne... Il vous arrive souvent d'en faire des tonnes comme ça ?

— Surtout depuis que je vous connais.

— Montrez-moi votre nuque. J'ai l'impression que vous avez une idée derrière la tête.

— On peut pas vraiment dire ça...

— Ben si, c'est ce que je viens de faire. C'est pour quoi ?

— J'ai fait ce que vous m'avez demandé, patron : j'ai passé un coup de fil anonyme à la police pour dénoncer ce collègue à qui vous deviez de l'argent. Et sinon... mon imprimante est en panne.

— Quoi ? Je vous ai pourtant fourni du matériel dernier cri.

— HAAAAAA !!!

— Qu'est-ce que c'est ça ?

— C'était le dernier cri. D'ailleurs, à ce propos... C'était quoi, ces hurlements, tout à l'heure ?

— Voyons, Fabienne... Vous connaissez mes problèmes de constipation...

— Oui. J'en parlais encore hier à mon psy. Ils me traumatisent depuis des mois. Mais ils ne justifient pas que vous picoliez à ce point...

— Mais je ne bois pratiquement pas !

— Ah oui ? Alors, le cubi de rouge, le pack de bière et les douze bouteilles d'alcool fort qui se trouvent dans votre frigo, vous appelez ça comment ?

— De la tranquillité d'esprit. Arrêtez de me taquiner, je suis pressé. J'ai rendez-vous à mon club de poésie dans un quart d'heure.

— Je vous rappelle, patron, que la dernière fois que vous avez lu un de vos poèmes, les membres du club ont vomi et deux se sont pendus.

— Le poète est toujours incompris. Quel est le prochain client ?

—Il y en a deux, en fait : un certain Donald Trompe et un incertain Mickey Rourke.

— Envoyez-moi plutôt Mickey.

— Faudrait savoir… Je vous envoie Pluto ou Mickey ?

Dix secondes plus tard, Donald Trompe était assis devant moi. Comme je venais de l'expliquer à ma secrétaire, j'étais pressé. Je comptais donc bien expédier l'entretien au plus vite.

— Bien ! Bonjour, monsieur Trompe. Alors, que puis-je faire pour vous ? Ne me dites rien, je sais : vous êtes venu pour me demander de surveiller votre épouse. Vous êtes inquiet, je sais. Donnez-moi votre poignet que je prenne votre pouls… Allez, viens Poul Poul viens Poul Poul viens…

Après un regard à ma montre, je confirmai :

— Ah ! C'est bien ce qu'il me semblait : il est onze heures et quart ! Voici pour vous… Trois ampoules de tribakzote minérale en suppositoire, à prendre avec un verre d'eau. J'en ai toujours pour mes clients. Je me charge de tout, inutile de m'expliquer quoi que ce soit, je peux vous garantir que votre affaire sera réglée d'ici à une semaine. Voilà ! Ça fait cinq cents euros.

C'est seulement alors que mon nouveau client s'exprima. D'une façon étrange :

— Ah, une telle somme, je vous donnerai
Mais c'est une autre affaire que j'évoquerai.
Mulford, je souffre d'un mal ô combien étrange,
Puisqu'à présent, un nouveau phrasé me dérange.

J'étais stupéfait, stupéfié, et même plein d'une stupéfaction stupéfiante.

— Ah oui ? En effet… C'est bizarre. Excusez-moi si je suis un peu perplexe. Expliquez-moi ça…

— Douze pieds et une belle rime en finale :
Voilà la maladie de l'expression orale.
Je ne puis plus parler et tel est mon destin
Qu'en utilisant de piètres alexandrins.

— Ah oui ? Ben voyons… N'importe quoi… Et moi, j'suis Penélope Cruz.

— Alors écoutez-moi, mademoiselle Cruz !
Vous pourrez frapper, faire saigner ma chair rose
Que je ne pourrais débiter la moindre prose !

— C'est parfaitement incroyable. Vous êtes allé voir un spécialiste ? Et d'abord, où avez-vous attrapé ça ?

— Dieu, tout était normal au départ de Paris.
Mais tout se troubla au-dessus d'Alexandrie.

— Chez les Égyptiens ? Ça m'étonne pas. Je leur balancerais la bombe, moi… Vous verriez, y feraient tous un peu moins les malins…

Je crus déceler une certaine désapprobation dans le regard de mon interlocuteur. Sans doute était-il peu enclin aux solutions simples. Je poursuivis mon interrogatoire :

— Mais dites-moi, Trompe, par quel étrange phénomène cela vous est-il arrivé ?

— Au bar de l'aéroport, dès mon arrivée,
Je me suis aperçu de cette étrangeté.
De cette maladie, j'ignore les raisons
Mais cela a changé ma communication.

— Mais alors, de votre maladie, quels sont les premiers symptômes ?

— L'inversion poétique au sein même d'un vers
Marqua donc le début de cette étrange affaire.
D'ailleurs, vous venez céans de l'utiliser.
De cette tendance, il faudrait vous protéger…

— Mais pour un débile, vous me prenez ! Aucune inversion je n'ai pratiquée…

C'est alors que je compris. Insidieusement, un changement s'opérait en moi. À l'instar de celui de mon client, mon phrasé se transformait.

— Mais bordel ! Vous avez raison ! Et nom de Dieu de bon Dieu, je me demande si ça ne serait pas contagieux…

— Bel ami enquêteur, je dois vous prévenir
Qu'à présent, la rime vous venez d'acquérir.
Il ne vous reste plus que la dernière étape :
Des pieds par douzaines pour rimer comme un Pape !

— Ah mon Dieu, je ne puis croire à mon désarroi…

Ça y est, nous y étions. Là était l'instant fatal où la maladie se faisait totale. Parfaitement dépité, je fus contraint de compter les pieds de mes phrases. Le constat était évident :

— Mais il est vrai que douze syllabes j'emploie !

C'en était fait. À présent, j'étais moi-même malade. Ce vil et peu prudent client venait de me contaminer. Grande fut ma colère.

— Ah, Trompe, j'enrage ! Car vous m'avez foutu
Avec ce récit dans une merde absolue !

— Allons, tout espoir n'est peut-être pas perdu…

— Vous me faites rire, espèce de trou du cul.
Vous pouvez dire n'importe quoi, pauvre andouille
Tout ce que je sais, c'est que je m'en bats les…

— … Ouille !
Ne vous énervez pas, Mulford, ce n'est pas bien.

Votre courroux, ce dépit, ne riment à rien.

Moralement anéanti par la néfaste contagion, je ne pouvais que m'en prendre à celui qui en était la cause. Je le menaçai de mon poing.

— Donald, vous allez vous en prendre un !
— … Quoi ? Comment ?
— C'est sûr !
— … Vous raillez…
— … Oh que non !
— … C'est emmerdant.
— Sombre paltoquet, jean-foutre, pendard, coquin,
Maraud, chenapan, bouffon, fanfaron, faquin !
— Vous n'avez oublié là et avec raison
Que le plus léger de nos gros mots : petit con !

— J'aurais dû me méfier. Votre simple nom de famille était un indice : vous étiez soit un éléphant, soit un menteur. J'commence à en avoir marre de vous !

— Comment ? Qu'entends-je ? Qu'esgourge ? Qu'ourge ?
Concombre ?
Vous venez de parler sans rime et sans encombre.
De la maladie, êtes-vous déjà guéri ?
Un si charmant espoir vous serait-il permis ?
— La Vache ! Délirant et trop cool ce serait,
Si de l'Alexandrophagie, je reve… nais !

Aussitôt, je m'interrompis. Ayant de nouveau compté les pieds, je comprenais. La joie n'avait été que de très courte durée. Une rémission bien brève pour une rechute probablement définitive cette fois, dans les tourments de la maladie alexandrine. Je m'effondrai en plaintes déchirantes :

— Ah, c'est fait, c'est cuit, je ne puis plus rien y faire…
Oui, j'en ai jusqu'au cou, je l'ai dans le derrière.
— Ça, tu peux le dire, tu l'as dans l'os, pépère.
— Nous voilà en quarantaine, quelle galère…

— Mais quel remède imaginer contre ce mal ?
— La charcuterie me semblerait idéale.
— Je vois venir : vous allez encore caser
Une plaisanterie ô combien éculée.
— Je ne puis plus tenir, il faut que je le fasse
Car de ce lourd sponsor, jamais je ne me lasse.
Je sens, Donald, qu'à ma bouche à grands pas il vient.
Je vais le faire, je fais : je veux du boudin !
— Il vous faut sans doute ce que l'on fait de mieux.
Les bons produits des laboratoires Crémieux.
C'est moi le client mais c'est moi qui vous conseille.
Troulala itou tagada tsoin tsoin, oseille !

Qu'était-ce que cela ? Que l'on s'exprimât en alexandrins passait encore, mais que l'on racontât n'importe quoi, non !

— Donald ! Vous trichez. Vous forcez l'alexandrin !
— Oui, je compose pour arriver à mes fins.
La rime est mauvaise mais tous les pieds y sont ;
Ici, je suis venu pour une autre raison…

Subrepticement, mon client commença à se rapprocher de moi. Sa voix se fit chaude, son ton langoureux et son regard cajoleur. Je compris rapidement qu'il ne cherchait pas à guérir, à retrouver une élocution ordinaire. Sa visite n'était que prétexte. Enfin libéré, il poursuivit ses explications :

— En effet, ce qui me gêne n'est pas la rime.
Elle aide à t'avouer la passion qui m'anime.
— Mon Dieu, je m'interroge et ne vous comprends pas…
— Me faudra-t-il te faire un dessin, gros bêta ?
C'est Mulford que je viens voir et non l'enquêteur.
Il faut que tu me prennes ou il faut que je meure !
— Que je te prenne ?
— … Aux mots ! Tel que je suis, entier.
— De ta libido me voilà donc informé…

Après quelques secondes d'émotion, Trompe baissa la tête et versa une petite larme. Puis, d'un geste délicat, il fit tomber de mon bureau un objet que je ne reconnus pas tout de suite.

— Tiens, Mulford… Tes clefs sont tombées, ramasse-les.

— Non ! J'en ai un double dans la pièce à côté.

— Je t'en prie, dis « oui » à ma si prude demande
Ou penche-toi, fier et généreux, en offrande…

— Personne ici n'abusera de Mulford Sploodge !

Voilà. Je venais de comprendre qu'alexandrin n'est pas toujours synonyme de poésie. Et c'est donc ainsi que se conclut cette aventure. Je ne pouvais en effet poursuivre, parce qu'en français, les rimes en *oudge*…

Comme un parfum de mystère

28 brumaire 1427. La clientèle ne se pressait guère au portillon de ma permanence. J'étais occupé à résoudre un Sudoku de force 8 lorsqu'un homme sentant excessivement mauvais fit son entrée.

— Bonjour, monsieur Sploodge.

— POUAH ! Ne me dites rien... Vous êtes à la recherche de votre déodorant ?

— Qu'est-ce qui vous fait dire ça ?

— Je suis détective, mon cher : j'ai du nez. Et croyez-moi, y a des jours où je le regrette !

— Je ne vois vraiment pas pourquoi vous osez débiter une telle ineptie.

— Ne le prenez pas mal, mais je vais devoir retirer mes chaussures pour masquer l'odeur.

Je m'exécutai, bien que mes chaussettes n'aient pas vu le jour depuis des semaines. Elles commençaient à se recouvrir d'un duvet verdâtre ; certains petits insectes gambadaient entre mes doigts de pieds. Mais, en comparaison de celle de mon visiteur du jour, la fragrance de mes orteils n'était que printanier effluve. Afin de poursuivre la conversation, je sortis une pince à linge d'un tiroir et la plaçai sur mon nez. La technologie venait de venir à mon secours, au détriment de ma voix, dont le ridicule s'aggrava de deux degrés. Indisposé mais plein de mansuétude, j'interrogeai :

— Quel est donc votre problème, monsieur ? Quoique je m'en doute un peu…

— Voyez-vous, Sploodge, je ne me sens pas bien.

— Vous avez de la chance. Je ne sais pas comment vous faites. Moi, je vous sens trop bien !

— Je suis venu vous voir, car j'ai un gros problème. Ma femme m'a quitté, et j'aimerais la retrouver.

— Est-ce réellement un service à lui rendre ?

— Je l'aime. Là est ma faiblesse.

— Vous aviez senti venir le coup ?

— Je n'ai rien vu venir, et je ne l'ai pas entendue partir.

— Décidément, cette affaire a peu de sens…

— Alors, Sploodge ? Que vous dit votre fameux nez creux de détective ?

— En ce moment, il aurait surtout envie de se barrer immédiatement. Fuir cette pièce afin de retrouver un peu d'oxygène.

— Mais encore ?

— Si je ne me fiais qu'à mon nez, je dirais que nous sommes dans la merde. Mais mon cerveau bionique est insensible à ces émanations. Je pense pouvoir résoudre cette enquête facilement. Laissez-moi juste le temps de boire un gin et d'enfiler mon scotch.

Après une désinfection radioactive et antibactérienne de mon bureau, j'avais résolu l'enquête. Malheureusement, ma pourtant fidèle pince à linge avait fui. Elle venait de rejoindre certaines de ses copines à l'air libre. En entrant dans mon bureau, ma courageuse secrétaire Layla s'était évanouie. Mais elle était cependant parvenue à me tendre le masque à gaz que je gardais en réserve depuis ma première rencontre avec un critique littéraire.

— Monsieur Putois, j'ai une mauvaise nouvelle à vous annoncer.

— Mettez-moi au parfum...

— Vous n'êtes pas près de retrouver votre odorat : il est parti.

— Où ça ?

— Il a pris une destination au pif.

— Le salaud !

— Ne vous plaignez pas, votre odorat a du goût. Il aurait pu s'engager dans la narine. Par contre, je vais devoir ouvrir la fenêtre.

— Pourquoi ?

— Ce sont les nouvelles normes des Ministères de la Culture et de l'Écologie réunis. Les pages où a été imprimée cette merveilleuse enquête cocotent un maximum, un vrai poulailler. Ça devient insupportable. Le courrier des lecteurs vient une fois de plus de se plaindre. On est en train d'en perdre.

Mais il était trop tard ! L'Oncle T faisait déjà son apparition dans le bureau du détective assermenté quoiqu'assez remonté. Il pointa son 44 Magnum choco/vanille sur une cible : la tête de Mulford Sploodge...

Enfin la gloire !

Il devait y avoir comme une date, et pas vraiment de clients à la porte de mon bureau. Karl Guacamole, l'avocat que j'avais rencontré durant l'affaire dite du « Barbu Louche » était devenu le mien. Mon avocat, pas mon barbu. Depuis, l'homme de loi ne s'adressait à moi que de façon détournée, en effacement, tout en sous-texte :

— Alors, face de rat… toujours aussi con ?

Manifestement, sa façon de parler venait de changer. Pour la lui faire oublier en même temps que mes dettes, je lui payai un verre… que je déduirai par la suite de mes impôts. Détendu, il me conta une des affaires qui l'avaient rendu célèbre :

— … Et c'est seulement après que j'ai vu mon cousin Steve mourir.

— Mourir ? Quel drôle de nom…

— Non, Mulford, je veux dire que mon cousin… laissez tomber.

— Mais dites-moi, Karl… Vous avez toujours été homme de loi ?

— Non, avant j'étais chirurgien dentiste.

— Faudrait savoir ! Vous étiez chirurgien ou dentiste ?

— Je découpais des Rosbifs…

— Vous étiez boucher ?

— Chirurgien, je vous dis, en Angleterre. Ensuite, je suis rentré à Strasbourg. Je vous ai déjà dit que j'étais alsacien ?

— Ça vous passera… Et vous avez toujours voulu…

— … devenir avocat ? Oui.

— Une telle abnégation à vouloir se faire Maître, c'est beau. Surtout au Mexique.

— Bon. Et si on se mettait au travail, Sploodge ? C'est qu'on a du bois qui nous attend, et principalement du bouleau.

J'avais convié mon nouvel avocat afin d'étudier ensemble une proposition que l'on venait de me faire :

— Raconter mes aventures dans de petites histoires ?

— En effet, Mulford. Une sorte de chronique. C'est une proposition des éditions Rame Sec : une bande de jeunes drogués dont les goûts littéraires donnent souvent dans le n'importe quoi.

— Pourquoi devrais-je autoriser cela ?

— Nous pourrions entrevoir quelques nouveaux profits…

— Ça se passerait comment ?

— Au début, pas très bien. Ni après d'ailleurs… Vous toucheriez un pour cent brut sur le prix de vente, et moi cinq.

— Et le reste ?

— Vaut mieux pas savoir.

— Et techniquement ?

— Je vais signer un contrat avec eux et vous un autre avec moi. Nous trouverons bien un auteur pour écrire ces histoires ; c'est pas les crève-la-faim qui manquent. Il suffira de déposer l'œuvre à la SACD, à la SACEM, à la SDRM, la SCAM, l'INPI et chez moi. Pour Rame Sec, il suffira de signer quatre-vingt-sept exemplaires du contrat, dont vingt-trois sur papier rouge vermillon et dix-sept en blanc ou blanc cassé, un mardi vers dix-sept heures, à cloche pied et devant un huissier dont le deuxième prénom commence par un « R ». Rien de compliqué…

— C'est ça… Et mon cul, c'est du poulet ?

— À vrai dire, ça pourrait être bien des choses. Ne soyez pas restrictif, Mulford. Un peu d'imagination, que diable !

— Si vous le dites… Et ce dossier dans vos mains… C'est la proposition de l'éditeur ?

— Non. Il s'agit là des recommandations envoyées par le Ministère de la Culture pour ce qui devrait s'intituler *Les Enquêtes improbables de Mulford Sploodge.*

Comment ça ? Fichtre ! Mes aventures allaient à peine être contées dans un livre que déjà elles étaient censurées, sujettes à restrictions et changements ? Guacamole développa :

— Je sais bien, Mulford, que la censure, ce n'est pas trop votre bol de café.

— Comment ça ?

— Ce n'est pas votre tasse de thé. Mais vous devrez vous y faire. On n'est pas chez les ploucs, ici ; on est dans un pays qui sait se tenir ! Surtout pour ce qui est du comique.

— Ah, parce que mes aventures seront dépeintes de façon drolatique ?

— On essaiera. Je crains seulement que la finesse ne soit pas toujours au rendez-vous.

— Et que préconise donc le Ministère ?

C'est à cet instant que mon avocat me lut les dispositifs œcuméniques imposés par le Ministère de la Culture :

— Eh bien, dans les détails… *Nous éviterons les blagues sexistes,* mouais… *Même après avoir rappelé le caractère éducatif du second degré,* mouais… *Autant de plaisanteries sur les Belges que l'on voudra,* mouais… *Pas plus d'une dizaine de jeux de mots ringards,* mouais…

— Il faudra se restreindre…

— Mouais… *Pas trop d'absurde et de non-sens qui pourraient,* je cite : *redynamiser la curiosité d'une lectrice ou d'un lecteur à l'intelligence déjà précaire,* mouais... Bien sûr : *respect total de la communauté LGBTQIA+RTZ5FD,* mouais... Et surtout : *aucune discrimination concernant une quelconque minorité, qu'elle soit religieuse, racisée, nationale, culturelle, régionale, professionnelle, linguistique, familiale, financière, physique, gustative, capillaire, intellectuelle, musicale, alimentaire, comportementale, politique, vestimentaire, associative ou animale,* mouais... Et... *interdiction formelle d'une quelconque évocation négative de la politique gouvernementale.*

— C'est une bonne chose.

— Tout à fait, Mulford ! Je crois qu'il était temps de reprendre les choses en main, et de revenir sur des années de laxisme.

— Et pourquoi une si charmante injonction ?

— Eh bien, c'est écrit dans le dossier envoyé par le Ministère... Parce que...

Après une rapide recherche, Guacamole retrouva le passage en question et le déchiffra :

— ... Parce que... *C'est nous qu'on sait, et si t'es pas d'accord, c'est que t'es un con.*

— Ils ont écrit ça ?

— Oui... C'est visiblement adressé à vous, Mulford. Une telle autorité, ça fait plaisir à voir.

— Ce n'est pas de l'autorité, c'est de la pédagogie !

L'avocat poursuivit sa lecture :

— Mais par contre, donc... *Le lourdingue, le graveleux et la vulgarité nous sont autorisés sans limite aucune...*

— Enfin un peu de liberté... C'est notre écrivain qui va être content.

— ... *Mais uniquement pour les passages se déroulant dans votre bureau, et pour l'équivalent de trois pages en cumulé.*

— Eh ben, gros enculé de fils de pute, ça déchire la chatte à ta mère !

— Nous sommes bien dans votre bureau, Mulford, je ne dis rien. Mais en revanche… nous en sommes déjà à plus de deux pages, faites attention…

— Excusez-moi…

— C'est que, vous comprenez, si l'on souhaitait participer à quelques prix littéraires (il y en a partout), ou si nous visions une quelconque aide financière… il conviendrait de respecter les directives du Ministère.

— Mais enfin, Karl… Vous savez bien que je fais fi des subventions et sponsorings ! Nous autres artistes sommes libres et indépendants. Et nous crachons sur l'argent !

— Oui, enfin euh… C'est-à-dire que si on avait pu avoir un petit subside… Il faudra que j'appelle le Boudin Crémieux…

— Ce qui est important, c'est de faire tout ça avec élégance, Karl. Voler bas, mais avec style !

Et c'est ce que le conteur de mes aventures tenta de faire. Un an après, les *Enquêtes improbables de Mulford Sploodge* parurent aux éditions Rame Sec. Le livre fut peu vendu aux États-Unis, et dans le monde en général. Par contre, il fit un carton dans le nord-Gâtinais. La presse locale fut unanime : un chef-d'œuvre !

« Vive les auteurs locos ! Ce livre est digne des plus grands ! Et surtout des plus petits. »

« Un livre que le monde entier nous enviera ! Mais pas longtemps et surtout à Chaumont. »

« À coup sûr, le texte le plus attendu de cet auteur devrait être son épitaphe. »

« Un voyage au-delà du débile. Un livre de dépravations sexuelles, beau à en pleurer, consternant à en mourir. Étonnamment laxatif. »

« L'auteur à qui Jean d'Ormesson a dit un jour « Casse-toi, connard » doit être interné au plus vite ! Visiblement, il nous prend pour des airbags, puisqu'il arrive à nous gonfler en un dixième de seconde. »

« Douze mètres de Boudin Crémieux offerts pour deux exemplaires achetés des *Enquêtes imptobables de Mulford Sploodge*. Du boudin, oh oui, j'en veux. Mais du Crémieux ! »

L'abondant courrier reçu par l'audacieuse maison d'édition fut des plus encourageants :

« Bravo ! Quel talent ! Livre admirable ! Quand la finesse rencontre le génie, cela donne Les *Enquêtes improbables de Mulford Sploodge*. Continuez ! On ne vous paiera jamais assez pour une telle œuvre ! » Signé : Sylvain G., de Chalette-sur-Loing.

« Votre linguistique diagonale corrobore l'opacité générative de votre démarche malthusienne, dans un contexte de contiguïté indolore, à la fois pluriel, champenois et abscons. » Signé : Bernard-Henri L., de chez lui.

« Ce livre est admirable. Je suis d'ores et déjà folle de cet auteur et immédiatement prête à m'offrir à lui. » Signé : Jessica Alba, d'où elle veut.

« Adapter ce livre au cinéma ? Non. Ce projet est bien trop ambitieux pour moi. » Signé : Francis Ford C., de Los Angeles.

« Je ne comprends pas très bien ce que tu as voulu dire dans tes histoires, mon chéri, mais je te soutiens et t'embrasse. » Signé : Ta tata, Jacqueline Sploodge, de Troyes en Champagne.

« Je suis mort, ducon ! Inutile de me citer. » Signé : Jean, d'Ormesson-sur-Marne.

« Je comprends à fond ce cri de révolte. Je souhaite rencontrer cet auteur afin d'écrire un nouveau livre avec lui. Sur la mort, ou sur l'amour, ou la mort de l'amour, ou l'inverse, ou ce qu'il voudra, une partie de tarot, mon beau-frère… » Signé : Un poète malheureux, à Neuilly-sur-Seine.

« Mon cher Wilfried, nous arriverons bien à Charleroi demain, à sept heures, avec comme prévu, les 32 kilos de rognons de porc et la bière Lambic. Nous t'embrassons. » Signé : William Van B., de Bruxelles.

« ………………………………………………………………… ………………………...» Signé : Buster K., de Hollywood.

Je me fis un sang d'encre, puis finalement une raison. Une semaine plus tard, j'analysais cette expérience en compagnie du docteur Graph, mon psychiatre, qui m'avait donné rendez-vous dans sa voiture. Dans l'auto d'Otto, je remarquai un changement :

— Mais dites donc… C'est quoi, ces nouveaux tissus sur les sièges ?

— Ça ? C'est rien. Juste mon petit frère Wolfgang qui m'a fait une surprise.

— C'est joli.

— C'est vrai. Wolfgang a mis des housses.

Eh oui… Ah, tu verras, tu verras, Mozart est fait pour ça…

Mulford Sploodge dans l'espace

Année 23434 de l'ère 140 du Poulpe Rédempteur. Coefficient espace-temps 4215 point 12. Les skrobols ne se bousculaient pas à la shtraskaz de mon draftor. De même que les clients n'étaient pas pléthore dans le sas d'entrée de mon poste de pilotage. Cela faisait déjà une semaine grobulienne que je voyageais seul dans l'espace, à l'intérieur de mon fidèle vaisseau, le *Star Têtard*. J'étais crevé. J'avalai la troisième gorgée de mon septième café : *bing* ! Ma petite cuillère tomba au sol : *scrootch* ! Je me grattai la barbe : *splatch* ! Décidément, la zone de charges ionisantes que je traversais devait perturber les onomatopées à l'intérieur du vaisseau, au point de les rendre incompréhensibles. Depuis un bail, je ne me faisais plus d'illusion sur ma profession de détective privé. D'ailleurs, je ne me faisais plus aucune illusion sur l'espèce humaine en général. Qui s'en faisait encore ? Depuis des millénaires, l'humanité était la risée de l'Univers entier. Même les Daltriens d'Akimeda 22 passaient pour des intellectuels auprès des humains, c'est vous dire. Bien sûr, nous n'étions pas la seule espèce à avoir détruit sa planète. Mais nous étions la seule à l'avoir fait consciemment, presque volontairement. Des abrutis, je vous dis… À travers toutes les galaxies, dès qu'un humain entrait quelque part, ce n'était que rires sous cape, plaisanteries et moqueries diverses. Ah ça, on peut dire qu'on faisait rigoler du monde ! Il n'était donc pas facile pour moi d'exercer la profession de détective privé, car il ne l'était tout simplement pas d'être pris au sérieux. Nous étions plus que ce qu'un très ancien parent, appelé lui aussi Mulford Sploodge, aurait qualifié de « Belges de l'Espace ». Car ce terme aurait impliqué une certaine taquinerie, une exagération bon enfant, un petit clin d'œil vache mais amical. Non. Nous, les humains, étions réellement et profondément considérés comme des crétins. Et les galaxies avaient raison. Si l'être humain était loin de présenter le QI le plus faible de l'Univers, nous étions probablement les plus méchants, les plus égoïstes, et donc les plus peureux, les moins ouverts. Nous l'avions prouvé, sur une longue durée. Ce qui faisait que la Terre ne servait plus à présent que de zone de stockage pour les produits les moins glorieux, bas de gamme. Une sorte d'immense hangar d'hypermarché minable, perdu dans un des bras de la galaxie dite « Voie Lactée », dont tout le monde se foutait éperdument. Inutile donc de vous dire que, depuis ma naissance, j'avais le blues.

Ma nouvelle enquête s'avérait étrange. Vu mon statut d'être humain, on ne me confiait habituellement que des affaires minables ne demandant aucune compétence particulière, que des clients fauchés me proposaient, plus attirés par la petitesse de mes devis que par la qualité de mes prestations. Un certain Jean-Luc Sky Walker était venu me voir dans mon bureau, en m'offrant, pour m'amadouer, une bouteille produite par un de ses cousins, Johnnie Walker. Mais je n'avais rien compris de ce qu'il m'avait raconté. Heureusement, trois jours plus tard, il m'avait envoyé un de ses représentants, un petit robot cylindrique sur roulettes :

— Piyi yi tiyiiii, tiou puiis tiiiii…

Effectivement, c'était plus clair.

— Je vous en prie, installez-vous. Puis-je vous offrir un apéritif ? Un verre d'huile ? Un jet de dégrippant ?

— Bi ouii ki yi…

— Très bien, comme vous voudrez... Votre nom ?

— Piyi.

— ... D2, je note... Prénom ?

— Yipi.

— ... R2, très bien.

— Kilipiti ?

— Oui, je sais. C'est un ami à moi qui m'a appris votre langage. Un certain C-3PO, un gars en or.

— Yipitibip.

— Plutôt un gros con ? Je ne savais pas que vous le connaissiez... Ou plutôt devrais-je dire : Yipitibip Fibliou. Oui je sais, j'ai un peu l'accent Macintosh, mais ce sont mes origines écossaises. Que puis-je pour vous ?

— Yipitibip, Yipitibip et Yipitibip !.

— Comment ? Vous avez été violé ? Trois fois ? Mais par qui ?

Grâce à un bras particulièrement télescopique, ce tas de ferraille me présenta deux photos.

— Un certain Robocop et un certain Albert Terminator ? Eh bien, à leur place, je me serais plutôt envoyé Chewbacca. Une grande brute comme ça, avec un poil si soyeux... D'ailleurs, au fait : vos deux virils violeurs... vous n'auriez pas leur adresse ?

— Tiiiiyibliyii.

— Ben quoi ? Si vous voulez que je vous en protège, faut bien que je m'organise... Mais dites-moi : monsieur Terminator ne vous a-t-il pas dit « Je reviendrai » ?

— Yi.

— Ah, eh bien vous voyez qu'il pense à vous... Je suppose que vous êtes venu pour me demander de les retrouver...

— Tilifiimi yi !

— Comment ça, je ne suis qu'un connard ? Dites donc, je vous en prie, monsieur D2, restez poli !

— Filioubi bili ui.

— Je suis bien un humain ? Eh bien je vous emmerde ! Vous comprenez ?

Non mais alors... Ce R2 de mes deux commençait en m'encrasser les neurones. Heureusement, une ouverture d'esprit probablement héritée de mes ancêtres parvint à calmer des nerfs, les miens et ceux de mon client. Son patron Sky Walker souhaitait en vérité que j'enquête sur la disparition d'un certain Spock, un Vulcain ami de longue date. Après une virée de cinq ans à bord du vaisseau d'une entreprise américaine, il avait fêté son départ à la retraite durant quatre semaines dans un rade de Défonce 37, une planète de la galaxie Éclate Totale, où l'on pouvait encore se divertir de façon subtile pour une somme modique.

En fait, Spock devait de l'argent à Walker. Une dette de jeu engendrée par une triste partie de Mars Hold'em No Limit, une variante du poker où les cartes étaient curieusement remplacées par des escalopes de veau. Mouais, pourquoi pas... Pourvu d'une douzaine d'hommes de main, de deux robots et de pas mal de flingues, ce Sky Walker avait visiblement la force avec lui. Mais malheureusement, cette autre caractéristique qu'on appelle l'intelligence, elle, n'était pas avec lui. Il était d'ailleurs curieux qu'il pût vaincre un être aussi costaud du bulbe que Spock au poker. L'erreur de Jean-Luc avait été de faire confiance au Vulcain. Il l'avait laissé partir, pensant ce dernier honnête dans le paiement de ses dettes à échéance. Naïveté fatale.

Je débutai mon enquête par du classique : partir du dernier endroit où l'on avait vu le fameux Spock recherché. En l'occurrence, un restaurant sur Branlos 5, une planète située dans le système du même nom générique.

L'espèce dite « intelligente » qui occupait principalement cette planète était réputée pour sa fainéantise légendaire. Ah, c'est sûr qu'on foutait pas grand-chose sur Branlos 5 ! Les pires ramiers de l'Univers, ayant un goût suspect pour l'uniforme. J'interrogeai Garlic, le tenancier du fameux restaurant. Le patron branlarien (c'est comme ça qu'on appelle les habitants de la planète) était comme tous ses congénères de forme humanoïde, avec cependant quelques variantes propres au lieu : la bouche en haut du crâne, le nez en dessous, les deux yeux répartis dans chaque omoplate. Mouais, pourquoi pas… Autre caractéristique locale : si les Branlariens avaient bien un bras de chaque côté du corps, ceux-ci étaient tous les deux gauches. Les locaux possédaient donc deux mains gauches, avec une plus ou moins grande pilosité au creux qui, paraît-il, n'incitait pas au travail de précision et amoindrissait un goût de l'effort déjà précaire. Comme je m'y attendais, l'haleine de Garlic était forte. Comme une impressionnante odeur de… myosotis.

— Alors, si je comprends bien, quand Spock a disparu de Branlos 5…

— … De branlos 7, c'est là où j'entrepose mes boissons fraîches.

— Sur une autre planète ? C'est pas très pratique.

— Vous savez, nous, les Branlariens, on n'est pas très portés sur l'organisation…

— La septième planète de votre système solaire donc…

— Non. Branlos 7 est la troisième.

— Quoi ? La 7 est la troisième…

— Oui. Et Branlos 5 où nous nous trouvons est la deuxième.

— C'est pas très logique, Garlic.

— Et c'est sûrement ce qui a déplu à Spock. Les visiteurs nous le font souvent remarquer. Mais vous savez, ici… Nos planètes tournent autour d'une étoile visiblement influenceuse.

— Comment s'appelle-t-elle ?

— Bof...

— Vous ne voulez pas répondre ?

— Non. « Bof », c'est le nom de notre étoile.

Ce qui expliquait cette population de je-m'en-foutistes répartie dans tout le système.

— Et c'est donc de Branlos 7 que Spock a en fait disparu ?

— C'est ça, Sploodge. Il y avait pris une chambre d'hôtel. D'ailleurs, il n'a pas disparu tout seul. En fait... C'est toute la planète qui a disparu.

— Tout Branlos 7 !? La planète entière ?

— C'est ça.

— Mais ça ne vous a pas interloqué ?

— Bof...

Il en fallait pas mal pour qu'un Branlarien s'étonnât. Et encore plus pour que cela le décide à bouger un orteil. Une première réflexion s'imposait : Spock était très fort. Le coup de faire disparaître l'ensemble pour faire oublier la disparition d'un seul était un classique. L'effacement général impliquait trop de questions pour qu'on s'intéressât à un cas personnel. Du noyage dans la masse pour éviter l'investigation privée : pas bête...

La question était maintenant de savoir si Branlos 7 avait disparu pour de bon, ou pour ailleurs. La première hypothèse aurait supposé des restes, des fragments, éparpillés par petits bouts façon... Lego. Or, dans ce cas précis, rien ne subsistait de la planète. Pas une trace. Elle avait disparu comme ça, en un claquement d'orteils, ce qui n'était pas facile à concevoir d'un point de vue pratique. D'ailleurs, en tant que Vulcain, Spock n'avait pas d'orteils. Ce qu'il pouvait par contre posséder, c'était un téléporteur. Ce type d'appareil, depuis longtemps répandu à travers les galaxies les moins craintives, constituait la seule possibilité de faire disparaître quoi que ce soit sans la moindre trace. Mais bien sûr, la disparition en question n'était qu'apparence. Car comme chacun sait, le but de l'opération n'était pas l'effacement mais le voyage, le transport. On disparaissait d'un côté pour apparaître d'un autre. La question était donc de savoir où cet autre côté pouvait bien se trouver dans le cas de Branlos 7. Certes, m'objectera-t-on, il eût fallu pour le Vulcain posséder un téléporteur de belle taille, jamais vu en fait jusqu'à présent. Pas l'appareil de monsieur Tout-le-monde. Le genre d'ustensile dont la conception et l'utilisation te classe tout de suite dans la catégorie des techniciens hors-pairs, des cadors de l'ingénierie, pas avares en huile de coude. Tout à fait le profil de Spock… Selon moi, Branlos 7 n'avait donc pas disparu. Elle était simplement ailleurs.

Ah, j'en avais connu, des planètes ! Tout au long de mes pérégrinations, j'en avais croisé de toutes sortes. Il est à présent aisé pour moi de rappeler certaines d'entre elles à ma mémoire…

Si la plupart étaient sphériques, certaines se payaient l'originalité d'une apparence ovoïde, voire cylindrique ou cubique, ou même complètement indéfinissable. La planète privée Crémieux se présentait, elle, comme un énorme boudin interstellaire. Mouais, pourquoi pas… Mais à n'en pas douter, la plus étonnante dans ce domaine, était la planète Zbloub 44, dans la galaxie Zblab. Il s'agissait d'une planète molle, dont l'apparence changeait régulièrement, quasiment tous les quinze jours. Elle passait par toutes les formes précédemment citées ainsi que par des phases de n'importe quoi total. Les continents à sa surface ne pouvaient donc que changer régulièrement eux aussi, en taille, périmètre et répartition, d'où des transports compliqués et des plans d'urbanisme peu simple à établir. Il va sans dire que l'humeur des habitants de cette planète était particulièrement changeante.

Autres planètes à la forme étonnante : celles de la classe RN. Elles n'avaient généralement que deux dimensions, voire une seule pour les plus extrêmes. Elles se présentaient donc sous forme de plan parfaitement plat, ou d'une simple ligne plus rarement. Ce terrible manque de relief faisait que les habitants de ces mondes ne pouvaient être que totalement obtus. Avec des perspectives amoindries, jamais ils n'avaient envisagé que le Cosmos pût être différent de ce qu'ils pensaient qu'il était. Ils regardaient généralement tous dans la même direction, sans jamais pouvoir comprendre le sens de certains mots comme « rêver », « imaginer » ou « douter ». Notons ici que les planètes de la classe RN s'avéraient de plus en plus nombreuses dans l'Univers ; et que la plus plate de celles-ci était RN 214, que personnellement je nommais « Christine », du nom de ma première épouse.

Heureusement, toutes les planètes n'étaient pas aussi consternantes que celles de la classe RN. Ainsi j'évoquerai Flash 22 dans la nébuleuse Ripolin. Une fort sympathique sphère qui changeait de couleurs tous les deux jours, passant du bleu au rouge, du citron au vert à pois oranges, ou de l'étoilé monochrome à l'arc-en-ciel (les jours de fêtes). Nous établirons ici une nouvelle note qui précisera que les habitants des planètes type RN n'aimaient pas du tout la population de Flash 22.

Autres planètes attrayantes : les jumelles Kino et Satourne. Très proches l'une de l'autre, elles n'étaient peuplées que de fans de cinéma. À tel point que chacune servait réciproquement d'écran géant pour l'autre.

Située dans le système stellaire Orgasmo 69, la planète Foumoila était elle aussi fort intéressante. En effet, sa population n'était constituée que d'une seule et unique espèce. Mais dans cette espèce, très intelligente au demeurant, il était possible de distinguer non pas deux mais cent-trente-sept sexes différents. Cent-trente-sept genres possédant chacun son organe sexuel spécifique. Si ces derniers étaient de tailles et de dimensions variées, ils étaient tous capables de s'emboîter les uns dans les autres, sans le moindre problème technique. Admirable disposition s'il en était, mais qui ne facilitait pas les rapports sociaux.

Bizarrement, l'aspect festif d'une planète ne garantissait pas le bonheur de ses habitants. J'avais constaté ce phénomène sur Funky 313, un des mondes de la galaxie Rastafaraï Yeah Man. Elle se présentait sous forme d'une gigantesque boule à facettes que différentes étoiles proches et polychromes faisaient scintiller de mille couleurs. Le moins que l'on puisse dire est que Funky 313 n'était pas stable. En fait, elle ne tenait pas en place. Elle semblait sauter et virevolter en cadence, effectuant régulièrement des tours endiablés sur elle-même. Mais cela ne se faisait pas de façon désordonnée, non. La sphère effectuait ses mouvements au rythme de différentes chansons de James Brown qui émanaient, sans qu'on sache pourquoi, de son propre noyau, et ce depuis des millénaires. La musique interne de Funky 313 se répandait sur quasiment une année-lumière, cassant les oreilles de nombreuses planètes voisines qui n'avaient rien demandé. Alors pourquoi, m'interrogera-t-on, ses habitants étaient-ils malheureux ? C'est très simple : la population de Funky 313 n'était constituée que de fans de Brahms et Schubert.

Bien entendu, au niveau planète, on ne se marrait pas toujours. Aurai-je besoin d'évoquer les trois planètes Article 5, Paragraphe 2 et Alinéa 8, dans la galaxie du Marasme ? Probablement que non. Ces trois géantes n'avaient toujours été colorées que de nuances de gris. Et ce n'est pas les habitations qui auraient pu barioler le tout, vu qu'elles revendiquaient toutes, sans joie, cette même teinte sinistre. Les bâtiments couvraient d'ailleurs l'entièreté de ces planètes qui, comme on l'aura deviné, étaient le siège intergalactique de l'Univers, en tout cas d'un point de vue organisationnel. Elles n'étaient peuplées que de fonctionnaires, et on n'y avait pas ri depuis quarante-deux ans.

Les planètes voisines Pour et Contre étaient des plus passionnantes. Entièrement peuplées de philosophes, on y débattait depuis des millions d'années à propos de tout et de rien. Les deux sectes dominantes, celle des Comment et celle des Pourquoi, s'interrogeaient avec principes et acharnement sur l'ensemble de la création. Englués volontairement dans un doute extrêmement permis, ces deux peuplades ne pouvaient espérer qu'un bonheur individuel relatif.

Malheureusement, je ne pourrais clore cette liste non exhaustive d'astres étranges sans aborder le sujet de la planète Prout. Sournoisement placée au centre du gigantesque amas gazeux dit de « l'Éternelle Arnaque », Prout avait la forme d'un fessier : deux énormes fesses uniquement séparées par une faille au centre de laquelle trônait un immense cratère volcanique particulièrement actif. Les habitants de Prout avaient de drôles de têtes. Très étonnamment, une distorsion de l'espace-temps faisait que, quel que soit l'angle d'où on l'observait, elle était située à droite de son étoile. Si le nom « Prout » était officiel, d'autres sobriquets lui étaient parfois attribués, comme la « Strat'up Planet » ou la « Planète de l'Enfumage », surnom probablement dû à l'activité parfois débordante du volcan central.

La population « intelligente » de Prout était constituée de deux groupes fortement disproportionnés. 1% constituait le peuple des Macroniens. Autoproclamés « élite », ils dirigeaient Prout d'une main de fer, quoiqu'officiellement progressiste, depuis des millénaires. Ils possédaient 99% des biens et ressources, et trouvaient ça normal. Publiquement très affairés, ils ne foutaient en fait pas grand-chose. Mais cela ne les dérangeait pas. Après tout, ils étaient les seuls à posséder connaissance et savoir ; c'était même inscrit depuis toujours dans la constitution. Leur vie n'était que plaisirs et compréhension du monde.

Le reste de la population, les 99%, était appelé les Entubés. Peu enclins à la révolte, ils étaient maintenus dans une sorte de béatitude gluante établie à base de divertissements bas de gamme à la fois lobotomisateurs et rassurants. Lors de mon dernier passage sur Prout, les Entubés qui vivaient déjà chichement devaient travailler jusqu'à cent-vingt-deux ans, pour une espérance de vie de cent-vingt-deux ans et trois mois. Mais il était question d'un rallongement de la durée de travail, car, paraît-il, il fallait bien prévoir de combler le futur déficit des caisses de retraite. Que le financement pût venir du richissime 1%, dont les Entubés étaient pourtant les congénères, n'était apparemment passé par la tête de personne.

Heureusement, les Entubés étaient en droit d'espérer. Depuis des millénaires, une doctrine dominait Prout et sa population. C'était plus qu'un dogme, presque une religion. Ce principe organisationnel se nommait *Ruissellement.* Peu avouable d'un point de vue humanitaire et philosophique sur les autres planètes, le *Ruissellement* était ici accepté. Il disait bien ce qu'il voulait dire. L'Entubé de base devait se contenter de la graisse, du jus de viande qui sortait de la bouche du Macronien quand celui-ci se nourrissait. Une pitance semblable à l'os que le noble jette aux gueux pour qu'ils puissent le ronger à même le sol. La classe. Un procédé déjà ignoble dans son concept, qui s'avérait pire encore dans son exécution, puisque le résultat de ce fameux *Ruissellement,* promis depuis des siècles aux Entubés, n'arrivait toujours pas, et ce n'était pas faute d'attendre. C'en était même à se demander si le processus ne fonctionnait pas à l'envers...

Mais pour l'heure, j'étais sur Branlos 5. R2D2 m'ayant informé de la plainte déposée par son patron auprès de la police locale, je m'y rendis.

— Bonjour. Je suis bien...

— ... C'est ça. Vous êtes bien au local de la police locale.

Le policier de base était taquin. Taquin, mais guère courageux, comme le reste de son espèce. Rapidement, je compris que l'enquêteur en face de moi n'avait pas poussé l'investigation de façon acharnée : une petite visite à la piaule que louait Spock, un papelard trouvé sous le lit et on avait clos le dossier.

— Et ce papelard, vous l'avez ?

— Il est dans le dossier... qu'on a clos.

— Je peux le voir ?

— Si vous voulez. Monsieur ?

— Sploodge.

Un peu que je voulais ! Le papier était en fait une sorte de torchon sur lequel Spock avait rédigé une...

— ... sorte de poème. C'est ce que j'ai cru comprendre. Vous en pensez quoi, vous, détective Sploodge ?

Il s'agissait effectivement d'un poème. Mais pas des meilleurs. C'était même à douter qu'il fût de Spock. Mais bon... il s'agissait là de ma seule piste. Alors... un peu comme certains petits biscuits d'une époque disparue, je lus :

Moi qui suis d'oreilles pointues
En moult moments, je me vois dépourvu.
Rien n'est plus laids que ces tristes pavillons
Dont tout le monde se moque à raison.
Encore une fois, ça fait chier !

À aucun moment, je ne suis tranquillisé.
Cette coupe de cheveux aussi est une tare
Encore plus vile qu'une chanson sans guitare.
Loués soient pourtant les seigneurs de Vulcain
Unis à jamais dans des principes malins.
Ils m'ont apporté une intelligence
Qui partout flatte mon engeance.
Unique est celle-ci, seule est-elle, isolée
Inutile est la volonté de la contester.
Le chemin est pourtant bien triste pour Spock.
Il ne peut noyer ses larmes qu'en buvant un nouveau bock.
Rien n'est plus triste que le lyrisme dont ici je m'entiche
Absolument, je suis poète, je suis source, muse, je suis acro

On n'était pas sur du Baudelaire. Pas de césure à l'hémistiche, aucune alternance des rimes féminines et masculines, un nombre de pieds variant : une vraie bouse ! Après tout, me disais-je, les Vulcains sont essentiellement des scientifiques. Quand il était question de fabriquer un téléporteur puissance dix, y avait du monde ; mais quand il s'agissait de pondre de la poésie, ça ne se bousculait plus des masses.

— Moi, je trouve ça pas mal…

En plus d'être fainéant, le policier branlarien n'avait visiblement aucun goût. Et même aucune connaissance des techniques du poète. Je me permis de lui faire une remarque :

— Et le fait qu'il manque la rime finale, ça ne vous a pas gêné ?

— Ben… non. C'est peut-être parce qu'il était rendu à la toute fin de la page.

— Sans doute. Et… vous n'avez pas songé à… la retourner… cette page ?

— Je vous rappelle que nous sommes sur Branlos 5.

— C'est juste.

C'est donc moi qui pris la terrible initiative de tourner la feuille.

Ce que j'y découvris fut une révélation : « ... stiche ! » En accolant ces quelques lettres aux précédentes, cela donnait le mot « acrostiche ».

— Moi, « je suis acro », ça me suffisait.

Le policier était donc peu versé en orthographe. Après une tape sur l'épaule qui lui fit fermer l'œil, je le quittai et rejoignis le *Star Têtard*. Un acrostiche donc... bien sûr. Par ce piètre poème, Spock voulait délivrer un message. Il suffisait alors de le décrypter. Si le principe de l'acrostiche était simple, il pouvait s'avérer complexe dans son exécution, surtout si l'on souhaitait cacher au plus grand nombre ledit message réservé à priori à une seule personne. Il me fallait découvrir dans le poème une suite de lettres (ou plus rarement de mots), lisibles de façon verticale. La plus courante était la suite de toutes les premières lettres de chaque vers. Je transcrivis le résultat pour le poème de Spock :

« MERDE À CELUI QUI LIRA ». Effectivement, nous étions sur de l'acrostiche. Mais celui-ci n'était pas des plus lyriques. Étonnant pour un Vulcain. À force de fréquenter du Branlarien, Spock en avait acquis le côté farceur. Je ne pouvais me contenter d'un tel résultat. Il était évident que l'être aux oreilles pointues n'avait pas laissé ce mot par hasard. Spock ne faisait rien par hasard. Il lui fallait laisser une note, une indication de sa destination prochaine. Ne serait-ce que pour son épouse, Spocka, Ontas de son nom de famille. Mariés depuis peu, les deux Vulcains transis d'amour étaient inséparables. Et pourtant, le voyage de Spock sur Branlos 5 les avait bien séparés. À coup sûr, si ce dernier s'était lancé dans une partie de poker contre Sky Walker, c'était pour gagner une somme lui permettant d'offrir un somptueux présent à son aimée. Ce premier message décelé dans le poème était probablement là pour en cacher un autre, plus complexe. Avec toute l'abnégation d'un enquêteur professionnel, je me replongeai dans mes recherches. J'essayai la liste verticale des deuxièmes lettres de chaque vers, puis des troisièmes et ainsi de suite, sans parvenir à un quelconque résultat. Heureusement, ma persévérance fut bientôt récompensée. En prenant la première lettre du premier vers, puis la deuxième lettre du deuxième vers, puis la troisième du troisième et ainsi de suite, je parvins au résultat suivant : « MNETRNOLEIOLLORSTO ».

C'était parfaitement clair ! D'un seul coup, la lumière venait de se faire sur l'énigme que constituait cet acrostiche. En effet, si « MNETRNOLEIOLLORSTO » ne voulait à priori rien dire pour qui que ce soit, il n'en allait pas de même pour votre serviteur. « MNETRNOLEIOLLORSTO » était le nom d'un système stellaire pratiquement inconnu, égaré dans une galaxie elle-même largement paumée. Comment le connaissais-je ? Je ne le dirai pas ici. À chacun ses secrets, surtout quand ils sont professionnels.

MNETRNOLEIOLLORSTO était le système idéal pour se cacher. Très peu connu donc, il avait la particularité d'être rempli d'une foultitude de planètes, pas moins d'une centaine de milliers. D'une dimension modeste, on pouvait par conséquent le considérer comme un véritable embouteillage spatial, un gros bordel. De tailles variées, les astres de MNETRNOLEIOLLORSTO n'étaient d'ailleurs pas tous répertoriés. Comme dans tous les systèmes stellaires, les planètes tournaient autour de leur soleil, en l'occurrence l'étoile Des-neiges-mon-cœur-amoureux. Parvenu sur les lieux, je demandai aux appareils ultra-perfectionnés du *Star Têtard* de scanner l'ensemble de ce système. Et là… Bingo !

En quelques minutes je pus détecter Branlos 7, subtilement cachée parmi les 129 anneaux d'une géante gazeuse dont le seigneur commençait à avoir marre.

Le *Star Têtard* me projeta dans l'atmosphère de Branlos 7 en un dixième de seconde. La planète était presque entièrement recouverte d'un unique océan fait d'une matière visqueuse appelée « glandiose ». Une seule terre émergeait, sur laquelle une seule ville se situait. Arpagnon-sur-Luvière était le nom de cette ville (la Luvière étant l'unique rivière de cette unique commune). Mouais, pourquoi pas… Il est bien connu que la chance vient souvent sublimer le talent. Or du talent, j'en avais, et pas qu'un peu. La chance me vint donc, comme il se devait.

La population totale d'Arpagnon-sur-Luvière ne dépassait pas les quarante-huit personnes. Autrement dit, il n'y avait pas foule, particulièrement à la porte des bureaux. Avec un tel chiffre, les hôtels ne pouvaient être nombreux. Ce qui était le cas. Je me rendis donc au *Coin des pêcheurs*, l'unique bar-hôtel de la commune, reconnue quatrième au dernier classement intergalactique des villages fleuris (et jumelé avec Trù∞ğù-en-Gâtinois, sur la planète Pouillard-le-Vieux, dans la galaxie du Grand Brie). L'hôtel n'ayant qu'une seule chambre, je ne dus pas attendre longtemps avant de mettre enfin la main sur Spock. Comme je m'y attendais, il était en compagnie de sa jeune épouse Spocka. Malheureusement pour moi, je venais de les surprendre en pleins ébats sexuels. Et je dis bien « malheureusement », car croyez-moi, voir copuler un couple de Vulcains, ce n'est pas joli joli. À vrai dire, c'est même dégueulasse. Aucun mot ne me vient à l'esprit pour décrire une telle aberration. J'en avais des haut-le-cœur que je ne pus interrompre que par la projection intempestive d'un liquide gastrique incertain. Après quoi je m'empressai de menacer les deux amoureux de mon arme.

— Rendez-vous, Spock ! Je suis ici pour vous ramener sur Branlos 5. À moins que vous acceptiez de rembourser la dette que vous avez contractée auprès de Jean-Luc Sky Walker lors d'une partie de poker.

En un éclair, Spock saisit son téléporteur personnel et le pointa sur sa tendre épouse. Celle-ci disparut pour réapparaître quelque part. Où ? Je ne le saurai que plus tard. Heureusement, le jeune marié n'eut pas le temps de pointer ensuite le téléporteur sur lui-même. Je venais en effet de tirer sur la main renfermant l'appareil en question. Ce dernier valdingua à l'autre bout de la pièce. Tel un cabri à six pattes de Telmor 4, Spock sauta par la fenêtre. Il atterrit sur l'avenue Lazare Carnot, unique rue d'Arpagnon-sur-Luvière. Je me jetai à sa poursuite.

Depuis longtemps, sur Branlos 7, on n'avait pas vu une telle chasse-à-l'homme. Spock courait vite, mais pas plus que moi. Rapidement, je le vis sortir un petit appareil de sa poche, qu'il avait droite. Je ne fus pas long à comprendre le rôle de l'ustensile en question. Il s'agissait de toute évidence d'un transmuteur ionique universel. Un accessoire capable de transformer un individu en n'importe quoi, sans qu'il en perdît conscience ou contrôle. Je n'avais moi-même jamais utilisé un tel objet. Spock, lui, ne s'en privait pas. Pour tromper mon attention, il se transforma tout d'abord en son frère jumeau Spack. Jugeant l'opération peu efficace, il choisit ensuite une apparence d'humain lambda, puis celle d'un autre autrefois connu sous le nom de Madonna, puis celle d'un Bromulien nommé Gurb, puis celle d'un chat. Mais rien n'y fit. Spock ne parvenait pas à me tromper. À chaque fois, mon flair me guidait. Seulement... j'étais enrhumé. Ce qui fit que les nouvelles apparences adoptées par le Vulcain furent de plus en plus difficiles à démasquer. À plusieurs reprises, je ne fus pas loin de perdre sa trace. Spock se transforma en chèvre tibétaine, puis en cafard, puis en clé à molette, en immeuble de quinze étages (plus facile à détecter celui-là), puis en concept et en un gaz. Vraiment pas évident. Tout-à-coup, je fus pris d'une terrible envie de me gratter les parties génitales. Ce que je fis. Mais là encore, je réalisai : cette envie, c'était Spock. Oui. Il venait de se transformer en une envie ! Une envie de me gratter les joyeuses pour ce qui me concerne. Le gredin ! Pour terminer, le Vulcain se transforma en un Zgrobleu de la planète Zgroble, c'est-à-dire une luminosité évanescente, plutôt bavarde, peu objective quant à ses goûts musicaux et d'une intelligence relative. Si intellectuellement, on aurait pu dire des Zgrobleux qu'ils n'étaient pas des lumières, d'un point de vue pratique, on se serait trompé.

— La lumière rose sur ma droite, c'est vous, Spock ?

— Ben oui. Qui voulez-vous que ce soit ?

— Vous êtes décidé à vous rendre ?

— Oui. Je suis crevé et j'ai mangé un plat en sauce à midi. Je ne peux plus courir.

Acculé, le Vulcain se décida à reprendre son apparence initiale.

— Vous êtes très fort, Sploodge.

— Vous connaissez mon nom…

— C'est votre abnégation qui m'a mis le pou sur le lob, et plus sûrement la puce à l'oreille.

Apparemment, ma réputation n'était pas ce que je craignais.

— C'était bien joué, Spock. Toutes ces transformations… À un moment donné, vous avez failli m'avoir.

— Ah bon ? Vous ne parveniez plus à me reconnaître ? C'était à quel moment ?

— Quand vous vous êtes transformé en un député socialiste terrien du vingt-et-unième siècle. Rien de tel pour passer totalement inaperçu. C'était malin…

Deux heures après, Spock et moi discutions autour d'un verre. L'affaire réglée, nous revenions à des échanges plus courtois. Je venais de lui conter les détails de mon enquête, il en était subjugué.

— Vous êtes décidément très fort, Sploodge.

— C'est ce qu'il paraît.

— J'ai une proposition à vous faire.

— Je vous écoute…

— À combien se monte la prime que Walker vous a promise ?

— 2000 glouberches et 12 takvials.

— Mouais… Écoutez, mon vieux… Je vous offre 3000 glouberches et vous me laissez partir.

— Quoi ? Mais comment osez-vous !? C'est d'accord.

Depuis des générations, l'incorruptibilité des Sploodge était d'une fermeté… versatile.

— Bien. Nous devrions pouvoir rester amis.

— Mouais, pourquoi pas… Mais au fait… Votre dette de jeu, elle s'élevait à combien, Spock ?

— 7 glouberches 75.

En un instant, mon cerveau se paralysa. Y avait comme un bug dans cette logique.

— Quoi ? Sky Walker m'a offert 2000 et vous 3000 pour une dette de même pas 8 glouberches ? Mais vous êtes tous les deux complètement cons…

— Quand on a des principes, on a des principes !

C'en était trop. Autant de bêtise risquait de me cramer les neurones. Je ne pouvais en supporter davantage. Qu'ils aillent tous se faire grabalniser chez les Vroz ! Enfin… un peu plus tard. En effet…

Je m'apprêtais à quitter les lieux quand je me souvins d'un certain problème qui me titillait l'esprit depuis quelque temps. Ayant accès à la conséquente base de données vulcain – ou vulcaine, ça reste à débattre –, Spock devait être en mesure d'apporter une réponse à ma question du moment. Aussi, décidai-je de me calmer et d'interroger une dernière fois celui dont la coupe de cheveux relevait du scandale :

— Mais… au fait, Spock… Vous pourriez sans doute m'éclairer sur un point…

— Je vous écoute.

— C'est à propos d'un livre que je suis en train de lire : *Les enquêtes improbables de Mulford Sploodge.*

— Un ancêtre à vous ?

— C'est cela. Très ancien, heureusement. Étant donné que vous avez accès à l'immense médiathèque de Vul…

Aussitôt, Spock toucha trois fois sa narine gauche avec son annulaire droit.

— Ça y est, c'est fait. Je viens de télécharger toutes les informations concernant ce livre. Très drôle, à ce qu'il semble…

— Bof…

— Quelle est votre question ?

— Eh bien… Les derniers chapitres me manquent. Après l'épisode intitulé *Enfin la gloire !*, je…

— … Il ne vous manque rien, Mulford. Vous disposez bien de l'intégralité de l'œuvre.

— Comment ? Mais… Ce n'est pas possible…

— Pourquoi cela ?

— Eh bien… En parallèle des enquêtes de ce détective privé écrites à la première personne, il y a une autre petite histoire, rédigée, elle, à la troisième, en italique.

— Une seconde ligne narrative, c'est très courant. Vous voulez sans doute parler de la petite trame concernant l'Oncle T ?

— Effectivement. Il manque des choses.

— Il ne manque rien du tout.

— Mais... On ne sait pas comment cela se termine, on ne comprend même pas le rapport avec les enquêtes de Sploodge.

— Il est vrai. On ne découvre rien.

— Mais alors pourquoi avoir incrusté ce truc-là ?

— Ça ? Oh ben c'est rien... Juste un procédé technique destiné à faire croire à une certaine cohésion, un lien entre les épisodes. Un petit suspens à deux balles, surtout en fin de chapitre, pour que le lecteur ait envie de tournée la page.

— QUOI !? Mais alors... L'ombre dans la fenêtre d'en face, l'Oncle T, le médaillon, l'enfant enterré à Bruxelles, le 44 pointé sur le détective, tout ça... des conneries ?

— C'est ça.

— Du bidonnage ? Mais c'est un scandale !

— À l'époque, ça se faisait beaucoup. Et même maintenant...

— Je suis outré ! Qu'un auteur, qu'un éditeur, ait osé une telle... Je suis... Je...

Les mots me manquaient. La coupe, que dis-je, la citerne était pleine ! Écœuré par une telle supercherie éditoriale, je préférai me taire définitivement et m'effacer de cette néfaste planète. Visiblement, déjà à l'époque de ces enquêtes, l'humanité méritait la risée ou l'indifférence que l'univers lui réserverait plus tard. Mieux valait pour moi rentrer à la maison. Je regagnai le *Star Têtard* et filai aussitôt. Je rejoignis mon bureau, à la porte duquel, décidément, les clients ne se bousculaient pas.

Remerciements :

Ange Amadei, Yann K, Frédéric Urbain, Éric Vromont, Marc Lambert, Renaud « Tin » Huerta, Brigitte Margot, Solange Millot Petitet, Raphaël Bardas, Frank Drebin, Florence Chantry, Line Lévêque, Alain Ossant, Ermira Danaj.

Et bien sûr, tous les lecteurs rencontrés ou pas dans la vraie vie ou sur Internet.

Guéridon

ISBN : 978-2-81220-520-0
222, Boulevard Pereire - 75017 Paris
www.ramsay.fr

Réalisation : Ramsay Médias, Romorantin (41)
Imprimé en France par CPI (181163)
Dépôt légal à parution